雉域印象

尹海霞　李琼枝　费世利等　著

北京日报出版社

图书在版编目（CIP）数据

雉域印象 / 尹海霞等著. -- 北京 : 北京日报出版社，2025.1. -- ISBN 978-7-5477-5097-1

Ⅰ. I267

中国国家版本馆CIP数据核字第2024TE5173号

雉域印象

出版发行：北京日报出版社
地　　址：北京市东城区东单三条 8-16 号东方广场东配楼四层
邮　　编：100005
电　　话：发行部：（010）65255876
　　　　　总编室：（010）65252135
印　　刷：武汉鑫佳捷印务有限公司
经　　销：各地新华书店
版　　次：2025 年 1 月第 1 版
　　　　　2025 年 1 月第 1 次印刷
开　　本：787 毫米×1092毫米　1/16
印　　张：19.5
字　　数：320 千字
定　　价：85.00元

“十蝈”记序

不知“十蝈”起于何时。上次回阳新，费世利安排接风，席间介绍说他们一帮志趣相投的文化人搞了一个组织叫作“十蝈”，并准备出版一本书——《雉域印象》，“嘱予作文以记之”。我欣然答应。

“十蝈”中，有两位今古传奇阳新工作委员会的副主席——费世利和袁冠烛。费世利事业做得大，文章写得好，心细如发又性直如汉。她是个强势果断的人，也是个善良简单的人。去年秋天，阳新作家群里的群友到我的家乡桃花渡采风，费世利遭野蜂偷袭，虽疼痛难忍不时卧床，却仍写出了锦绣文章。这真是“世界以痛吻我，我要报之以歌”。《雉域印象》中，费世利的代表作是《“十蝈千骄”之“酒境”》。其英气之蓬勃、才情之恣肆，由此可见一斑。费世利酒量好，酒品更好，人逢知己，先一招气吞万里如虎，再一招烂醉如泥，“无论哪一个我都是真实的我”。“三更酒醒残灯在，卧听萧萧雨打篷”，费世利自认为饮酒当在烂醉之六重境界。下文评述众“蝈蝈”，我将用费世利的文字结尾，以示喜爱。

最先认识袁冠烛。他是阳新文学界的前辈人物。本次收录的文章，篇篇精彩。赋文高手，名不虚传。其余篇章，如《门前那块地》印象最是深刻。袁冠烛善饮重情，才艺多样，刚柔相济，有想象中古代名士的风范。酒桌上，他剑眉一挑，虎目一瞪，却不是逼你一饮而尽，而是自己先干为敬。费世利曰：“醉后不知天在水，满船清梦压星河。”袁冠烛饮酒已臻化境之十重境界。

之前只知余秋桦是书法家，在阳新一中专事书法教学，如今读他的文章，发现他隐藏很深。《雉域印象》中，余秋桦将自己那一辑命名为“微醺岁月”。微醺既是他的性格，也是他的品德。此辑开篇不俗，题目是《盘谷风清》，

“我不过一观人风者，客路行旅，虽不为盘谷而来，却也风清而去。”知我者谓我心忧，不知我者谓我何求，这是余秋桦的真实，也是真实的余秋桦。费世利曰：“酩酊醉时日正午，一曲狂歌垆上眠。”余秋桦饮酒大概到酩酊之七重境界。

某日无意间看见袁冠烛之兄长袁观利写的一篇关于贾道北与余秀华的文章，文笔老辣，事迹感人。于是约见。人谓贾道北乃狂人，其实为憨憨一壮汉，可爱勇敢。贾道北诗文双修，颇有成就。他经历坎坷，起专辑名为“另类人生”，倒也恰如其分。这个世界上有一类人很值得珍视，经历了艰难困苦，他还依然热爱生活。费世利曰：“呼儿将出换美酒，与尔同销万古愁。”贾道北饮酒该到如癫似狂之八重境界。

石显润、杨露、明瑞华、舒卫华，四位“蝈蝈”我未见过。但我吃过石显润吃过的茅根，闹过杨露闹过的鱼儿，走过明瑞华走过的旧巷，赏过舒卫华赏过的海棠，这算不算相逢，这算不算相拥？费世利曰：“天子呼来不上船，自称臣是酒中仙”，明瑞华饮酒达到震撼人心之九重境界；“我醉欲眠卿且去，明朝有意抱琴来”，石显润饮酒至少在酣醉之五重境界；“明月几时有，把酒问青天”，杨露饮酒约莫在沉醉之四重境界。唯独舒卫华，一切神秘，来日自见分晓。

李琼枝聪慧玲珑，温情万种。余秋桦言“微醺岁月”，李琼枝言“浅安时光”。当老师的，都是这般诗意澄净吗？曾在黄石市作协主席荒湖处看过李琼枝的小说《到底人间》，现在又看到她的《不说再见》等散文，甚爱其才。听闻李琼枝身体小恙并不善饮，却那么真诚炽热、大度包容，又敬其品。费世利曰：“拼却日高呼不起，灯半灭，酒微醺。”李琼枝饮酒应在微醺之二重境界。

尹海霞如一块璞玉，隐于尘世。读她的文章，有时是在品大师杰作，有时是在看初手新坯；瞧她的标题，似为学生习作，读她的段落，却是高人手笔。比如《回老家过年》，普普通通的标题，平平常常的故事。文章讲述了作者于离别三十多年后回老家过年，却不被几个村民认识。人们都用一双好奇的眼睛看着她，捉摸不透她的来历。此时此景让作者回忆起小时候自己也曾这样站在自家屋前，好奇地看着一些路过的人。类似细节描写，相当成熟老到。写到给父亲上坟时，泪眼模糊中看到坟背面成片的芦花被阳光照耀，发出温和的光，像父亲的眼神。读到此处，不禁泪目。尹海霞有成为大作家的潜质，略重技巧，稍事雕饰，当前程无量。尹海霞为性情中人，在酒桌上貌似凶猛，实则一瓶啤酒即醉。费世利曰：“晚来天欲雪，能饮一杯无。”尹海霞饮酒在小酌之一重境界。

通览全书，妙笔飞瀑。十人文章，意味深长。《雉域印象》是自然之书，是人生之书，也是家国之书。循着“蝈蝈”们的醉意足迹，我们看见了他们的轻松与厚重。这些文章，或为旅途记录，或为流年回首，或为风物描摹，或为亲情状写，都体现了一个“真”字。真文章，须真性情。他们在为故乡立传，在为人民放歌。他们在写小我，也是在写大我。由此想到，阳新县是否可以组织编写一套丛书呢？将山川地貌、风土人情、历史典故、非遗传承等分门别类，以可读性强的文学作品呈现出来，作为学生之读物，访客之伴礼，既普及知识，又宣传地方，这当是一件很有意义的事。我与“十蝈”，过从不密，缘分很深。同为写作者，我向以三背自励：一背苍天明月，二背故土山河，三背世道人心。我相信我与“十蝈”乃是知音。我喜欢他们的才华和性情。我愿意成为“十蝈”之“蝈”。

是为序。

杨如风

诗人、作家、出版人

湖北今古传奇传媒集团社长、总编辑

湖北省写作学会副会长

《雉域印象》的印象

阳新，西汉建县，古称下雉，素有“山川毓秀连吴地，人物风流耀楚天”的美誉。两千多年后的今天，十位志同道合的阳新作家、诗人，迈开脚步，走读千年古县，以“雉域印象”为题，合编同名文集，用玲珑之笔，赞美时代，摹写性灵，倾吐心声，令人喜不自禁。

《雉域印象》中的这些作家和诗人，只认识三四位，使我汗颜。但不妨碍我欣赏他们的佳作，读完掩卷而思，他们就如同熟悉的朋友一般，对坐几案，谈天说地，好不快哉。

尹海霞在“雉域经年”中，娴熟地运用“片段组合式”的写作方法，叙写她心目中的布贴姑娘、天籁俚曲阳新采茶戏、至亲至爱的父亲、历史悠久的排市等，以小视角切入，既无高山仰止的崇高，又无宏大辽阔的叙事，都是日常生活和自然场景。跟着她进入文章之后，终会看到那扯动我们思维的大视界。小视角和大视界的问题，是涉及散文品格高低的大问题。处理不好，要么是“一地鸡毛”的琐碎，要么是故作高深的矫情。但在尹海霞那些篇章里，却是行云流水般的自然。究其原因，非有生活、思想和学养积累之深厚而难以达到。

石显润的“人间烟火”，味道十足。那些“山间路边水里树上”的童年的零食，想起来就令人口齿生津；“暗淡轻黄体性柔”的飘香丹桂，深吸一口就醉入妩媚；“外皮爽滑劲道，馅料喷香美味”的芋头圆子，轻嚼几下就知道什么叫“美食不可辜负”……美食里说乡愁，平淡质朴亦有味。

余秋桦的“微醺岁月”，很见文字功力，文章不长却内涵深邃。《盘谷风清》把历史作为思考的核心和材料，与历史对话，与历史共鸣，在自身与历史对话中形成他的语境和情怀；《短暂停留》在三毛、金庸、李敖等人与文学之间找到了契合点，于历史与现实、现实与理想之中，进行了富有个性意义的思想驰骋。

李琼枝的“浅安时光”，满溢亲情，无论是《不说再见》中的父亲、《北风吹》中的翠英奶，还是《母爱》中的阿琛、《我的小脚奶奶》中的小脚奶奶，都平易亲和、从善如流，感情的分量在作家的眼里拿捏得恰到好处，那些大情小事、家长里短、孝亲敬老等身边流、生活流，总是能通过纸上抵达，将人世间的温暖和凡人平实亲爱的情愫，表现得淋漓尽致、直抵内心，显示出安静自若和随和沉稳的气息。

杨露的“闲情怡趣”，注重表达内心情感和体验，因此她在樱花谷里说“相思”，在枇杷、菊花、绣球里显“心事”，就连头上的“马尾”，家乡的臊子面、糍粑，她都会通过描写细微的感觉和观察到的细节来表达自己的情感，将内心的情绪传递给读者，散发出温暖的气息。

明瑞华的“兴国记忆”，主题集中，聚焦的是老井、旧巷、石板街、麻花、“烧牛脚”、“大杂烩”等，在兴国的风物、美食中穿越时空，呈现画卷，让它们传奇“复活”。在历史与现实之间，在文字与影像之间，那些看不见的与看得见的，都扑面而来，让人沉浸在千年古县五彩斑斓的风物里，沉浸在如作者那般深沉浓郁的乡愁里。

费世利的“幸而有你”，其游记《情溢武功山》《我与草原有个约定》《雪乡之恋》《沉醉竹泉》等，强烈地表达她在旅行中的认识和感受，凝聚了她的深思妙想。她对茶和酒似乎有非同他人的感知。捧杯香茗，闻着茶香，她喝的是一种心境，感觉身心被净化，滤去浮躁，沉淀下的是深思——“坦然拿起，淡然放下”。

袁冠烛的“玉岸临风”，长篇洋洋洒洒，《鄂西驿记》不拘一格，“靶向”叙写，不单单着重风景的感性描写，更重视对风景和所在地的知性了解和探讨，丰富的文史知识和地理知识有力地支撑其柔美的感性。短篇精炼节制，不论是《一个人行走》还是《人生四友》都精准发力，长歌短叹，滋味绵邈。

贾道北的“另类人生”，隐藏、内敛、细微、轻巧，《另类近况》《母亲，秋天》《踏雪记》《心迹》等在“另类”上撼人心扉，启人心志。即便是叙写《玉树琼枝》，用自己的诗作串起与徒弟交往的那些事，诗意和远方糅合得“很融洽”。他的行文注重结尾，寥寥数字，别有一番滋味在心头。

舒卫华的“海棠依旧”，在《辞年》《写春联》《小地名》等中，捕捉细微的感动，真实朴实，不渲染、不炫耀，是人物形象的标准画像。对细姑，作者截取了那些重要的人生场景，有温度、有情怀地细写着细节，使人产生共鸣，让人读后唏嘘不已。

行文至此，也该打住。走马观花，定是蜻蜓点水。其实十位作家、诗人的文章，不因为本人的“印象”而减其主题的厚实与深度，不因为本人的“一孔之见”而淡化其内涵给人的张力和激荡。信不信由你，反正我相信！

吕永超

中国作家协会会员

黄石文联名誉主席

目录

雉域经年

◎尹海霞

作者简介：尹海霞，湖北阳新人。中国民间文艺家协会会员、中国民俗学会会员，副研究馆员职称。《中国民间文学大系·湖北卷》优秀编撰工作者，湖北省非物质文化遗产保护优秀工作者，黄石市第十届妇女代表。先后成功组织申报国家级非物质文化遗产代表性项目“阳新布贴”“采茶戏”、省级非物质文化遗产代表性项目“浮屠玉堍油面制作技艺”“富池三月三庙会”“折子粉制作技艺”“阳新红色革命故事”。连续四次成功申报阳新为“中国民间文化艺术之乡”，成功申报阳新为“湖北省布贴文化之乡”。成功组织举办七届“阳新新春文化节”、四次“阳新采茶戏”展演活动。《富池三月三庙会》《百年民俗 湖北记忆》和《湖北省非物质文化遗产丛书〔2015〕》之《阳新布贴》等书编委会成员之一；参编湖北民间文化三卷：《阳新民间歌谣》《阳新民歌、曲艺》《阳新民间故事》等书籍；主要发表作品有《重视和引导农村祠堂对非遗传承的推动作用》《浅析阳新布贴的传承与创新》《浅议阳新公共文化服务体系建设》《唤醒龙港红色文化遗产》《“戏窝子”听俚曲》《简约藏大千 朴拙见奇美》等。

阳新布贴
——漫天彩霞，贴不尽姑娘一片心

阳新布贴承载着阳新千百年地域文化，是湖北省阳新县传统文化艺术，在一九九〇年出版的《中国民间艺术大辞典》“布贴”辞目中，被作为唯一的地方布贴词条而载入。自一九九三年起，阳新布贴多次被选入湖北省小学、中学、中师、高校等美术教科书和《湖北民间美术》（六卷本）以及由专家著述的民间美术书籍《中国美术分类全集》等重要著作。二〇〇八年六月被国务院批准列入第二批国家级非物质文化遗产代表性项目名录。二〇一八年，被文化和旅游部、工业和信息化部评定为“国家传承工艺振兴目录”。

缘起姑娘一片情

阳新素有“中国布贴之乡”的美称，但究其源头，已无文字可考，遍寻民间艺人亦不知所源。在发现阳新布贴的一九八五年，当时健在的八十多岁的老婆婆说“我婆在娘家做囡时就会做”。以此推断，阳新布贴至少也有二百年的历史；如果从其多为吉祥图案的内容看，应源于清代；若从实物体现的楚文化风格看，可以推断年代更远。在漫长的小农经济社会里，阳新布贴这一劳动妇女的实用工艺形成了独特的地方体系，并原汁原味地延续至今。阳新布贴有三十余个品种，其内容多为传统的吉祥图像、地方农作物和山林水泽生物等。同时，用丰富的刺绣纹样来弥补大块贴布的不足，做工“遇折回转”，绕边细密，充分体现了原始稚拙、浪漫遐想和强烈厚重的楚文化特征，同时又有自己的地域特色。

“阳新细妹布贴娘”，这是流传民间的口头禅。在阳新，大凡农村女孩，十二三岁便开始在母亲、祖母或湾子里老人的教导下，用五彩的边角布料进行拼贴。到了出嫁时，循着世代相传的习俗，母亲就将为女儿出嫁做嫁衣所剩下的各色布头装进一个别致的“布角包”里带到婆家，并且要说些诸如“央子央孙”“发富发贵”“白头到老”的吉语。待到怀孕，便开始做起各式童用童玩的布贴，不用花多少钱就能让即将出世的小宝宝得到既实用又好看的衣物和玩具。做布角包的布色没有限制，家中有什么布角都可以利用。有的取红色图吉利，或随意色布，或用一个个三角形拼成。

绝大多数的阳新布贴做的是小孩子的衣物、鞋袜、被盖、书包等，这是一种母爱，也是对孩子未来的祝福，尤其是布贴马甲、馋兜、虎头帽子等，其构图样式包罗万象，最见野逸、童趣。这不仅恰到好处地体现出传统吉祥祝福和实用功能，更重要的是佐证了这一乡土艺术得以代代相传的生命力之所在。

昔日之农村，过大年、正月半或赶集总见一些小女孩，跟随父母去做客，她们身上往往都有一件精巧的布贴用品，比如，凤帽、披风、童鞋等。莲花披风系于颈项，分片缀饰的布贴花果顺着肩后一瓣一瓣地散开来，披风、凤帽、童鞋都系着一个个小银铃，走起路来叮当直响。

琳琅耀眼的布贴飘带，布贴帐沿、帐钩、床沿，布贴八卦……遍饰于新房帘外和床帐内外，使人感到天上的仙境也比不了人间的洞房。

阳新布贴之造型有象可依，却又不求形似。不具谱本，无须用笔，心象所致，信手拈来。凡举成像，一把剪刀便是制作者们表达情感和表现艺术的最好画笔。阳新布贴常以装饰手法、寓意象征和心象追求见长，其组合构图常没有时间和空间概念，天上人间、山禽水族皆可集于一局，极度自由。

阳新布贴的实物底布多以黑色和深蓝色为主，而里布绝大多数为红，贴花色布多为鲜亮之原色、晕色和黑白极色。面布与里布一黑一红，底布与贴布以黑地起色，由此可见，阳新布贴对黑、红二色的钟爱，黑地起色、黑漆点金似的色彩基调与楚风是一脉相承的。阳新布贴的用材，历来以传统的棉质布为主。从衣物的实用上来说，它软和贴身；从制作上讲，它服帖好做；从艺术特色上看，正是由于这种“土”棉布结合稚拙味的图形和浪漫野逸的画面，完整地体现了阳新布贴的原始质朴之美。

千家万户爱意满

阳新布贴作为国家级非物质文化遗产，多次参加在波兰、韩国等国家，以及北京、武汉、深圳等地的展览展示活动，所到之处，有很多外国朋友在展厅对着阳新布贴认真观察。阳新布贴深受人们的喜爱，如今，它已成为推动民间文化艺术事业繁荣发展、丰富活跃基层群众文化生活的重要公共文化品牌项目。

阳新布贴在“中国民间文化艺术之乡”的建设中立足于传承中华优秀传统文化，促进优秀民间文化艺术更好地融入民众、融入生活、融入社会。作为一项兼具文化发展与区域发展责任的传统文化工艺，需要统筹兼顾多种文化品牌来体现其社会价值。举办阳新布贴技能培训班，进乡镇、社区、军营、景区、校园开展辅导培训，走进艺术学院开设专题讲座，近三年来达到六十余次，参加培训人数达到六万余人。与县残联合作开展残疾人技能培训，为聋哑人提供就业创业机会。积极研发创意产品，阳新县文化和旅游局以“传习所 + 公司 + 农户”的经营形式，推动阳新布贴生产加工制作，带动了农村剩余劳动力就业，产生了直接的经济效益。“布贴女”“布贴娘”在镇、村（社区）比比皆是。

近年来，县委、县政府高度重视文旅融合发展，全力打造旅游“生态牌”，以创建旅游示范区为引领，以推动开发乡村旅游为契机，充分展现了阳新县具有独特文化魅力的非遗国家项目——阳新布贴，开展阳新布贴进景区等活动。把旅游业作为非物质文化遗产活态传承的重要载体，促进非遗文化与旅游发展深度融合，大力发展阳新县文化旅游产业，传承和弘扬阳新县传统文化。二〇二一年五月，韩国驻武汉总领事姜承锡携夫人到阳新天空之城体验制作阳新布贴，大赞“神奇、神奇”。阳新县还在湘鄂赣边区鄂东南革命烈士陵园、王英仙岛湖、枫林石田古驿、枫林地心大峡谷、半壁山古战场、三溪乡博园、莲花湖国家湿地公园、军垦五夫园、龙港革命旧址群、王平将军纪念园等地举行阳新布贴展览活动，吸引了众多游客驻足观赏。

斑斓云霞换新姿

在推进艺术之乡振兴中，阳新布贴文化艺术的“创造性转化、创新性发展”，更进一步凸显了当代“中国民间文化艺术之乡”倡导的“全民参与、活态传承、守正创新”特质，为培育文化艺术增加了新模式，聚集了新动能，总结了新经验。政府完善了阳新布贴传承基地和生产性手工作坊示范基地的建设工作。扶持了传承人工作室，对传承人给予补贴，依托四十四个传承基地继续开办培训班，带领更多村民增收致富，助推乡村振兴。在职业院校开设阳新布贴专业普及课程，潜移默化培养青少年学做阳新布贴传承技艺的兴趣，扩大阳新布贴传承和爱好群体，扶持培养后继专业人才。

将阳新布贴精品作为确定和扶持传承人的重要依据，激励阳新布贴艺人打造具有阳新特色文化内涵的民间文化，选送精湛作品参加国内艺术节，加强交流和展演。积极探索阳新布贴市场化运营，催生更多文创产品，迎合市场需求；送布贴下乡、下景区，使阳新布贴文化艺术在乡村文化振兴中发挥重要作用。

以阳新布贴为载体，加强清廉文化建设，打造清廉布贴品牌，让清廉布贴走进机关、企业、社区、镇村、校园、景区等，走进千家万户，营造清廉文化氛围，建设清廉阳新。

布贴艺术起源于乡土文化，根植于乡土文化，发展于乡土文化。阳新布贴艺术的存在和发展，使得布贴成为民间艺术的“活化石”和“活标本”。为了使这项彰显浓厚人文内涵、深厚民俗底蕴的艺术瑰宝传承不息、发展延续，阳新县广泛地开展了布贴文化艺术活动，不断创新丰富活动载体，提高群众对布贴艺术认知率和感同率，有力地带动了阳新县民间文化艺术创建活动的开展。近年来，为使布贴艺术走近寻常百姓，广大艺术工作者在主题设计、造型式样等方面不断推陈出新，在汲取传统民间技术精华的基础上，注入群众喜闻乐见的民俗文化精髓，保持阳新布贴与时代同步的旺盛生命力和活力。

桑梓天籁听俚曲
——漫说阳新采茶戏

“美不呀美来呀，乡中水呀，亲不呀亲来呀！”这是传统阳新采茶戏《访友》选段，每次唱“吐血”这段，阳新采茶戏国家级传承人费丽君说：“泪水满面，肝肠寸断。”

阳新采茶戏是鄂南艺苑一朵绚丽夺目的山茶花，饮誉荆楚，蜚声海内，深受观众的喜爱，2008 年被列入第二批国家级非物质文化遗产代表性项目名录。

缘茶而生渊源长

据《阳新文史资料》一书中记载，康熙年间阳新已成鄂南重镇，境内群山罗列，湖泊交错，田地肥沃，物产丰富，充裕的经济促进了茶文化的发展。此时的民歌、小调已相当丰富，如《接妹看爷娘》很有故事性地叙述了一个童养媳的悲喜遭遇。另有《十二月哭姐》等民歌相继出现，讴歌姐妹情深，感人至深。旧时民间盛行正月十五“玩花灯”，玩灯者将“采茶歌”“田间锣鼓”“打单鼓”等民间小调即景演唱，此时人们称所唱为“花灯调”。随着“花灯调”的发展，演唱人员也渐渐演出有故事情节的小型剧目，人们称这种表演形式为“花灯戏”。这时，阳新采茶戏的早期雏形也已经形成。

阳新采茶戏艺人代表，如李盛满、徐世怀、陈新岩、陈世锡等想方设法提高自己的演唱技艺和表演能力，在各地唱戏巡演，取长补短，使之日臻完善，这些促使阳新采茶戏成为一个具有特色的地方剧种。民谣有云：“阳新龙燕，四十八郾，抱起枕头一摞肩，茶戏爱看一夜天。”

人间天上戏路宽

阳新采茶戏以古老神话、地方传说、历史人物、民间习俗、四季风物、劳动场景等为题，咏唱吟哼，既可一人引吭，也可众人轮唱，内容丰富，形式活泼。

以表演动作来看，阳新采茶戏分生、旦、净、丑行当，演出本子戏时，往往唱得多，演得少，动作幅度不大，以眼神和脸部表情为主要表演手段。演出小戏时，则多载歌载舞，表演动作朴实、粗犷，接近生活动作，表现了一种浓烈的感情。

以音乐形式来看，阳新采茶戏的音乐包括“北腔”“汉腔”“叹腔”“四平”，这是采茶戏的主要声腔。“北腔”又分“男北腔”“女北腔”“花脸北腔”“反北腔”，表现人物的各种感情，既能叙事，也能抒情，既可长，也可短，容量大，伸缩强，板式变化多端；“汉腔”又称为“仙腔”，用于法场、托梦、离别、忏悔等场合，表现凄惨悲切之感情；“叹腔”曲调优美、委婉、细腻，用于自述、自叹、祈祷、求神、回忆等场合；“四平”分“快四平”“慢四平”两种，其中“快四平”俗称“四句腔”，由四句唱词、两个上下句组成，展现轻快、活泼、热烈、俏皮等情绪，“慢四平”曲调缓慢、抒情、优美，善于抒发男女爱情、兄弟情、姐妹情。

以戏曲剧目来看，阳新采茶戏传统剧目有“三十六大本，七十二小曲”之称。1964 年以后，阳新采茶剧团创作演出了《闯王杀亲》《张无奈拾印》《三姑出宫》《山中一片云》《载梦的小船》等一批新剧目，多姿多彩，民间反响热烈。

爱入骨髓乃成俗

过去在农村，每逢老人祝寿、祠堂落成、过年过节时，常常会请戏班子前来助兴表演。阳新素有“戏窝子”之称，村头巷尾、田间地垄、树荫纳凉之处等，上至七旬老汉，下至优学孩童，都能哼唱一二。经过近两百年的文化传承，阳新采茶戏可谓家喻户晓、妇孺皆知。

目前阳新县有专业剧团一个，民间剧团三十五个，是黄石市特色文化品牌。他们学传统唱腔，唱传统唱腔，演传统唱腔，力求把原汁原味的文化都传承下来。同时，他们改革创新，与时俱进，“对任何剧种来说，有观众才会有活力”，在音乐上、视觉上、创作上下功夫，不断推出舞台精品，其中《富川霜叶红》《龙港秋夜》《腊米树下》《杨家喜事》等剧目参加全国各级会演，荣获多项殊荣。阳新采茶戏作为省优秀地方戏剧种，在公共文化服务体系建设中也发挥着重要作用。每年“荆楚红色文艺轻骑兵”采茶戏小分队，进乡村、进校园、进社区、进军营、进景区、进福利院展演近五百场，大大丰富了群众的文化生活。

经过众多“采茶人”的辛勤培育，阳新采茶戏——一朵芬芳的红色山茶花，正以淳厚、质朴的艺术表现形式，在这块红色沃土中绽放着！

请酒记

家有女儿初长成，天生丽质二八春。十年寒窗无人知，一朝题名天下闻。小女李悉尼，自幼乖巧聪慧，活泼开朗。三岁学诗，五岁入学，曾先后就读于家乡韦源口小学以及阳新第一中学，受圣人之言，穷数理经纬，寒窗苦守，终有所成，并于二〇一一年高考后被西安培华学院录取。其间，几经风雨，几多坎坷，十多年来，吾辈阅尽人间冷暖、世事沧桑，每遇人生挫折，常得亲朋好友关心照顾，不胜感怀。故借小女悉尼被大学录取之时，于农历辛卯年七月十六日（二〇一一年八月十五日）在简朴寨酒店摆酒数桌，既为小女庆贺，也借此感谢亲朋，并以此文记之。

是日中午，天朗气清，惠风和畅。简朴寨酒店外车水马龙，行人不绝，虽无爆竹声声，却尽显喜庆之景。店堂内环境优雅，简约清新。又有丝竹绕梁，不绝于耳，使人神清气爽，恍入世外桃源。不几时，亲朋毕至，长少咸集。

早前一天，弟已兼程从深圳赶回，忙前赶后，尽其所力。大哥更是忙上忙下，事无巨细，筹谋于指间，才至事事周详，了无遗漏。此次聚会，除了至亲朋友、少小同学外，文学社、闺蜜团更是多多关爱，令人感动。席前，大家分头列坐，叙旧识新，谈笑风生。席间，但见觥筹交错，喜气洋洋，说前生事，叹今世缘，把酒对歌，唱人生几何。虽只粗茶淡酒，却难掩热烈气氛，以至于人人满怀豪气，疑似杜康再世、酒仙下凡。

酒过三巡，菜过五味，吾携兄弟及小女悉尼分桌敬酒，谢家人无私奉献，谢亲朋患难相助，谢同学携手共进，谢领导亲切关怀。但闻祝福之声连连，感动于斯，竟至连喝数杯，终不胜酒力，醉于堂前。午时过后，宾客方散，真乃乘兴而来，尽兴而归。

古人云："吟诗作赋北窗里，万言不值一杯水。"值此佳境，忽忆岁月艰难，顿生无限伤感。吾虽身为百姓，却心比天高，复怀浪漫之心，渴望于普通生活之中获得一己之幸福。吾尝作赋吟诗，故作风雅，也最爱竹寺秋眠，花楼夜饮。然事与愿违，所谓世人常怀难圆之梦，未酬之志，吾辈是也。

今悉尼大学就读之际，方才觉吾辈亦老也。然而岁月易逝，容颜易老，吾之未来又将如何？感怀于此，泪湿衣襟。然女儿悉尼毕竟学业有成，多年付出终有回报，不禁又喜。悲喜交集，不知所云。

最后作《点绛唇》一首以作后记：

醉眼蒙眬，玉面含羞谁为嗔？

倚门回首，数尽窗前柳。

又唱离歌，日暮马隗远。

硝烟尽，青山无数，遮断天涯路。

父亲的背影

每个孩子都是看着父亲的背影长大的，而我的父亲已经去世二十三年了。得知他患癌的消息是在我刚上高一那年，碰到舅公时他告诉我的。当时我赤着脚，挑着一头是米、一头是红薯和菜罐子的担子，过港边明湾子旁边那条湍急的小河去上学。听到这消息，我过河的腿战战兢兢，眼泪模糊了视线，担子里一个星期的粮食快要掉到水里，我感觉自己过不到河对岸去了。

我出生之前父亲是一所高中的校长，而我记忆中的父亲就是下放农村以后的父亲，我最忘不了的也是他的背影。

放水

父亲一米七六的个子，不高不矮、不瘦不胖、不黑不白。长期穿一件白色的确良衬衫或是泛白的黑褂子，白衬衫很白，也不知道那时候母亲是怎么洗得那么白的。由于父亲是教育行业出身，很儒雅，不会农活儿，正如前辈所说，伸手不担四两的模样。队里照顾父亲，就让他干农田放水的活儿。隔壁湾子上水田的人家看见父亲过去捞沟、放水，总是“先生、先生”地喊他，然后都让给他先放。双抢的时候，父亲不但白天要放水，晚上也要放，有时候发大水晚上就整夜整夜不能睡，守在缺口那儿，虽然不用犁田耙地，但也会日晒雨淋，夜不能寐。因此记忆中的父亲就是背着锄头常出门的背影。

碾谷

父亲不光要放水，还要干湾子晒场赶牛拉石磙打谷子的活儿，有时候我要跟父亲一起碾谷子，他就把我放在牛背上耍。牛走得很慢，我在牛背上拼命要父亲吆喝，牛就比较快地跑起来，而且是撅着尾巴跑。牛跑起来上下起伏不是很大，但牛背脊活动度非常大，父亲就让我的身体紧紧贴着牛背，才不易滑下来。这是我小时候最爱的游戏了。每次玩几圈后父亲就说：“女娃晒黑了不干净。”我就躲在有树荫的地方，看着父亲的背影随着牛尾巴一圈一圈地转。现在想起来，父亲就像那拉石磙的牛，驮着对家人的情，把辛苦默默忍受，也像那背上的汗水，淌着对家人的爱，把关怀悄悄渗透。

偷米糊

家里人口多，吃不饱是常事，母亲经常给弟弟暖米糊吃。我记得当时用来暖米糊的瓶子是小鸭子形状的玻璃奶瓶，奶瓶非常可爱，脖子长长的，还有个嘴巴扁扁小小的，嘴巴上长着两个沙粒般大小的鼻孔，肚子圆圆的，肚子下方长着瘦小的脚丫，摸起来舒服极了。到现在每去一个城市我都专门去寻找这种奶瓶，却一直未能如愿。有一天，母亲又在蒸红薯的顶罐里暖着米糊，我好想吃啊，就搭把凳子踮起脚尖拿起奶瓶准备偷吃，刚刚仰起脖子就看见父亲的身影，吓得我差点掉下来，我再抬头的时候就只看见父亲急匆匆远去的背影。到现在家里人都经常笑我，“想吃米糊啊”“要吃米糊啊”。母亲后来说，当时父亲是怕伤我的自尊赶紧跑开了。父亲是很严厉的人，没有太多言语，没有太多笑容，然而我能体会到父亲那颗包容的心，那背影让我忘却了饥饿，感受到温暖。

吃玉米

小时候有玉米吃，也是很了不起的事情。当时农村很少种玉米，像吃水果一样稀罕。有一天父亲估计是饿得慌，蒸了两根玉米，拿着出去边碾谷子边吃。我早就闻到玉米的香味了，就跟着父亲的背影追过去，父亲看见我站在他面前，就再也吃不下了。父亲不会说体贴的温馨话语，也不会在我耳边不停地唠叨，但父亲一直给我一种山一般的依靠，给我一种时时刻刻的心安。

抖法子（方言，吹牛、讲故事的意思）

父亲琴棋书画样样在行，但这些在当时的农村没多大用处，顶多是方圆几里建房子的农家或者是做祠堂正屋的宗族要父亲去写大门上方的四个字时才用得上。当时父亲最拿手的是给湾子里的人讲水浒、谈三国了。一到下雨天，大清早母亲就边做饭扫地，边听收音机里的打鼓说书，我到现在都记得张明智的湖北大鼓《楼上楼下》《找嫁嫁》《三女婿拜寿》等名段。随后，湾子里的人就会陆陆续续地来我家等父亲给他们讲水浒、三国。我通常是放学了还看见他们站的站、蹲的蹲，或是抽着水烟津津有味地听着，在厨房的灶前，父亲滔滔不绝地正讲得不亦乐乎，我只能看到他的背影。我的父亲就在这简单的幸福中把他的快乐赠给需要的人。

堤坝

湾子里有一条堤坝，小孩子上学必须经过这条坝，长长的堤坝，长长的路，从学校门口一直延伸到村口，堤坝两边有铺天盖地的油菜花，有成片成片的芝麻花，还有一垄一垄的红薯藤。小孩子在芝麻刚刚开花结荚的时候就开始随手摘下吃，芝麻花是可以吃的，特别香，而水嫩嫩的芝麻粒是最可口的零食。还可以把芝麻叶子揉成汁，搽在冬天容易冻破皮的地方，来年就不再长冻疮了。父亲当时被镇上的企业选去当了红砖厂、油漆厂的负责人，有了自行车，傍晚回家的时候，就沿着这条长长的堤坝骑车回家，有时候是坐着骑，有时候是站着骑，白衬衫随风鼓起来的背影真的很好看，这背影在我脑海中定格了一生。

重男轻女

说起重男轻女，父亲肯定是拔尖的，父亲膝下有五男二女。有一次父亲叫我和弟弟们去隔壁湾子的泉水井打泉水，出门时叮嘱我说："你去井边打水，让弟弟站远点。"我当时就不耐烦，生气地说："我跟弟弟年纪只隔一岁，还是女孩子，为什么是我去呢？"说得他哑口无言。为这件事，一直到现在每次回老家上坟，我都会说给兄弟们听，母亲说："你大一点才叫你去打的，你爸真的很爱你，这之后他伤心极了。”其实我当时肯定是吃醋了。

恢复工作

父亲在癌症后期终于改正了错划右派的事，恢复了工作，除了大哥考上学校有商品粮户口，其余的孩子也都转了城里户口，更好的是父亲可以享受国家政策住院了。当时正值暑假，由于双抢，自然只有我去医院照看父亲，医院里的很多医生是父亲的学生，对他特别照顾。父亲住的病房里有两张床，我就从家里拿来被子，和父亲住在一起。每天打吊针，父亲则双眼紧闭，脸色暗淡苍黄，骨瘦如柴，我有时哭了出来，父亲这时睁开眼说：“我没事，我没事了，会好的，我还要回家给你侄女做满月酒，还要去县城做手术呢。”

父亲还是在侄女满月的第三天走了，没能去县城做手术，在平反恢复工作后领了三个月工资就走了，一颗平凡而充满父爱的心脏，在经历了一百八十多个痛苦不堪的日日夜夜后终于卸下了一生的重负，带着对生命的渴望与无奈，带着对亲人的眷念与期待走了。看着棺盖合上的一刹那，我的心痛到了骨髓。我的父亲，人间的甘甜有十分，您只尝了三分啊！要是活到现在，鸡鸭鱼肉尽管吃啊！

排市印象

富川是一条流淌的河，而排市，就是这条河流之上的一个港湾。坐在湾中的茶园，泡一壶清茶，搂一缕清风，看潮起潮落，就是一种品质生活，代表着一种人生的自由、幸福。我常因这些细微的发现而快乐，而有些快乐透进骨子里永生难忘。

油菜花海

“满目金黄香百里，一方春色醉千山。”这是一幅绣着温柔、静美的画。满目的油菜嫩黄如梦飘于眼前，花随风轻轻摆动，茎是浅浅的蓝灰色，从秆茎到花朵都水灵灵、湿漉漉地泛着光。有的含苞，有的结了小果，果跟着花攀飞，花随着果悸动。面对一望无际像一面镜子的浅黄，那种世界之大、唯我一人之气由心田升起，感觉人生境界瞬间得到了升华。我喜欢这种心境，喜欢这种青春、倩盼还有一点顾怜凄美的味道，它天生就该和我相伴，美到窒息，美到极致。

又一阵风吹来，不远处的山，影影绰绰地映入眼帘，有蜜蜂采蜜的声音在欢快地重复，又越飘越远，像是飘去了富河两岸，飘向天际。花海的小路上，有拍照的人在搔首弄姿，人面菜花，红黄相映；有赏花的在轻抚，生怕惊动了花开的声音；我蹲下来，与花对视着，几只翩翩翻飞的蝴蝶，不知道是不是在嗤笑我的痴情。

可有谁知道，前年夏天富河经历了史上最高水位的洪水，需排水破堤，虽然这里曾经是一片泽国！

滴水崖

兰舟待发滴水崖，玉笛悠悠，残月柳梢头。这是我与滴水崖初遇时的感觉。这大山深处的绝境之地，在仲春的早上微凉而透彻。滴水崖此时的瀑布不大不小，在阳光下一波一波地闪亮，似天空垂下的白绸般洁白无瑕，仿佛天上的水袖扫落人间。心一时极度宁净、松弛，忽然觉得自己是这滴水崖中的一颗水珠，置身一个温暖厚实的怀抱，娇小可爱，只想在这湿润的空间里流连。

滴水崖的一切都充满了江南小镇的细腻朴实。它美，美在厚实，美在淳朴，美在它的小小江湖，美在自然天成的韵味。我喜欢这厚实的滴水崖，更喜欢它顺流而下的沧桑。滴水崖前常常有笛声，有了笛声，就有了灵魂，心境也就湿润起来。伫立滴水崖前，闻笛之声，一曲一场叹，一生为一人，时光甚好，只因君在场。

滴水崖其实只是排市的一个小景点，还有横岭山、后山水库等，处处风景如画，谁不说排市好？

山茶园

“唯有山茶偏耐久，绿丛又放数支红。”一到排市山茶园林，就被眼前的山茶树震撼了。山茶树簇拥成状，枝叶茂盛，此时过了花季繁华的时间，花也不多了，但每棵树上还有花掩映在叶间，有的一朵独处，有的三五相伴，粉红的、鲜红的、洁白的都有。花蕊也有很多颜色，像是牵挂在枝头的一粒粒童话，每一粒都令人神往。近前，轻轻嗅一嗅，感受它的清香，这是七仙女在夜间不小心遗失了的美丽珠子，任它缀挂在这弯月如钩的枝间开放的吧？！

排市的山茶园是神秘的——是嫁接的神秘，是精巧超然的鬼斧神工。那一棵棵比平常景观茶花高大不少的山茶树，迎风而立，犹如摇动的青衫。枝干嫁接处像久经沙场、赫赫战功的老将，葱郁的树叶不能掩盖嫁接的疤痕，满身花香驱赶着嫁接的沧桑，愈显可歌可泣。漫山的山茶树充满诱惑，像是一个行走江湖的侠士带着勃勃英气翩翩而来，又像是一个骨感的女人，着鲜艳的衣裳，留齐耳发式，三分妩媚风华，七分成熟干练，一回头，一蹙眉，就与众不同。

灾后重建，历经千辛万苦，勤劳勇敢的排市人，没有停下疲倦的脚步，依然去追寻、去聆听那些疼痛的声音，那香喷喷的山茶油，就是结痂过后满满的收获！

阚家塘李家老宅

由于工作的关系，我对阳新的祠堂、祖屋早就有所了解。到目前为止，阳新县有浮屠李蘅石故居、李氏宗祠，排市阚家塘李家老宅，三溪乐氏祖屋，王英伍氏宗祠等五处祖屋，为主要历史遗迹，已成功申报为国家级传统村落。其中保存最为完好的，便是排市阚家塘李家老宅。

阚家塘李家老宅距今约有三百年的历史，二〇一二年入选“中国传统古村落”，二〇一四年公布为省级文物保护单位。阚家塘所处地势相对较低，四周青山环抱、竹浪连绵，门前山涧小溪流淌，气候温和，风景旖旎，体现出“山、水、村”天人合一，人和环境和谐共处。该村名为阚家塘，实为李姓人家居住的大院落。

老宅占地面积约三千五百平方米，据其后人李名胜介绍，李家老宅始建于清中期，清晚期完善，由四代人建成，李名胜是第九代了。老宅坐落在山窝里，平面为东西长、南北宽的长方形，二层单檐砖木结构，穿斗构架，硬山墙搁檩，大青砖平砌错缝、小青砖灌斗墙体，小青瓦屋面，山花封火墙。老宅为多进院落式集居形式，正面开有三个大门，东西山墙开有两个侧门，纵向从门洞可进入房屋的最深处，同时又与三条横向的青石板环廊相交、连通，一百零八间厢房镶嵌在这三纵三横网络之间，三十六个天井自成单元，连着各自的厢房。宅第北辟有后花园，且在花园边沿山体两侧，开有东西两条排水沟，以缓减来自北山的雨水压力。

老宅的每间房不光有长方形小洞窗，也有楼梯通往二层阁楼。阁楼上有花、草、鸟、兽的木雕梁枋、隔扇花窗，人物形象与建筑物融为一体，花草惟妙惟肖，鸟兽活灵活现，人物栩栩如生。虽然年代久远，仍然保存完好，建筑精美如画，既有徽派风格，又具楚居雅韵，处处透出古朴的气息。

整个老宅虽然开有三个大门、两个侧门，家家互通，但全宅能用一把锁锁起来。“归隐山野成一统，子孙满堂乐融融。”神奇的老宅，精心的布局，展现了院落主人追求世外桃源、人间天堂的意境。

深山有佳院，遗世而独立！你来或不来，它都屹立在那里，颜容苍老，见证着历史大变迁。

排市镇地处幕阜山脉北麓，地势蜿蜒起伏，乃天然氧吧、生态之镇，气候宜人，好山好水好空气，是一幅绝美的天然山水画卷。“夹河两岸皆有市”，这里曾经是古代茶商、麻商、渔业经济贸易的一条纽带，这里的每一步都有着深厚的历史积淀和文化底蕴。遇见只是所有故事的开始，且以清风兑酒，春雨煮茶，迎接更多的远方来客，来探访这古老的山水文化，来共商这蓬勃的乡村振兴事业大发展。

春归女儿山

时晴时雨的季节，就在这不紧不慢的日子中悄悄褪去羞涩。满园春色，像一位少妇，带着妩媚与浪漫款款而来。“七约”女儿山的茶园也熟了，我该回心心念念的女儿山了。嫩绿在湿润的风中翘首以待，时间似乎刚刚好，茶叶新芽在等待每年三四月的这场洗礼，把自己变成一口香醇，然后吹飞在空气中或融化在心里头。“春随落花去，人自采茶忙。”那时，漫山遍野都是头扎蓝色头巾，身穿蓝色花布上衣，背着背篓的媳妇们。

坐在女儿山的山坡上，我想寻找昔日湖北省第二大煤矿基地的辉煌印迹，想象当年的火热场面。当年黑漆漆、灰沉沉的一片，如今变成了如诗如画的茶园，一垄垄、一排排、一棵棵，依山而植，绿色梯次而上，如长龙绕山而卧。一山千行绿，从冬望到春。纵横阡陌间，唯有山茶在。绿色的海洋，如笛上的音符，跳跃不止。很想折几支茶枝编成美丽的环，戴在头上，然后扑倒在女儿山的翠绿丛中美美睡上一觉。初夏的阳光温暖着我的脸，安详的容颜与整个女儿山十分和谐，我心里感觉宁静。

女儿山的竹林总是茂密的，笼着诱人的绿意，一进竹林，我就想起白居易“有松数十株，有竹千余竿。松张翠伞盖，竹倚青琅玕”的诗句。女儿山上连蒲苇也是淡淡的绿色，婀娜多姿。绿绿的青苔柔和地在台阶旁铺开，我轻轻地滑行，舍不得碰触它们一点点，虽然小，却绿意盎然。这绿色成了生命之托，我轻轻地抚摸它们，感受生命的蓬勃。

过了深秋，女儿山还是苍翠欲滴，整个山坡就像一个绿色的镜面，多了一层水雾之气。不仅蒲苇毛毛上浮满了水珠，连旁边的竹林也潮湿得很，风一吹，竹叶上飞落的水滴打在头上，感觉掉下了一地的绿色。地上掉的竹叶也是翠翠的，我都避开了脚，以免弄疼了它们，也好想来一次“葬叶吟”。

唯独不见了那只小鸟，那年暑假的时候，我们共同折叠的小鸟已不在这里，莫非它载着我们的梦想，已展翅翱翔？

再一次回到女儿山，又是春天，这里的一山一木、一草一花，我都熟悉。草儿一季一季生长，花儿一年一年化作泥，而我常常一身蓑衣穿行在女儿山高与胸齐的茶树之中，无数次徜徉在它宽厚的怀抱里。真想来一曲阳新采茶戏，渗入芬芳的泥土中，绕去蓝天白云间。风吹过茶山，长发胡乱飞起，在女儿山这片宽敞的茶园里，我喜欢踽踽独行，去拥抱这处处闪耀着沉醉的绿色。

回老家过年

太子古镇，天水望族，远源于殷商，延衍于宋元。壬寅瑞雪，癸卯荣春，尹氏新居，面西南而筑，名曰安华。

夫幕阜绵延之地，倚西南诸峰环拱之境，父子崖，筠山竹，屾野沃土，郡邑棋布。闻长江之滔滔，得吴楚之余韵，斯居陶然以安哉！

祖德扶匡，基业甫就。望南山，置四季美景于窗榻；步垄上，拾稻菽康乐于情怀。植松桂，栽兰草，晴耕雨读，宜室宜家。子曰：“孝悌也者，其为仁之本欤。”椿萱有爱，宝书积善，吾辈蓄根之茂树，棠棣之华，和合同馨，此为安华一居福佑之缘也；盖有为门第，子嗣贤良，清誉共勉。

安华居，乃母柯氏携尹氏同胞五人（清华、斌华、海霞、建华、元华）各注金共建，并立盟约：“衣袍情深，物产共有，凡我后人，有守土修葺之责，无内讧押售之能，悠游睦和而居，开吾尹氏一族新风耳。”

公元二〇二三年夏立

承蒙画家余秋桦先生为我老家新居撰写《安华居记》。

去年，老妈带我们五兄妹在太子镇老宅地重建新屋，新屋一共三层，建筑面积近五百平方米，另外厨房也有近一百平方米，每户二居室带卫生间。我们把隔壁一家人的老地基也凑了过来，托同学的福，帮我们栽上黄杨、茶梅、栀子花、女贞、杜鹃、木槿、紫薇、春梅、石榴花等绿植，花园式院子也建成了。大哥说今年大家无论如何也要回家过年。

我们一大家子都是离开老家三十多年后第一次回乡过年，迫不及待的心情可想而知。

从县城到村子不到半小时的路程，新建不久的黄阳公路光亮得很，行驶其上望山、看湖、过大桥、钻隧道，风光无限好。

但我每次回家喜欢走小路，因为走小路必经小时候念书的港边明祠堂。每次经过祠堂门口，那似曾相识的情景立刻出现在眼前。跨过斑驳的大门，经过天井，来到宽阔的正厅，环顾四周，里面有许多杂草。抬头仰望屋顶，可看见那些粗大的杉木梁柱和镂空窗花，些许花纹和动物雕刻依旧栩栩如生，都像在倾诉着它们的过往和期盼，每根柱子、每片灰瓦、每块青砖都残存着岁月的痕迹，而我也仿佛被这周围的一切带回到曾在这里念书的时光。

一踏进村口，就看见村里那棵老槐树，以及槐树下的池塘和晒场，想起当年父亲和那头重复转圈的老黄牛，想起大雨过后，长时间遭受雨水冲洗浑浊一片、高低不平的地面。在农家，牛难得有闲下来的时候，只有遇到大雨的天气才能不干活儿。于是，这头闲不住的牛就一边抖动着身上的水，一边不停地围着槐树转着圈，地上就有了一圈杂乱无序的蹄印。

“天地精气结，石里有乾坤，清静无燥气，返璞以求真。”打开新屋大门就能看见刻着“安华居”的大石头立在院子左手边，这大石头是我和大哥经过千挑万选选中的“泰山石”，泰山石稳如泰山、重如泰山、安如泰山，一块石头可以惊艳一个院子。

在一个院子里，留一席给石头，能使你忘却城市的喧嚣，进而陶冶情操，让生活回归大自然，让心灵得到净化。

今年过年的天气特别好，日暮时分，了无天际的天空被火红的云彩铺满，炊烟也在慢慢升腾，村子笼罩在一派安详的气氛里。我和兄弟、侄子随妈一起散步，从村头望去，一排排新建的房子整齐地耸立着，显得特别干净、宁静。村子前面有一条长长的堤坝，小时候上学、放牛、扯猪草都在这条坝上。当时堤坝两边都种满稻谷、红薯、芝麻，芝麻花还是小时候的零嘴呢。可以说，这条堤坝包含了童年所有的快乐与忧伤。堤坝现在也都种满了包菜、芹菜、香菜，但感觉似乎矮了很多。

有一些老人用力撕扯着自家屋后的柴垛，准备做晚饭的柴火。想起过去，我的父母也是这样撕扯着永远撕扯不完的柴垛，冬去春来，撕扯完了一堆，又会在另一季之后堆起一个更大更厚实的柴垛。这些让我感觉永远也撕扯不完的柴垛迫使我贪婪地阅读那些破旧的课本，以期逃离稻田里挥汗如雨的疲劳。

村里没有几个人认识我，年轻的媳妇还有孩子们，都用一种好奇的眼光看着我，可能是因为我穿着笨重的棉睡衣、趿着拖鞋、蓬头垢面的样子让他们捉摸不透我的来历。我在小的时候，也曾经这样站在自家屋前，好奇地看着一些路过的人——挑着担子的卖货郎、邻居家的亲戚、要抱我去人家做媳妇的陌生人等。或许，那时有意无意在心中有一种期待，期待着能从陌生人身上看到一些与这里不同的新鲜的东西吧。如今，自己倒成了一个完全陌生的人了，这块土地，这些淳朴的村民对我知之甚少。但无论是谁我都想点个头，打个招呼，或者多看几眼，是想找回那些曾经熟悉的眼神、面孔吗？总有似曾相识的东西让我感到亲切，那些儿时的玩伴，都在哪里呢？

三十那天一大早，大嫂、弟媳等人就起床准备中午的年饭了。按族里规矩，在大年三十的上午，村里男丁要提着装满供品的竹篮先在宗祠拜祭，再去祖坟山上供饭，然后才各自回家吃年饭。整个村子有近五十个男丁，看着长长的队伍向祖坟山上进发，我感叹道："农村的年味是真的浓啊。"

我们家吃年饭准备了三桌，近四十人共聚一堂，欢度龙年春节。

三十的晚上，一大家子围炉聊天儿，时不时看一下春晚。聊天儿肯定要提及父亲，父亲生前是一所高中的校长，能说会道，琴棋书画样样精通，地地道道的文化人。后来下放农村，由于是先生，不会干农活儿，吃尽白眼和苦头。

母亲把全村的老人回忆了个遍，谁进了城，谁家儿子没娶媳妇、没添孙子等；我们也把儿时的伙伴打听了个遍，东家的孩子赚很多钱、西家的孙子考上啥大学等。一直到春晚结束才意犹未尽地各自回房睡觉。

我在新屋睡得出奇的香，但乡村的鞭炮声还是叫醒了我。大年初一，大嫂、弟媳她们早就准备好了红枣、鸡蛋、桂圆、白木耳，这是太子镇农村大年初一的必备品。同时又在准备中午的饭菜，看着她们忙碌的身影，我仿佛看到了她们以后的福报，孩子们一定前程似锦，自己老有所依。

“该带着宝宝去你爸的坟上看看了吧？”母亲说。“要去的，一定要去的，但是太小了，等过一岁吧。”我说。前两年，我们重新做了父亲墓地的坟台，父亲并不孤单，周围有序地埋葬着我的爷爷、奶奶，还有我同父异母的哥哥。我恭敬地跪拜，想起父亲，眼中有泪水又欲流下。离开时，我看到坟的背面有成片的白色芦苇花，在早晨刚刚升起的太阳照耀下发出温和的光，像父亲的眼神。

就这样在家中陪着母亲，又抽空拜访了村里还健在的几位长辈。近几年，有几位长辈相继辞世，隔壁的细娘患了阿尔茨海默病，另外房头的二位叔公也坐上了轮椅，健在的几位不是这不舒服就是那不灵光了，所以我们都唏嘘不已。我跑到宗祠前面一伙打扑克的人堆里凑热闹。“村子不是以前那个样了啊！”我那个曾经儿时的玩伴，一脸满足，笑哈哈地大声告诉我。

我是一个喜欢掩藏自己的人，像一把合起来的伞。下雨天或者太阳暴晒，我又愿意彻底把自己撑开，为自己和别人遮挡一点风雨和燥热。亲爱的家人和乡亲，我能给予你们一点什么呢？

每次回家，都免不了淡淡的乡愁，回家过年，这种追忆的乡愁就更加刻骨铭心。

新年新衣

“老去又逢新岁月，春来更有好花枝。”小时候一到腊月，老妈就把我们一群孩子带去街上买布料，买新袜，试新鞋。很快，师傅就被请到家里来做过年的新衣服。过个三五天，全家大大小小的花花绿绿的衣服就都做好了，满满两大竹床。

父母是读书人出身，做农活儿比不上人家，得的工分少，但对孩子的关爱和教育特别重视，每个孩子都要读书，有本事读多高就读多高；逢过年，讨个新年新气象，每个孩子都要做新衣服。“十五彩衣年，承欢慈母前。”我是母亲的掌上明珠，那更是非做不可，一身的花棉衣、棉裤、新鞋、新袜。

那时候做衣服的布都是用布票换的那种细棉、细花布，颜色也大多给人僻静感，没有繁复的纹路，大部分是素青的，青花瓷色、翠绿色、暗红色，透着一股清新劲，看起来就像害羞的小姑娘，不事张扬，腼腆地站在角落，只有那一双水汪汪的眼睛看着你，瞅得你心生欢喜，由不得你不怜爱。

直到现在，每次逛街的时候，虽然我也会在大片锦衣华服里停留许久，但目光都会悄无声息地落在一件件棉布素衣上。始终只爱棉布衣物的素淡，这大概因了人的性子，为此还被闺蜜嗔怪：“怎么就不穿些好看的时装呢？”我笑着辩解：“棉布衣服可是安静的，浅淡的，内敛的。”

新衣服的味道都是香的，想快点到天亮，穿新衣服到每家每户去拜年。农村的大年初一，每家孩子都会一户户地拜年，一大早就跑完整个湾子。有的给一点糖果，有的给一把米泡（爆米花），有的给一把花生、蚕豆。孩子们穿着新衣服，扎着红头绳，欢声笑语，脸上溢满快乐。不像现在这样，动手就给几百元的红包。父母看着围着树蔸烧得亮堂堂的大火炉旁的五个孩子，穿着新衣服顺溜溜出去拜年就会看着我们幸福灿烂地笑。

"积丝成百絇，量体织新衣。"我觉得我妈从年头到年尾挣钱就为两件事情：孩子念书，新年做新衣服。因为她每年养的一头猪卖后所得，光请裁缝师傅做衣服了，中秋过后还得积攒鸡蛋再卖钱，才够给我们买新鞋新袜。

我家请的师傅是一个身材比较矮小、单薄的男人，走路微跛，背脊稍微弯曲，但看起来精干，眼睛细小有神，说话脆生生的，记得他好像患有侏儒症，但我那时候觉得他特别了不起。他穿的上衣，虽然很旧、发白，但很合身得体。我最感兴趣的是看那双裁剪的手，那手又粗又黑而且开裂，像是松树皮，拿着那个剪刀还有红红绿绿的粉笔，比比画画，我也很想有那样一双巧手。他还有一本裁剪书，我也经常偷着看，里面密密麻麻地写满了记录，还夹些报纸、鞋样之类。在农村小孩子的世界里，估计最开心的就是看到每年师傅来家做新衣服，有好穿的了。

随着年岁的增长，大哥也进入社会工作拿工资了，长兄如父，其他兄弟的衣服大哥都可以不管，但我的衣服大哥是每年必买的，甚至保持到现在。当时大哥毕业，被分配到太子镇中学教书，学校对面就是供销社，他就在那里买了白底黑格子的棉布给我做了人生第一条连衣裙。我当时害羞，也一直舍不得穿，只是晚上洗澡后，在上晚自习前穿一会儿。大哥谈女朋友第一次家长见面时，我也是穿的这条裙子，那张珍贵的照片我依旧保存着。

小时候穿新衣服只是感到开心，长大以后就不止开心那么简单了，是浓浓的幸福，即使为人妇、为人母，大哥仍然把我当小孩，每年过年也特地带我和妈买新衣服。记得有一年逛了好久没自己喜欢的，快到过年了，妈妈心疼，非要拉我上胜利街不可，给我买了一件新羽绒服。虽然现在先生和孩子也给我买，但还是大哥买的衣服让我有满足感，那是一种被宠爱的珍贵感觉。

就这样，每年大年初一穿着新衣服，暖和和的身，暖乎乎的心，即使有再大的委屈和辛酸也不算什么了。女人的心容易满足，穿新衣服成了她们的人生乐趣之一，爱护家庭的男士不管怎样每逢过年都要给身边的亲人和爱人买件衣服。特别是大年初一的时候穿在身上，那感觉不只是暖在身上，最重要的是暖在心里，整年的心里都将是暖暖的、幸福的啊！

我和家人在陕西

大哥在退休之后就一直念叨着要和尹家老姐妹出去旅游一次，这一心愿终于在二〇一九年五月二十九日这日得以实现。开始我选择的是向往已久的鼓浪屿、土楼。我妈竟然不肯，说要么去十三朝古都西安，要么去河南看白马寺、少林寺。我苦口婆心地给她做了很多思想工作，动员她去福建，还诱导说我哥去过西安和河南了就不要再去了，她就三个字——不想去，气得我牙痒痒。由于悉尼在西安读大学，我去过三次，河南也去过两次，在云台山旅游的情景，闭着眼睛我都觉得就在昨日，少林寺都是些诵经念佛、武刀弄棍的景象，实在不想去。没想到我哥竟然满口答应了老太太，说她想去哪儿就去哪儿。

一

妈、大姐、农村大嫂、哥嫂两口子、侄媳妇玲玲和我，一行七人于阳新乘坐十五点五十五分的火车直奔西安，终于在午夜十二点到达西安新城区订好的酒店。办好登记手续，在楼下吃了点东西就上床各自安歇。我和我家“太上皇”、小美女玲玲住一间三人间。

酒店的房间很大，地毯花色很有档次，古色古香，家具都是仿古的。房间给人一种艺术设计感，油画艺术、诗词书画等主题，营造出了“诗意人生”的主旨。

一大早，还在睡梦中就被大哥喊醒去吃早餐，我们在一阵忙碌之后又慌慌张张、美滋滋地出门了。

电梯到下一层的时候进来两个四十多岁的英俊男人，他们其中一个说：“早上好！”我妈说：“好你妈。”我当时蒙了，心想：老太太你一大早是不是想搞事啊？看我妈一副慈祥的笑脸，再看那两个男人互相对视的眼神，我立刻清醒地想到我妈肯定是说“好礼貌”，我不好意思地望着他们笑了笑。让我惊诧的是，到二楼餐厅出电梯，那个问好的男人笑眯眯地挥着手势叫我妈先出，并且朝我眨了眨眼睛，我用那种感叹西安人好有文化的眼神也向他眨了眨。

我想起一句话，一个人有文化但并不代表有教养。文化和教养有时候是两码事。文化就是根植于内心的修养，我觉得这两个男人就是“有文化”的人。

吃早餐的时候我笑岔了气地跟大伙儿一顿说，大哥五十多岁的高个男人竟然笑得将一口牛奶喷出嘴，然后在快乐的节奏中我们开始了西安幸福之旅。

二

行程的第一站是华清宫，又名华清池，小时候我就知道大美人杨贵妃喜欢洗澡，青春期的时候知道有个地位很高的男人很爱她，知道“一骑红尘妃子笑，无人知是荔枝来”这一千古名句。

华清宫是唐代封建帝王游幸的离宫，因其亘古不变的温泉资源、唐玄宗与杨贵妃的爱情故事、西安事变发生地以及丰厚的人文历史资源而成为中国著名的文化旅游景区。

这里作为古代帝王的离宫和游览地，已有一千三百多年历史。

走进华清池，大门上方有郭沫若书写的“华清池”匾额。进了大门就见两株高大的雪松昂然挺立，两座宫殿式建筑的浴池左右对称，亭台倒影，垂柳拂风，九曲回廊，建筑壮丽。想起唐代诗人白居易《骊宫高》诗曰：“高高骊山上有宫，朱楼紫殿三四重。”

满园的石榴树也是华清宫中的重要景点，听导游讲解，杨贵妃非常喜爱石榴花。唐玄宗投其所好，在华清宫广泛栽种石榴，每当石榴花竞放之际，这位风流天子即设酒宴于“炽红火热”的石榴花丛中，杨贵妃饮酒后，双腮绯红，妩媚妖娆，酒染之粉颈红云与石榴花竞相怒放。

我着重看了看唐玄宗和杨贵妃沐浴的地方，据导游介绍 “莲花汤”是唐玄宗沐浴的地方，占地四百平方米，是一个可浴可泳的两用汤池。池底一对直径约三十厘米的进水口曾装有双莲花喷头同时向外喷水，并蒂石莲花象征着唐玄宗与杨贵妃的爱情。“贵妃池”是杨贵妃沐浴的地方，汤池的平面造型颇似一朵盛开的海棠花。白居易著名的《长恨歌》中写道：“春寒赐浴华清池，温泉水滑洗凝脂。侍儿扶起娇无力，始是新承恩泽时。”好一个“出水娇无力”的画面，她在这花朵一样的浴池中沐浴了许多年。杨贵妃姿质丰艳，善歌舞，通音律，是唐代宫廷音乐家、舞蹈家。

我家小美女玲玲问：“姑姑，为什么杨贵妃那么喜欢洗澡？”答曰：“传闻因为她有狐臭。”

三

因为工作接触文化遗产，所以对兵马俑很感兴趣，一进去我就打开手机录音功能，全程对导游讲解进行录音。以下资料大部分来自录音，我这边并没有进行详细确认。秦始皇陵及兵马俑世界瞩目，各国元首慕名而来。它不仅是中国人民，也是全人类的一份珍贵文化财富。一九八七年十二月被列入《世界文化遗产名录》。

听导游讲解，兵马俑是一九七四年三月被发现的。当地农民在一片砂石堆积、墓冢累累的荒野上挖井时偶然发现了一些陶俑残片。后经考古者勘探和试掘，发现是一座规模宏伟的大型兵马俑坑（即一号俑坑），里面埋藏着和真人、真马大小相似的陶俑、陶马约六千件。一号俑坑规模最大，呈长方形，以战车和步兵为主力军阵。他们披坚执锐，军容严整，气势雄伟，势不可挡，刹那间，你会感觉到一种神秘的力量把你带进喊杀震天、战车嘶鸣的古战场。二、三号兵马俑坑是秦始皇陵园内的一组陪葬坑。三个坑内共有陶俑、陶马约八千件，像一个庞大的地下军团，也是一座古代雕塑艺术的宝库。

据说，在秦始皇兵马俑旁，活跃着一批女性考古和研究者，兵马俑现在招人一般招女性，由于女性工作人员心细如丝，手指温柔，越来越多的女性活跃在挖掘现场，她们的工作为玄衣如铁的兵俑增添了一份“柔情蜜意”。

四

虽然我来过西安几次，但登华山却是第一次。提起华山，就想起金庸小说《射雕英雄传》中的华山论剑，想起东邪、西毒、南帝、北丐、中神通五人在华山顶大战七天七夜，争夺《九阴真经》的场面。

由于我们团队以老年人居多，经过大家商讨，我哥决定上难度最小的峰——北峰。

华山山峰像一朵莲，正如《水经注》所说："远而望之若花状，故名华山。"

一大早来到山脚下，一座座险峻雄奇的山峰，就像一把把利剑直插云霄，仰望那壮美超群、伟岸挺拔的重峦叠嶂，朦胧的烟雾在山巅弥漫，我想起宋代寇准"只有天在上，更无山与齐"的诗句。

乘坐缆车缓缓而上，窗外的美景尽收眼底。奇峰怪岭，那整片花岗岩山峰都是白生生的，不见绿色，还有那道道齐刷刷的被水侵蚀的痕迹，好似在向人诉说那几千年的沧桑。

下了缆车，拾级蜿蜒而上，就来到了俗称"云台峰"的北峰。北峰海拔一千六百多米，是华山主峰之一，因位置居北得名。形若云台，北峰四面悬绝，巍然独秀，给人以壮美之感。

沿途经过擦耳崖、上天梯、苍龙岭、五云峰，最后到达金锁关，金锁关两边的铁链挂满各色金锁，有同心锁、平安锁、富贵锁，寓意爱情永恒、生活平安、富贵吉祥等。

我终于登上了北峰的"华山论剑"处，这里游人如织，纷纷合影。放目眺望，但见千峰逶迤，匍匐脚下，天地空阔，仿佛看见五绝在此翻云覆雨、奋力搏杀、掌势如风的敏捷身姿。一股豪气由脚底直贯头顶，顿时生出了"欲与天公试比高"的豪迈！

五

西安的美食很有名，羊肉泡馍、油茶、千层饼、辣子蒜羊血、臊子面、油泼面、荞面饸饹都是好吃的美食，更出名的是"biángbiáng面"，西安大街上每天都能看见这样的面馆，我每天都要记这个字怎么读，汉字还打不出来。我吃了一顿羊蝎子，吃之前担心会不会被毒死，原来只是一些羊骨头而已。最后一天还去了西安古城墙，还有钟楼、汉民街、回民街等值得玩的地方。汉民街上到处是非遗展示。五天的行程很快结束，几个老人家看起来还非常轻松，有意犹未尽的感觉。每年与家人或三五朋友出去游历祖国大好河山，都可谓人生之幸福也。

与星月共眠

友约露营看日出，我浅笑未应，一是清晨太早我难起床，二是我见过新疆的草原、日出，其他地方应无可看矣。没承想，小槿嗲嗲地私聊我说："同去同去……"我这人啥都好，就怕人家跟我撒娇，一撒就"全焦"。

夕阳西下，我们相约在荻田路口，一拨六人坐阿坤的房车，直奔目的地。

一路谈笑风生到大冶刘仁八镇金柯山脚下，没想山路曲折蜿蜒，陡峭急转，加上房车面积大，要加大油门才可爬坡，好多近三百六十度的回头弯，中途好几次熄火，我们大受刺激。路是曲折的弯，头露出车窗提心吊胆；山是出奇得高，伸手似乎可触白云。

山路十八弯，偶尔在山冈、山坳处，可看到山里人家开垦出来并整得光亮平滑的田地，与大山相映，与山景相存，构成一幅完美的水墨画图。而最瞩目的当数掩映在山坡脚下或半山腰上的一两间或三四间房屋，在大片的绿色中显得分外突出，这房屋主人的顽强的生存能力常人无法达到吧？

六点左右到达山顶，下车，拾级而上，不一会儿就看到了斜阳照耀下的一大片绿色草坪。

赤足其上，那种纯净、裸露、自由、惬意的感觉，让心顿觉安静。微风吹过，就在这群山与绿草之间慢慢走着，衣袂飘飘，长发乱舞，大声呼喊，静听回声。

草坪边是一大排供游客搭帐篷用的四方形实木铁架台子，错落有致，别具风景。其后便是一处处光秃秃的岩石，发出某种无奈的信息，感觉这一块块的岩石胸膛中有黑色的血液——那是太湖石，也是有名的风景园林石，常常被人类拖下山敲打、碾磨、摆布……偶然可见几只虫子在寻觅、啃食树叶。一朵孤独的野百合立于风中，身上白一块、红一块、黄一块，大喇叭口正对着我们，眼里满是羞涩，抑或好奇，瞅着这群山外来客。山巅的夜来得较晚，大家沿着山路四处兜兜转转。那么高的山上，沟沟壑壑，居然还住着那么多山里人家。他们如珍视生命般开垦出一垄垄山地，并充分利用起来种植辣椒。那枝枝叶叶下密密麻麻的尖椒，像山里人蓬勃而顽强的生命力。

谁家的老母鸡下了蛋，咕咕地叫个不停，搅了一村的静谧，又似在迎接我们的到来。

山村极少见着青壮年。倒是见着一个老伯，在门口的场地上，一桌，一凳，就着一杯浊酒，吃葱花面条。探看他的平房，室内凹凸不平，不高的屋顶上清一色的黑色布瓦，给人历尽沧桑的感觉，像是一个远古的梦想，在经历着漫长而久远的等待。老伯倒是笑容可掬，说他就一个人在屋，吃饭很随便，将就着吃。

随后大家在友家品尝“农家乐”，畅饮“老谷烧”，微醉，缓归。月亮升起来了。坐在金柯山山巅的草坪上，眼光扫过远处，城市的万家灯火似乎很遥远，周遭沉浸在月色里，好像披上亮白的夜装，折射出一种迷人的光泽，像是一位透着高贵气质的妇人，温柔尽显却又神秘莫测。

同伴搭起了自带的帐篷，篷前支起细小的淡黄色氖光灯饰，火树银花地照亮了一张张开心的笑脸。一轮圆月高挂天空，大家复又拿出西瓜、卤菜、啤酒，举杯邀明月，“对影成多人”。一人一听啤酒，故意轻舒漫卷，故意晃晃悠悠，故意漫不经心，故意踉踉跄跄，小资情调十足，疯闹劲难止。不知谁开了个头，大家纷纷唱起歌、跳起舞来。

文学和音乐是灵魂的一双翅膀。友带来的低音炮音响响起，她身着吊带裙，赤足在皎洁如银的月光下翩翩起舞，时而婉转低眉，时而迎风飘扬，像是在讲述一场千古绝唱的爱情故事，涌动着夏夜诗一般的梦幻。

高亢的歌声，开心的笑容，如山上溢出的泉水，堵也堵不住。微风习习，夜凉如水，众人久久沉浸在欢乐的氛围中，夜未央，人难息……不远处，有恋人手牵手在草坪上散步，不时有笑声传过来。月色溶溶下，晚风轻拂白纱裙，那小鸟依人、衣裙飘飘的情景羡煞旁人。

我慢慢踱步到草坪的一角。月色迷人，有薄雾从山下悄悄升起，树林、山岚渐渐模糊。站在这宁静的月色下，我有点不知所措。远处，似乎传来了生命的钟声，轻灵而又清晰，悠扬而又飘忽，美好而又不可捉摸……朗月当空，帐篷如塔，如殿，如蒙古包。山巅的夜，清凉得如冬宫，静寂得像远古。甜甜睡去，一夜无梦。

凌晨五点多钟，友醒了，呼喊着去看日出。我是慵懒的，也醒了。拉开帐篷的一角，双手托腮，静悄悄地望着篷顶，听风儿吹过树林的呼呼声，听鸟儿在探讨帐篷美不美的叽叽喳喳声，听旁边轻轻的呼噜声，听晨练的人在草坪上慢跑的嗒嗒声……如果声音、空气，还有月色、草香，可以一起打包、压缩、冰冻起来，带去山下，该有多好！

人间烟火

◎石显润

作者简介：石显润，网名清溪，湖北阳新人。作品发表于《黄石日报》《黄石文学》，以及“学习强国”等平台。主要作品有《辣椒酱》《童年的零食》等。为人豁达乐观，热爱生活，闲暇寄情山水。

童年的零食

饭后坐在沙发上看电视，一个好友发来一张图片问我认不认识是什么，我一看，灰白色的椭圆形果子，呀，这个不是茶泡吗！小时候没有零食，山间路边水里树上的各样小果子就是我的零食了。

小时候村里人要去七峰山砍柴，挑着满满一担柴回家时，衣兜里常常装满茶泡，在每年十月至十一月，茶子摘收的季节，到山间去转一转，总能发现茶树树梢上结满了一个个鼓起来的“大肚子”，那就是茶泡了。它其实是茶树的果子的变异体，有各种不规则形状。父亲回家，总是会从衣兜里掏出几个茶泡给我。我接过灰白色的圆果子咔嚓咔嚓地啃，很甘甜肥美，嚼在口中有淡淡的香味，唯一不足之处就是吃多了会有涩涩的感觉，但这点不足，怎能阻挡得住我们好吃的脚步呢？前几年我去黄梅玩，在茶林里一眼就瞅见了茶泡，费好大劲摘下来，来不及洗净就放入口中，淡而无味，还有草木味，为什么小时候觉得它那么甘甜可口呢？

小时候，白沙高中校园里有一棵极高大的树，每到十月，树上就挂满了枣红色的弯弯扭扭的果子。我们当地人叫“急冏树”，可能是说很丑吧，因为我们方言“急冏”就是“丑”的意思。说是果子，其实像细小的干树枝，我们几个小孩子噌噌噌爬上树，倚在树杈上，把干树枝一样的急冏一大串一大串地扔下树，碰到当地的人一声喊，我们几个小孩子就一人捧一大串果子一溜烟地跑回家，摘一串果子咀嚼，很甜，仿佛有酒香味，只是嚼起来像嚼树枝。长大后才知道这个叫拐枣，样子虽然丑，却是很好的药材。

每天放学后，我就牵着家里的牛去吃草，二十世纪八十年代的农村，牛儿低头啃着草，我挎个竹篮打猪草，在面口塘边很快装满了一篮子。有一天，我突然瞥见塘面好像有菱角，就用竹竿捞过来一看，呀，真的是，碧绿的菱角叶片下藏着四五粒菱角，极其柔嫩，用手一剥，雪白的菱角肉就露出来了，迫不及待地扔进口中，好鲜甜。我专心致志地用长竹竿捞菱角，剥菱角肉吃，浑然不知时光流逝，直到村里的一个人叫我，我才发现天已黑了，牛儿不见踪影，我赶紧挎上竹篮飞奔回家，才知道牛儿早已自己跑回去，父母急得不得了，不知道我去了哪儿。因为记忆深刻，过了这么多年，我居然还记得用长竹竿捞菱角，洁白的菱角肉那么嫩、那么甜的事。

小时候养过蚕，我家隔壁院子里有两棵桑树，很高大，养蚕时就去邻居家摘桑叶。肥大的叶片间长有一串串青绿色的桑葚，待到蚕儿吐丝结茧，桑葚已经是红艳艳的了。在桑葚还没熟时，我总忍不住走到树下，伸手摘一串，酸得眉毛揪起来，五官都皱成了一团。盼呀盼呀，终于桑葚由青变红，由红变成了黑紫色，我们村几个小孩爬上树去，一个在树上摘了扔下来，剩下几个拉开衣服接住扔下来的桑葚，低处的摘完了，就哧溜哧溜爬下树，倚在树下分着吃。酸甜酸甜的，吃完了牙齿都是红通通的，手也染成了红色，关键是为了接桑葚，衣服也被染红了，回家免不了被母亲唠叨，可这也阻止不了我每年盼着吃桑葚的心。

农村最多的是覆盆子，也叫小麦泡，当漫山遍野都是深绿浅绿时，红通通的小麦泡在田间地头轰轰烈烈地生长着，成熟了，随手摘一颗扔进嘴巴里，甜津津的，真好吃。

还有茅根，第一缕春风拂过，顺着茅草根部掘下去，挖出茅根，搓掉泥巴，露出肥美洁白的茅根，放进嘴里咀嚼，甜甜的。春风吹过，茅根冒出嫩芽，长成茅针，絮状的茅针放入口中，口腔中绽放出青草的香，那是春天的味道！

小时候零食极少，可大自然的馈赠不少，山林中的金樱子，地垄里的地卷皮、野柿子，池塘里的菱角、莲藕，还有牛奶果、野猕猴桃、八月炸，小时候看来也是无上的美味呢。

丹桂飘香

一场秋雨一场寒。细细密密的秋雨绵绵地飘飞，气温陡降。清晨，我迎着蒙蒙雨丝散步。塞上耳机，听着动感乐曲，脚步轻快地行至红星大道，路边一排排樟树散发着清香，我挺喜欢这味道。忽然嗅到一股甜腻浓郁的香味，我站在树下使劲嗅了嗅，还真是蜜糖似的鲜明的桂花香。难道桂花开了？我仔细看了看身边的桂花树，枝叶繁茂，一小朵一小朵微黄的桂花正在树枝上怒放，肆意地散发出浓郁的香气。我忽然忆起几句诗词——“绿玉枝头一粟黄，碧纱帐里梦魂香。晓风和月步新凉”，倒十分应景了。

阳新一直被称为桂花之乡，街道公园甚至田间地头都种植桂花树，阳新荆头山、浮屠街等地都建有桂花苗圃基地，扦插的小苗长大后移到大点的地方。将几十厘米到六七米高的桂花树销往全国各地，给阳新带来经济收益的同时也让阳新“桂花之乡”的美名远扬。一到深秋，整个阳新弥漫氤氲着浓郁的桂花香。有时夜阑人静，我静静地行走在街头，鼻端嗅着馥郁的桂花香，看街灯点亮城市，心情突然间就舒畅起来。最常见的桂花是淡黄色的，一小朵一小朵藏缀在繁茂的绿叶中。一次蒙蒙细雨时，我去莲花湖公园散步，远远一阵桂香浮动，猛地瞧见一片桂花，二三十棵高大的桂花树正盛开，桂花是橘红色，不是绚丽鲜艳的红，而是深沉内敛的橘红，或者更深些。一粒粒、一攒攒、一团团地盛开，连雨丝仿佛都是香的，吸引无数行人驻足留恋。

我家院子里也栽了两棵桂花树，枝叶团团如盖，每到入秋，满屋就香气萦绕。左边一棵桂花星星点点缀满枝丫，右边一棵光长个子，六米多高了，就是不开花。我家人斫砍了一些枝丫，今天我推开窗子，突然一股馨香袭来，探头一看，右边从没开花的桂花树居然开花了，一小朵一小朵黄花缀在枝头。

多年老桂开新花，莫非家有喜事啦？我顿时高兴了。我经常把新鲜桂花摘下来放入纱布袋中，或是放在床头，一室盈香；或是系在背包上，一路行走一路留香。

桂花晾干便可做桂花茶，取一小撮桂花，冲入沸水，看米粒大小微黄的桂花在沸水中浮浮沉沉，喝一口，齿颊留香。桂花糕、桂花蜜、桂花糖都是阳新特产。这些特产远销海内外，那独特的香味、醇香的口感深受大家喜欢。尤其是桂花糊，在阳新甚至湖北都算鼎鼎大名的小吃了。清晨的早餐店，门口用很大的锅煮着桂花糊，咕嘟咕嘟地冒泡，舀上一碗，桂花糊晶莹透明，黏黏的，香香的，咬一口，哇，香黏滑口，甜而不腻，既有藕的清香又有桂花的香味，让人吃了还想吃。我在家也做过桂花糊，把藕粉调成浆，起锅，水烧开后放入糯米酒、红枣片、冰糖、桂花糖，煮沸后以小火煨煮，红枣桂花香味溢满厨房后，将藕粉调的浆倒入，不停地用长勺子搅动，不一会儿，就熬出一锅透明如果冻状黏稠的桂花糊啦！晶莹剔透的糊中清晰地见到黄灿灿的桂花、红艳艳的枣片，桂花糊色彩绚丽，香气扑鼻，趁热喝一大碗，甜香滑腻，配上包子油条，让人喜欢。

暗淡轻黄体性柔，
情疏迹远只香留。
何须浅碧深红色，
自是花中第一流！

桂花飘香时，我的家乡阳新欢迎你来赏花赏月赏桂花美食！

家乡小吃芋头圆

我加了不少卖各种食品的群，好不容易看见有卖芋头圆的，大喜，赶紧订了两盒。取回家一看，芋头圆小巧玲珑，和速冻汤圆差不多大，一盒十二粒，白乎乎地卧于盒中。我打算煮着吃，我小孩认为蒸着吃更劲道，结果自然是依着小孩蒸了。只是揭开锅盖一看，芋头圆全扁扁地粘在蒸格上。我费了好大劲才弄下来。放入麻油、生抽、醋等调料，吃起来有韧劲，大概是太久没吃芋头圆了，倒觉得格外好吃。

一提起芋头圆我就不由得口齿生津。年幼时在家，每逢节庆，母亲总是早早地预备食材包芋头圆吃。先把粉糯的芋头放鼎罐里煮熟煮透，趁热剥去外皮，露出芋头白糯的肉，和上薯粉一起反复揉捏，直至面皮有黏性。馅一般用猪油渣、粉丝、红萝卜丁、白萝卜丁，或者再加一两块油豆腐炒至香味扑鼻，然后像包汤圆一般把馅包进去，再捏成椭圆形。当然，我们一家人聚在一起，东拉西扯，热热闹闹，更添节日氛围。待到芋头圆在柴火灶中浮浮沉沉，一个个最终在咕噜咕噜冒泡的大锅中浮起白白胖胖的身躯，母亲就把它们捞起来，放上调料，我们自己包的芋头圆足有鹅蛋大小，吃上两个就抚着圆滚滚的肚皮再也吃不下了，只是眼睛还紧紧盯着家人大口大口地吃，这是不是可以称为肚饱眼未饱呢？只记得芋头圆外皮爽滑劲道，馅料喷香美味，哇，这滋味仿佛还萦绕于我舌尖呢。

芋头圆是我们阳新的特产，几乎每个阳新人都嗜爱芋头圆。以前物质局二楼有个餐厅的芋头圆格外好吃，每次去那儿吃饭必点。先将芋头圆蒸熟，再放入锅中煎炒，撒上葱花，淋上香油，一盘色泽诱人、香味扑鼻、令人垂涎三尺的芋头圆就出锅了，咬上一口，齿颊留香，馅料仿佛也普通，就是粉丝、花生米、肉末之类，可不晓得为什么那么好吃！

我闲得无聊也试着做过芋头圆，把从家里拿来的芋头放蒸锅里蒸熟，挑个干净的盆放入薯粉，把刚出锅的芋头剥皮，趁热揉搓，只是滚烫的芋头时不时粘在我手上，烫得我大呼小叫、双手红肿，拼命把薯粉抓一把使劲和芋头一起揉搓，才压住指尖涌上来的痛感。好不容易揉好面皮，再把炒制好的馅料拿来包，面皮还依稀冒着热气。试着吃了一个，味道居然非常棒。许是偏爱吧，总觉得自己动手包的芋头圆吃起来格外香醇可口。后来才听旁人说等芋头冷了再揉搓也行，不过我牢牢记住了自己第一次揉面皮时被烫得鬼哭狼嚎的场景。再后来又听说可以用土豆代替芋头来做面皮，只是我从没实践过，也不知味道如何。

去年我去钟泉村玩，承蒙村里人好客，款待我们，其中有一道菜就是芋头圆。七八粒鸡蛋大小的圆子卧在白瓷汤碗中，我漫不经心夹起一颗，一咬开，鲜香甘醇，入口回味无穷，似乎还有虾仁的鲜味，仔细询问才知道这里的芋圆馅料果然放了虾仁鱼肉，难怪味道这么鲜美呢。

人世间，唯有爱和美食不能辜负，爱呢固然不忍辜负，美食当前，更不忍辜负吧。

碾米

秋风清，秋月明，遍地已洒金。秋风乍起，绿叶翩翩飞舞成了金黄，满地垄的稻谷垂下沉甸甸的谷穗，风吹谷浪，似黄金翻涌。不必说那汗珠子摔八瓣的割谷、脱谷、挑谷、晒谷了，只单单把稻谷挑去碾米那就很是辛苦了。当然，我们家乡称碾米为夹谷，我姑且也称为夹谷吧。

古时稻谷加工成米很是个体力活儿。先脱粒，用手击打或牛拉石磙碾谷粒，使稻谷脱粒。接着是去秕、去壳、扬壳。摇动木风扇，用风力扇去秕谷，剩下的是一粒粒饱满金黄的稻谷了。至于秕谷，干瘪而轻，是没长好的谷子，当然也舍不得丢弃，用来喂鸡鸭。有时调皮的孩子们用秕谷来诱捕鸟雀。扬谷后就是舂米，古时用石臼使劲捶打，使谷粒脱离壳变成大米。汉时戚夫人曾被罚去舂米，写下“子为王，母为虏，终日舂薄暮，常与死为伍。相离三千里，当谁使告汝”的诗句，可见舂米多么辛劳。

母亲挑着满满两筐堆得冒尖的稻谷，带上我去五里外的八一夹谷。其实我家不远处也有一个小小的夹谷作坊，只是母亲说那里夹谷七毛一担，当时一担都是估算一百斤，夹谷按担算钱。母亲挑的这担谷肯定不止一百斤，而八一那边的夹谷场一担六毛五，母亲说，八一夹谷更好，米成形些，走远点不过费点劲。行走在崎岖的尘土飞扬的泥巴路上，明晃晃的太阳晒得我头晕眼花，路两旁枯黄的野草蔫蔫的。我看见两筐谷由母亲肩膀这一头换到那一头，晃晃悠悠，母亲的衣裳汗透了，结了薄薄的一层白霜。路上不时遇到挑着稻谷去夹谷的乡亲，母亲放下担子，用灰色的布巾抹抹汗，和他们说几句话，我递上手上拎着的掉漆的绿色军用水壶，母亲喝几口井水，又带着我出发了。

远远地听到轰隆隆的机器鸣叫声，走近一看，一个二十平方米的土巴房（阳新方言，建筑主体材料是土砖做成的房子）里有个碾米机正在夹谷，声音震耳欲聋。房里挨挨挤挤全是一箩筐一箩筐等待夹谷的稻子。机房外有几株大杨树，许多乡亲或站或坐，在柳树下的土墩石墩上谈天说地，正值收完稻谷农闲，农民们都晓得这里夹谷便宜些，老远地方的也挑稻谷到这里来夹谷。轮到我家夹谷至少得等半天，母亲把我们家稻谷做个记号叫我守着，她怕弄混淆了，又怕被别人家偷抓几把谷去。随后，母亲赶回家去忙农活儿了。我挤进机房，盯着我家做了记号的稻谷目不转睛。机房里声音嘈杂，轰隆隆的鸣叫声中谷灰弥漫了整个屋子，呛得我几乎呼吸不过来。实在忍不住我只得溜到外面，呆坐在杨树下，看蚂蚁爬来爬去，不放心又跑过去瞅一眼自家的稻谷。我一会儿听听大人们谈古论今，一会儿看看碧绿的树叶，一会儿又捡起树枝在地面上画来画去。又不放心，过一阵子就趴门框上瞅一眼自家稻谷。坐立不安中好不容易盼到母亲到来。旁边有个大婶一见母亲，就笑呵呵地对母亲说："你这囡生怕你家谷子飞了，时刻跑去望，真不赖！"母亲从兜里掏出一个白薯，递给我，还热着，我接过来咬着吃，白薯糯糯的，噎着了，哽得直伸脖子，就赶紧灌几大口井水下肚，好在填饱了肚子。终于轮到我家夹谷了。母亲在店老板的帮助下一边把一大筐谷倒进夹谷机，一边吼叫："润，快把袋口扯好对着出米口。"没法不吼，夹谷厂房里噪音太大。看着雪白的大米哗哗哗地泻入蛇皮袋中，我和母亲牢牢扯住袋口，直到两个袋子装得鼓鼓囊囊。谷糠自然舍不得丢，都装进蛇皮袋。夹好谷后，母亲挑着米行走在尘土飞扬的乡间小路上，我像个尾巴跟在母亲后边，夕阳西下，红彤彤的晚霞映红了半边天，像一幅乡村水墨画。

年年陌上生秋草，岁岁堂前花胜昔。时光如白驹过隙，偶有一丝一缕往昔岁月，如梦似幻乍苦实甜浮上心头。秋日，暖阳，小道，母女，甜蜜的旧日时光。

母亲的针线活儿

周末回娘家，穿的呢子褂掉了一粒扣子，还有一粒纽扣松松地吊着，母亲一眼望见，一边嗔怪我“扣子落了都不晓得钉上”，一边拿出她的针线盒——一个铁皮盒子，以前好像是装饼干的包装盒。盒子里面装着各种针线、黄铜的顶针、很旧的铁剪子。母亲拿出线来比画半天，挑出丝线颜色与衣服相近的，眯着眼睛穿半天针也没穿过，叫我帮忙。穿好针线，她拿着褂子帮我缀好了纽扣，熟练地打结，习惯性地咬断线头，又眯着眼睛看，觉得满意了才把衣服递给我。我一看，哇，母亲虽然说年迈，这针线活儿还是顶呱呱咧！

年幼时我们姐弟三人和父母的鞋子都是母亲做的布鞋。每当闲暇的晴日，母亲便翻出旧衣裳或破被单布片，架好门板，把破旧的布料一层一层刷浆。糨糊是自家熬的，鼎罐中水沸后放入面粉，雪白的糨糊咕嘟咕嘟地冒泡。母亲拿擀面杖不停地搅拌，直到面糊黏稠，我趁母亲不注意，也拿了擀面杖搅呀搅，雪白的面糊鼓起一个个大泡，沸腾着，咕嘟咕嘟地响。母亲拿大搪瓷碗装上糨糊，一层一层地把布粘贴好，放在太阳下晒，这个就是俗称的千层底了。晒好的鞋底布挺括浆硬，散发出阳光的味道。母亲又翻出夹在书页中的鞋样，书呢基本上是我的旧课本，一张张鞋样收在书里，父亲的，母亲的，我的，弟弟们的，母亲一边拿出生锈的剪刀照鞋样在千层底上裁剪，一边絮叨说我们姐弟三人的鞋一年一个样，人长个了脚也大了。门口苦楝树上的知了吱吱地叫，斑斓的晚霞映着母亲温柔的侧脸。裁剪后的边角碎料丝丝缕缕地随微风拂荡。鞋底纳好后，母亲从她的针线盒中拿出黄铜顶针戴在手上，一针一线地缝合起鞋面来。我坐在一旁写作业，看母亲时不时地拿针在头发上擦一擦，有时用同样是黄铜材质的钳子，夹着针穿过鞋底，吱吱的针线声，给人一种温暖、踏实的来自家的那种安全感。昏黄的灯光，还有母亲低垂着头认真纳鞋的场景仿佛历历在目。

从小我就穿由母亲一针一线缝的布鞋，直到后来结婚生子。母亲晓得我不会针线活儿，我儿子小时候的鞋就是她做的。以前流行勾毛线袜，母亲特意向村里人学习怎么勾花。好几次我回娘家，总是看见隔壁张嫂李婶围坐一起，母亲不停地请教她们怎么织毛衣、勾袜子，织出漂亮图案。不晓得为什么，在针线活儿上，村里人仿佛天生都是高手，当然我除外，对她们说的间针、补针、挑线等完全不懂，母亲却是一点即透。她那粗糙的满是茧子的手拿起缝衣针来上下翻飞，看得我眼花缭乱。一根根红的、黄的、紫的、绿的毛线左一绕右一旋，半天时间就变成栩栩如生的小老虎、小兔子。温暖的风吹过头顶的白杨树，哗哗地低吟，我看见一根毛线在母亲手指间翻飞，织成了美丽的图案，莫名地就感觉心安。后来又流行做拖鞋。买的鞋底，但还是需要纳鞋面，母亲总会买上一家人的鞋底，自己做拖鞋。冬天烤火时，母亲戴着黄铜顶针拉着丝线纳鞋。她做的拖鞋絮的棉极多，穿上很柔软舒适，总比买的合脚。后来母亲又学会了绣鞋垫，各种针法我也看不懂，但母亲绣的鞋垫花色绚丽，针脚细密，我这个外行也晓得这是极其费心劳神的。母亲渐渐地年纪大了，眼睛也不好使了，才做得少了。

“慈母手中线，游子身上衣。临行密密缝，意恐迟迟归。”直到现在，我还穿着母亲做的拖鞋，用着她一针一线纳的牡丹花鞋垫。直到今天，我还记得庭院前挺拔的白杨树下，母亲低垂着头裁剪鞋样的身影，那是最美好、最温暖的影像！

糖香弥漫

“家家户户买饧糖，廿四黄昏祭灶王。家长家娘密密拜，俱求好话奏天堂。”饧糖就是麦芽糖，早从西周时就已经会制作了。小时候，时不时会有挑货郎摇着铃鼓吆喝：“麦芽糖咧麦芽糖咧。”我们可以带着一些如报纸、烂塑料、废铁、酱油瓶、啤酒瓶等废品，拿过去让挑货郎称斤两，他就会叮叮叮地麻利地敲下几小块糖给我们吃。一块一块很硬，先不忙着嚼，把糖含在嘴里，糖里边有一个个小洞洞，哧溜哧溜吸气还会漏风，慢慢用口水软化，再细细地嚼，糖在舌尖口腔粘过来粘过去，很甜。加上不用拿钱买，直接用废品换就可以，对不懂事的小孩子来说，是很划算的，是很容易得到的极好的零食！

隆冬时节，选个好晴天，奶奶舀出一簸箕麦子洗净，放在木盆中，浸泡一天一夜，泡到麦粒鼓鼓的，再捞出来。在木盆底铺一层旧床单，再倒入泡好的麦子，上面又盖一层旧床单，浇透水。第二天揭开布一瞧，呀，麦子绽开了嫩芽。浇水盖上布放置在灶台边，七天过后，麦子已经长得绿茵茵的，雪白的麦根随风飘荡。母亲挑出品相不好的麦芽，把麦芽连根剪碎，再剁成细末。父亲架起柴火，支起大锅煮红薯。红薯洗净连皮切块后下锅熬煮，我和弟弟们在灶台边递柴火，烤红薯、芸豆吃，忙得不得了。红薯煮透后捣成碎渣，稍晾凉点加入麦芽末，母亲用长柄的大勺子搅拌。房头的婶婶嫂子们也过来了，叽叽喳喳地说着家长里短，凉透了的红薯麦芽被母亲用大勺舀到纱布里，纱布由婶婶嫂子们扯着，下面放一个大盆，用力挤压汁水，清亮的糖浆水一会儿就接了满满一大盆。我趁大人不注意，偷偷沾湿手指吮吸，有淡淡的甜，弟弟们也挤过来用勺子喝，嫂子一眼瞥见，指着我们笑：“看呀，这三个好吃鬼！”她的话引起家人哄笑。

父亲再次架起柴火，把糖浆倒入大锅里熬，浆水慢慢沸腾，父亲抽出一根柴，浆水开始起大泡泡，嫂子说这个叫起水篷。慢慢地，浆水颜色越来越深，冒起一个个像鱼眼一样的泡泡，母亲拿着大铲子不停地搅拌，父亲抽掉柴火，只剩一炉红通通的木炭。母亲用铲子铲出一块糖放在碗里，糖软软的，呈巧克力色，我舀起一勺迫不及待地放在嘴里，哇，好烫，哇，甜甜的、黏黏的，还可以拉丝。婶婶嫂子们也笑呵呵地拿勺子舀糖浆吃。继续搅动一会儿，母亲从铲子上拈了一小块糖一吹，一下就吹成好大一片，奶奶说："糖熬好了，可以起锅了。"撒了熟芝麻后舀起来装入大瓷盆里，稍微晾凉一点，父亲先用手抟起一团糖浆扯呀扯，感觉费力了就在一个木架子上接着扯糖，很大一坨棕褐色的软软糯糯的糖被父亲在木架子上左一扯右一扯，一会儿，不知道为什么变白了，变成极长的条状了。母亲拿出剪刀，等糖稍长一点就剪开，趁糖热乎柔软，我和弟弟们忙着左一条右一块地往嘴里塞。婶婶们帮着把剪好的糖放在大的撒满炒米泡簸帘里晾，简陋的厨房里炉火熊熊，每个人脸上都溢出笑容。

晾了一天的麦芽糖已经变成白的条形，硬硬的，把糖直接放在炒米泡里，据说可以防潮，过年送礼是最好的了。我家只奶奶在时做过两三次麦芽糖，已经近二十年没有再做了。但在我老家，几乎家家户户在过年时都用麦芽糖泡茶待客，每到年下，糖香弥漫，直到如今。

我的家乡下石祥

“疏篱曲径田家小，云树开清晓。”我的家乡下石祥，就是这么一个只有三十多户人家的小小乡村，这里没有名山大川的秀丽奇瑰，没有临近江河湖海的磅礴大气，没有城市鳞次栉比的高楼大厦，在我眼中却是无比美好的地方。

“水满田畴稻叶齐，日光穿树晓烟低。”天边刚透出第一抹天青色，红彤彤的朝阳刚露一点点，村里人就早早起床了，男人们点燃自己在田边墙角种的烟叶卷的卷烟，间或咳嗽一两声，趁着太阳不大，天气还清凉或去耕田或去锄草或去割谷，他们背着铁犁、锄头，牵着耕牛慢吞吞地行走在田垄地头。女人们挎着一竹篮脏衣服聚在塘边洗衣，她们一边嘻嘻哈哈地聊些家长里短，一边抡起棒槌捶打脏污的衣服，千家万户捣衣声是没有，水塘边大姑娘小媳妇叽叽喳喳声是不绝于耳的。孩子们呢也早早起床生火煮饭，袅袅的炊烟中弥漫着红薯和煮萝卜的味道（一般人家是前面煮一大鼎罐红薯，后边耳罐煮萝卜汤）。一般煮红薯时会蒸一碗饭，基本上是给壮劳力吃，毕竟干农活儿很费体力。

早饭后大人们去田间劳作，孩子们背着母亲缝的书包去上学。待到夕阳西下，孩子们放学归来，就去打猪草。颜色碧青的三叶草、荠菜、灰灰菜在田间地头、在水渠边、在山坡上铺天盖地地生长，一会儿工夫就扯上满满一篮了，提着一竹篮猪草哼哧哼哧喂完猪，又忙着烧火做饭。在自己家门口辟出的一畦菜地上掐一把绿油油的小白菜，摘一条篱笆墙上爬着的丝瓜，拿着竹筐水盆在村口水井里洗净。说起这口井，倒是冬暖夏凉，口渴了，直接舀一瓢井水咕噜咕噜灌下去，很是甘甜解渴。“斜阳照墟落，穷巷牛儿归。”待到夕阳余晖落尽，月亮的清辉洒在小小乡村，男人女人们才牵牛扶犁或挑着谷子归来。一村子人聚在水泥空场上，架上竹床，搬个木凳，四周用艾草燃烟熏虫蚁，听村里会讲经说古的人谈古论今，其中一位堂叔最善讲神仙志怪的故事，在这潜移默化下，我至今仍极其喜欢看关于神仙妖怪的小说。

乡村的夏夜星空分外高远，暮色微凉，等月起，蛙鸣声声。那时我们村正试种杂交水稻，于田塍上用很大的铁锅燃火灭虫，各种飞蛾扑扇着翅膀往火里飞。萤火虫在田间一闪一闪地飞舞，小孩子们在田边捉虫子，看着这样的场景，总忍不住感慨：乡村夜景总是诗吧。有人放笼子捉泥鳅、甲鱼，提溜起来，满满一笼黄鳝泥鳅。我父亲有一次从沟渠中捕到一只极大的甲鱼，母亲把甲鱼炖了，时隔多年，我居然还记得那甲鱼极鲜香甘醇。一次堂哥网到一大兜黄鳝，送给我家一些，母亲用它熬面吃，我吃过许多的美食，不晓得为什么却始终记得那次的黄鳝面。

虽然没有高山，但我的家门口有个小山包，不大，却也是我们的乐园。一场春雨，漫山遍野不知名的野花赶趟似的绽放，尤其是白色的野栀子花，极香，我们把它采了插在头上，行走间香气怡人。还有紫色的野花和一种黄澄澄的我们叫老虎花的也比较常见，总之各种不知名的野花恣意地盛开。最喜欢的就是去山间抽竹笋了，春雨绵绵，笋子一丛丛、一簇簇地冒出地面，我们钻荆棘，爬上爬下地抽笋，那抽笋时咔嚓一声响的乐趣只有亲身经历过才能体会吧。

山上还有各种菌菇，最多的是地衣，绿茵茵的匍匐在潮湿的地面上。雨水过后，大姑娘小媳妇人人挎着竹筐漫山遍野地捡菇，捡回一筐菇后就可以美美地打牙祭了。山上还有各种药材，黄精、茯苓等，挖出来晾干后可以卖。我一度甚至认为山上有人参，于是漫山遍野地挖植物根茎，就只为确认有没有人参，结果自然是大失所望，我却乐此不疲。山间还有各种野果子，山泡、金樱子，我极贪吃，什么野果子都得放进嘴里尝尝，茅草根我也吸吮过它的汁液，山泡甜津津的，还有一种酸酸的酢浆草也曾经尝过呢。

我们村前面有个门口塘（村口的池塘），不大，人工挖掘的。每到春天，塘里黑黝黝一片都是小蝌蚪的卵，过不多久就满池塘呱呱叫，蹦跶出许多青蛙。塘面浮生着菱角，有一次我放牛无意中捞出一个菱角吃，又嫩又甜，当即牛也不顾了，专心致志地拿了根竹竿捞菱角吃，浑然不知时间流逝，直到暮色四合，牛儿自己溜回家才惊觉。有一年干塘（就是承包鱼塘的人卖掉鲢鱼、鲤鱼后放干塘水，村里人人都可以去捕捉剩下的鱼），我看水洼淤泥中有不少鳊鱼、虾甚至泥鳅、黄鳝钻来钻去，我和弟弟拿着桶踩着泥浆满鱼塘地捉鱼，平时极其滑溜的鱼儿在淤泥中蹦跶不了几下就被我们拽着扔进桶里。一时间，几乎全村的半大小孩都在淤泥中忙着捉鱼捡虾，喧闹声几乎响彻云霄。捡回的鱼虾煎得两面金黄，那咸香酥脆的感觉仿佛回味至今。

随着时间流逝，我的家乡发生了翻天覆地的变化。昔日交错的田陌早已变成繁华的大道，昔日的竹篱茅舍也已成高楼大厦，我们的生活越来越好。时代的变迁下，家乡门口的小山包还在，家乡人的淳朴还在，年年堂前生旧草，岁岁花比昨日艳，家乡的美好永刻心中。

春游宋山

我向来喜欢山青水碧、林木葱郁的地方，感觉充满勃勃生机。宋山离我们近，沿着宝塔湖河堤开车就可以直达了。我本想歪坐在家里看电视剧，几个好友却约我去宋山练练脚，顺便看有没有竹笋，我一骨碌爬起来，背上行囊就出发了。

坐车十几分钟就到了宋山脚下，行过一座铁桥，抬头就见到了一座庙宇，在此泊好车，我们一行四人向右沿着湖堤步行。阳春三月，湖堤下方草儿葱茏翠绿，仿佛一片碧绿色的地毯，同行的太阳说，待到湖水上涨，大大小小的草鱼、鳊鱼等就以这些青草为食了。我正入迷，突然草丛中窜出一群洁白的鸟儿，扑扇着翅膀盘旋在湖面追逐嬉戏，啁啾声不绝于耳。我只觉得这群白色的鸟儿很好看，也不管是什么鸟了。湖堤两边时不时就可见到各种碧绿的肥硕的野菜——蒲公英、地菜、鱼腥草、芨芨菜，居然还有包粽子的箬竹。湖堤草丛中，星星点点开着各种不知名的黄的、紫的、红的野花，“雨洗娟娟净，风吹细细香”。不知不觉来到宋山，山路上随处可见槐花，丝丝缕缕甜腻的花香氤氲，蝴蝶、蜜蜂嘤嘤嗡嗡地绕着花儿飞舞，我忍不住上前与槐花、蜜蜂合影，看喽，美人与鲜花相互辉映。

一路嗅着空气中槐花和各种林木的清香向前，远远望见一座铁路桥，隧道横穿宋山，往右走就是石马寨瀑布的入口处了。我一眼望见山壁上许多形如空调窗一样的铁制建筑，正疑惑间，大明告诉我们，这是用钢筋打入山体加固防止滑坡的建筑。看着雄伟的铁路桥，我不由想起“一桥飞架南北，天堑变通途”的句子，劳动人民真厉害啊。

今天我们没有去石马寨瀑布，直接沿着左边的石板小路前行。这里是以前宋山村民开辟的石板步道，如今早已废弃。步道狭窄，杂草丛生，两边的藤蔓林木斜倚占据了石板，我们拨开树枝，穿越小树林。突然我看见一棵粗壮虬曲的老藤从路左边的树木向路右边的一棵老树上蜿蜒盘旋，藤上没长叶片，只累累垂垂叠挂着一嘟噜一嘟噜的紫色花儿，花蒂为黄色，形如倒挂的铃铛，素颜说这是禾雀花。我仔细一看，一串串深紫色的花朵，似开未开，形如千万只鸟雀栖息在林荫之中，色彩艳丽，惟妙惟肖，果然名副其实。

如果有人问你宋山最多的是什么，那肯定是竹子。沿着步道一路向上，两边林木遮蔽，只能看见脚下的路。突然间路边冒出一棵竹笋，我刚惊喜地伸手去拔，同行的素颜惊叫："呀，路中间长出笋子了。"一低头，我惊奇地看见石板缝中冒出许多竹笋。石板两边更是一片片密密麻麻的马蹄笋。我们兴高采烈地一边抽笋一边继续沿石板路向上攀登，猛一抬头，好大一片竹林，一阵春风拂过，万竿修竹齐摇头，碧浪翻涌。同伴太阳指着竹林叫道："快看啊，好多竹笋！""雨后春笋"这词我今天总算明白了，竹林里密密匝匝全是刚冒出尖角的春笋，一丛丛，一簇簇。看看这边，小笋才露尖尖角，看看那边，肥硕粗壮的笋子顶着沾了露水的笋壳仿佛在向我们招手。无数春笋满林生。我们一边拔笋子一边蹲着剥笋衣，胖鼓鼓的竹笋一层一层剥掉外皮只剩下白嫩嫩的笋肉。四个人说起觉得用笋子做的最好吃的一道菜。大明说鲜笋炒腊肉酸菜；素颜说大胖鱼头炖豆腐鲜笋，汤汁奶白鲜香；太阳谈起用腊肉丁、豆泡丁、鲜笋丁等食材慢火熬的"油面粥"，放上一勺辣椒酱，真的是鲜香麻辣，三大碗都吃得下。"竹笋初生黄犊角，蕨芽已作小儿拳。试寻野菜炊香饭，便是江南二月天。"阳春三月，我们这里遍地是美味食材。拔笋子时的咔嚓声在我听来简直是最动听的乐曲。不一会儿，我们四人的双肩包就鼓鼓囊囊塞满了剥好的竹笋，只好徒然望着漫山遍野的竹笋叹息，再也装不下了。慢慢行走在步道上，看两旁枝条吐绿，野花丛生，嗅着青山特有的清香和各种花儿的幽香，大家天南地北地说话，时间仿佛倏地就溜走了。

春水初生，春林初盛，小鸟跳跃啄食，哪一样看了不令人觉得快乐呢！人生在世，良辰美景，赏心乐事，随处可见。与三两友人随意闲聊，随心闲走，多么快乐啊！

秋登父子山

清晨歪坐在家中听音乐，几个好友相约去爬太子镇的父子山，我四年前曾经去过一次，觉得风景挺好，答应后兴冲冲换好行装就出发了。车上，大明讲起父子山名字的由来。从前有个小伙子上山砍柴不慎坠崖，老父亲带着家中老狗上山营救，不幸父子和狗都坠入山沟，两天后，狗被溪水冲到富池口，居然还活着，父子却没那么好运了，双双坠亡。为了纪念这对可怜的父子，这座山就叫父子山了，也不晓得是不是以讹传讹，姑妄听之吧。

在李庄冯家堍水库堤坝下车，沿左边开始登山，这里新建了父子山登山步道，用木头固定用土垒成的台阶，很有原生态的自然美。顺着步道往上攀登，两边山林将黄未黄，深绿中间缀着一些黄澄澄的落叶乔木，转过一道弯，几棵火红的槭树为这秋天平添几许艳丽，恰好是“红叶黄花秋意晚”了。路两边绽放了许多不知名的野花，其中有种蓝湛湛的，铃铛形状的花儿成串怒放，大卫采下一串送给我，逗得我哈哈大笑。我看见山边一片片野生菊花，赶紧拿出袋子采摘，这黄菊可是正宗天然的，泡了喝可以清热明目。而其他紫的、白的、红的不知名的山花，也使这深秋的山林显得五彩斑斓，我们急着登山，只能匆匆望两眼了。

沿着步道不停地攀爬，不一会儿就大汗淋漓，好在山林间不时有成片红艳艳的山泡吸引了我们的注意力。一眼瞥见一片红艳艳的蘑菇长在腐败的树干上，旁边的枯枝腐土上也长着几片灰白的蘑菇，还有层层簇簇长在树根上的黑色灵芝状的菇，我不认识不敢采摘。大明在前方大呼小叫地催我们看映山红，我急匆匆奔过去一看，映山红还真是盛开在深秋咧！不登高山丛林，哪里能见到如此奇特的景观呢？萧萧远树疏林外，杜鹃花开艳如霞！咯吱咯吱踩在枯枝败叶上，一路欣赏着深秋美景，同行的友人介绍着各种不同的树木，聊起他以前当兵时的趣事：当年训练时在深山丛林中捉蛇、网野鸡、抓兔子；没有水源时，在潮湿的山壁上竖起叶片往军用水壶里滴水，第二天居然接了半壶水……我听得津津有味，心神向往。只是我们攀爬大半天，连兔子也没见到一只，各种不知名的鸟雀倒是在山间飞舞鸣啾。一路向父子山第一高峰前进，途中看到一片熟悉的芦苇，听到风力发电机叶片发出的尖锐声音，我们加快了步伐，终于登上了父子山最高峰。

站在山巅极目远望，只见前方田陌交错，屋舍林立，大明指着远方告诉我们，这个地方是太子镇，那里是大王镇，远处隐约可见大冶市黄金湖。我们刚刚经过的冯家塆水库如同碧绿的琥珀嵌在群山之间。移目四望，群山绵延起伏，恰似一幅泼墨山水画。山顶矗立着巨大的风力发电机，我抬头仰望，天碧蓝碧蓝，一丝丝一缕缕的云显得那么白，天空下巨大的发电机叶片划开苍穹，发出尖锐的呜呜声，仿佛下一刻就要划开地面一般，我惊得连退几步。站在高山之巅，秋风猎猎吹动我的衣衫，下方屋舍湖泊尽收眼底，终于明白了什么叫“会当凌绝顶，一览众山小”了。

上山容易下山难，或许是下山的步道人迹罕至，路格外湿滑，也极其陡峭。一不留神我差点跌倒，吓得我再也不敢看路边的不知名的小红果了，连路边的金樱子也不敢摘了。听大卫介绍，这个金樱子泡酒喝可以补肾（我小时候是把它当野果子吃的）。扶着树枝藤蔓小心翼翼地下行，好不容易下了山，不晓得我们为什么偏离了方向，来到了王官山水库，导航显示距离原来的地方有三公里远，那就干脆继续走，当郊游了！

沿王官山水库堤坝下去，一群群牛羊悠闲地啃着青草。我奔过去，小心地靠近羊儿，想和它们合影，谁知羊儿咩咩地叫着四散奔逃。我快快地走进村子，成群的鹅儿嘎嘎地叫着欢迎我们这群不速之客。穿过村庄，田间地头有不少白发老叟老妪正在挖红薯，青壮年基本不在村里。路边一大片白茶花正盛开着，我很纳闷，茶花不是春天开的吗？大卫告诉我，这个是打茶油的油茶树，和观赏的茶花不同，今年开花，明年结果。走在路上，不时有路面凸起，大明说这是路边竹林中的竹笋长到路上了，顶开了路面。

呀，行一程，学一路，增长了不少见识。

我喜欢自然之景观，一年四季各自精彩，大江南北各自美丽。景色固然重要，而同行之人更重要。山水本美，因你添色！

辣椒酱

气温断崖式下降，清晨寒风凛冽，噼里啪啦下起了雪子，傍晚下班回家，我骑着小电车，感觉寒意沁入骨髓。一进家门，发现父母让弟弟捎了四瓶辣椒酱给我，用金银花露的玻璃瓶密封装着。晚饭我煮了火锅，舀出一勺辣椒酱放在碗里，倒入滚烫的火锅汤，一口喝下去，辣味香味直冲上来，顿时驱散了寒意，百骸都暖和了。

师范毕业后我被分配到宝塔湖工作，八一大桥头左边有一条泥巴路直通宝塔湖学校，没有班车，我就每天骑着自行车在尘土飞扬的路上奔波。八一桥头有一家早餐店，极其简陋，石棉瓦搭建的土房，几张没上漆的木桌长凳。摊主在门口支了个遮阳棚，陈旧的木桌，嗡嗡飞来飞去的苍蝇，每天早晨我和同学兼同事就在棚下吃面条，很大的粗瓷碗，满满一碗雪白的面条，偶尔点缀几片菜叶。桌面放着一瓶辣椒酱，红通通的，我舀几大勺放面条里，搅拌搅拌，呼噜呼噜吃完，剩下的红艳艳的辣面汤喝下去，舒坦！连门口嘈杂的叫卖声都觉得顺耳了。

辣椒丰收时，母亲会把品相好的挑去卖，剩下虫蛀了的，老的，还有很多卖不完的摘去蒂，清洗干净后放簸帘里晾晒。晒半干后，把红辣椒、青辣椒切好，然后反复地剁，把辣椒剁碎，一阵阵辛辣味会刺激得眼睛都睁不开，剁辣椒的手也会火辣辣地疼，还会疼上好长一段时间。母亲一边剁着辣椒，一边喊我和弟弟们走远些，不要靠近，以防辣椒的辛辣气味会熏到眼睛。剁好辣椒，自家种的姜蒜也要加入一些，剁碎，然后盛入准备的大盆，再放入盐搅拌，盐要适量，太淡了时间长了会长出白毫。然后加入家里做的豆豉，拌匀，放入粗瓷坛里，沿坛边倒一圈开水，扣上碗，碗居然还咕咚咕咚抖动几下。静待一段时日，吃饭吃面吃粥时舀一碗出来，拌着吃，简直是无上美味啊。

读师范时，每天早晨有蒸得白白胖胖的馍吃，起得很早还可以买到粉包肉包。那时的我不知道为什么很贪睡，去吃早饭时总是只剩馍了。当时馍五分钱一个，包子一角钱一个，早餐我吃两个馍喝一碗粥。粥很清，几乎可以当镜子使。对每天早晨吃薯子萝卜的我而言，这已经是无上美味了。把馍掰开，厚厚地涂上一层从家里带来的辣椒酱，麦子的清香混合着辣味在舌尖绽放，滋养了我三年的读书时光。每到周六早晨，我总是提前起床，排长队买上十几二十个馍带回家（当时只有在端午或者过年时家里才有蒸馍吃），全家人总会开开心心地拿馍蘸着辣椒酱吃，弟弟们吃着馍满屋跑动。二十世纪九十年代过去了，我很怀念它，清贫到辣椒酱蘸馍，也觉得好吃。

我喜欢自己动手做各种美食，当然做过辣椒酱。首先，将挑选出的好的、饱满的辣椒洗净并晾干。然后，使用搅拌机将它们打碎，但注意不能打得太碎，要保持一定的颗粒感。同时，将大蒜和姜也打碎备用。接下来，将打碎的辣椒、大蒜和姜混合在一起，并加入适量的盐，充分搅拌均匀。之后，开始浇油。在油热后，放入各种香料进行炸制，炸香后捞出，再倒入搅拌好的辣椒混合物熬煮，喜欢的话可以加入牛肉干，加入冰糖，熬好后待凉后盛入透明的小玻璃罐中。这个方法是我们棉花群里几个爱吃的姐妹互相学习得来的，这样做出的辣椒酱味道香醇，辣中带鲜香。只是棉花群里经常分享美食的一个姐妹再也不能一起吃辣椒酱了。过去的每一段时光，清贫的、快乐的、幸福的，都是美好的。

徽醺岁月

◎余秋桦

作者简介：余秋桦，湖北阳新人。中国楹联学会会员，湖北省书法家协会会员，阳新县书法家协会副秘书长，阳新县第一中学书法教师。作品发表于《今古传奇》等报刊。

盘谷风清

一

过富河、入排市，四十余里，春风得意。此时，正值油菜金黄、山茶红褪、杜鹃又俏。喜看东楚日暖，村野闲适，风光宜人。

千里蹀躞，总有所寻。我曾遍访鄂东南的名胜古迹，对那些有情的山水和有趣的田园，虽各自亲喜，可心底对比之情油然而生。见山有高峨拔秀者，似乎也不及溪岩山的连绵幽旋；见水有九曲灵动者，似乎也未至滴水崖的悬瀑飘逸；见村有炊烟人家者，似乎更难觅阚家塘的古朴秘境。

阚家塘古村落，一个神秘的清溢李氏族居之地。去古宅向北五六里处，便能看见一座“怀楚公祠”，飞檐斗拱，器宇不凡，但大门深闭，唯见祠联、牌匾若干，乃李氏后人书法大家李由所题，先生神墨，笔力遒劲。祠联有云：

溯源在柱史故事从函谷骑牛说起，

肇业于马峰宗公自清溢仗剑而来。

往事回首，仿佛白云苍狗；故山屼屼，依然淑气葱茏。师叔李名胜带领我们一行前来采风时，观其神色，便能领略其仰祖亲贤之余，眉目间仍有几分壮怀盛意溢于言表。在他看来，此山此水此物此情，都是从小养成的至爱；而在我看来，其山其水其物其人，都是可以继续打听的故事。

故事从何说起？简单的、附和的已经被人写熟，唯有一些细节被人遗漏。可最熟悉的往往又最陌生，譬如踏进古宅，初入眼帘的那幕异样背景，还有最为醒目的正门石匾“盘谷风清”，以及正堂右侧的唯一屋内石额“望隆鹿洞”，它们是什么？祖籍还是族史，家风还是慰藉……

二

盘谷风清，何为“盘谷”？又何为“风清”？

太行之阳有盘谷。盘谷之间，泉甘而土肥，草木丛茂，居民鲜少。或曰：谓其环两山之间，故曰“盘”。或曰：是谷也，宅幽而势阻，隐者之所盘旋。友人李愿居之。（韩愈《送李愿归盘谷序》）

作为唐宋八大家之一的韩愈，大家熟知，可是隐者李愿先生是谁？韩愈所谓的“盘谷”又在哪里？检索百度词库，经过再三考究才明白，原来唐朝有两个李愿，一个为达官显贵，一个为智慧隐者。《韩集举正》中云：

陇西李愿，隐者也，不干誉求进，每韬光而自晦。迹寄人间，心游太清，乐仁智于山水之间，信古今一时也。

很显然，此李愿就是韩愈和诗人卢仝的好朋友，可他隐居的“盘谷”，如今在河南济源市北二十公里处，虽然跟我们排市镇溪岩山阚家塘的地貌描述极为相似，且又有“盘谷风清”高悬于此，但事实证明，隐者李愿不在此隐。唯一能知道答案的那个人，或许就只有来溪岩山隐居落业于马峰尖的李怀楚了。

被溪岩山李氏称为落业始祖的李怀楚，已无迹可寻。李氏家谱的线索显示，一五八〇年左右，李怀楚自江西瑞昌清溢迁居此地，殁后葬于溪岩山之马峰尖。从中唐到晚明，其间约八百年空白，隐者李愿的子孙后代辗转于大江南北，最后以一句“盘谷风清”羚羊挂角，未免有些不可思议吧，但又毫不奇怪，以华夏文明上下五千年的浩繁传承及其沉淀，千年也不过一个回眸。

大明王朝到了昏庸无道的明神宗朱翊钧时，已是风雨飘摇之际。闳识孤怀的李怀楚审时度势，为避乱于凶兵，依祖训早早归隐深山，寻找盘谷之地安居乐业。但阚家塘古宅并非李怀楚先生亲手建造，而是由他的后继子孙们不懈努力，代代相传，鼎盛于第七代孙李克瑞员外，前后几十年的竭力营善，方才有了如今的形制规模。而李克瑞先生在世八十余载，茶麻生意做得风生水起，儿孙满堂，自然就有了大兴土木之念。虽家大业大而不忘祖训，渔樵耕读，安贫乐道，已然深植骨血。于是磨石勒匾，大书其志“盘谷风清”，以示守土渊源。

拂尘以解缘，可让人迷惑不解的还有另一石额——“望隆鹿洞”。

三

历史真相可以质疑，但不容臆测。臆测则视为传奇，可传奇往往比历史真相更具魅力。当我们捧读《太史公书》（即《史记》）时，是否对“十二本纪”“三十世家”“七十列传”略有存疑？那是自然。大概司马迁先生也是认可“春秋笔法”这个纪史理念的吧，尊重前人所言本是尊重历史的依据之一，而因无法还原真相，传奇自然也就有了独特意味。

从晚明帝国（一五八〇年）到乾隆盛世（一七五二年），也就是，从李怀楚到李克瑞，其间一百七十余年的空白，我已无法去探究李氏家史细节，好在还可以睹物思人，追溯那些悠远而曲折的历史典故。

话说李氏一门，有史可循，根于鹿邑（李耳）、显于西安（李渊）。或因开枝散叶之故，难免有遗逸杂绪之嫌。但李氏祠联中辉煌的“龙门世第，柱史家声”或“龙门登士，鹿洞传经”之说，则又暗示着一切来路分明。阚家塘古宅堂内匾额“望隆鹿洞”，乍一看以为跟朱氏有关，其实不然。那么“鹿洞”究竟在哪儿？渊源在哪儿？据《白鹿洞志》所记：

白鹿洞者，唐李渤读书处也。贞元中，渤与涉（兄弟二人）隐庐山，蓄一白鹿甚驯，行尝随之，人称白鹿先生。

这就是赫然史册的“白鹿洞书院”的原始来历了，是如此美好而别致。然而，白鹿洞书院却累经兴废。北宋后期毁于兵燹，兴于南宋淳熙之朱熹，至元明已闻名天下。由此可见，匡庐之下、清溢之滨的李怀楚，亦非平庸之辈。虽无可考证其是否为李愿后裔，也不知李愿与李渤是否有同族连带，但他们共同流露在骨子里的那份散淡情怀，毋庸置疑。李渤有诗《留别南溪》存世：

常叹春泉去不回，我今此去更难来。
欲知别后留情处，手栽岩花次第开。
如云不厌苍梧远，似雁逢春又北飞。

惟有隐山溪上月，年年相望两依依。

四

江山莽苍，逝者如斯，杜甫曾有言云：“文章千古事，得失寸心知。”

我亦匆匆而来，盘桓于海拔八百余米的溪岩山之巅，俯瞰李怀楚先生苦苦寻觅的梦乡盘谷；端详李克瑞先生的雍容刻石，兵荒马乱，商海沉浮，却依然持守祖先的终天之思，何等不易。朝晖暮霭，翠竹蔚然而环秀；斗转星移，卧虎岿然而安伏。古木有荫，黄连繁盛。泉涌无声，自成溪流。李氏后人，崇文崇德。恢复故堂，再修旧祠。家风犹存，余香袅袅。

我不过一观人风者，客路行旅，虽不为盘谷而来，却也风清而去。

乡下歌谣

一

日子溜得真快，好像是滑过去的。

转眼我都三岁了，奶奶用摇箩一摇就是两年。每当我昏眼欲睡时，奶奶就纳鞋底，边拉针线边轻叹：“日子呀终归是要数过去的，一个针眼一个日子，少不了，只会多，多了老天爷就会闰月……”我哪听得懂这些哩，只晓得奶奶说话就代表身边有人，我便安心地睡着了。就这样进入了梦乡，隐隐约约是奶奶数日子的那些咿咿呀呀的民谣：

油菜开花嘣嘣黄
八景现出好嫁妆
红漆点金金包银
箱压笼来笼压箱
好个仙景在嫁房

丹桂花开千里香
九景现出红罗帐
红罗帐里起乌云
新人良宵结成双
好个仙景姐恋郎
……

奶奶的歌喉动人心弦，事实上，她应该是个漂亮的乡村歌手，这曲《十仙景》，她能唱得喜鹊入林、斑鸠回巢。多年以后，奶奶民谣里的意味被我彻底地推敲了出来，我一下子又被奶奶点化了好几成，让我怀疑，这多愁善感的性子是不是“摇箩文化”熏陶的结果，长大了却被老师总结了出来，这叫那个什么“近水楼台先得月，向阳花木易为春”。可神了。

日子差磨（俚语，很快）似的，有些稀奇古怪的事情，总离不了从小就调皮捣蛋的人。

那些年，集体劳作是不分昼夜的，因此我跟随奶奶的日子比跟随母亲要多得多。母亲往往只会在半夜里去奶奶的床头瞧我几眼、亲我几下。可我偏偏比一般孩子要顽皮，有时候亲得我睁了眼，忽而就爬了起来，光溜溜地站在床榻边尿尿，尿柱又高又远，母亲躲闪不及，就会被我劈头盖脸地浇湿，这会儿奶奶最能在一旁说俏皮话了：“坏孩子，瞧这童子尿憋得要起龙了！”但母亲又气又恼，便指责我没规没矩，而今没脸皮了。奶奶总会替我圆场，跟着骂我几句小精小怪，然后一把把我拉进褥内，拍着我的小腚唱：“黑屁股白屁股，拎起麻丢（阳新方言，代指小男孩的生殖器）打起鼓，细团打鼓咚咚咚，大人打鼓嘭嘭嘭……”我跟着奶奶的节拍做手势，母亲也就禁不住地笑了。

母亲哪会因此放弃对我的探看哩，我的顽皮只不过应了一句俗理，“一岁金，二岁银，三岁四岁恼煞人”。

白天里的自由，完全取决于奶奶对我秉性的认可。想来也是，一个三岁稚子又能顽皮到什么程度哩，于是我总有许多闲暇独自贪欢，而奶奶终困于一个大家庭繁杂的后勤中，有时难免会顾此失彼，但有一部分决然来自奶奶的开明，她认为孩子当有孩子的世界，大人有权负责，但不必过多干涉。

奶奶万岁！在革命思想绝对保持上下一致的岁月里，她的主观看法已然上升到少儿教育的最高境界。我的顽劣似乎并不那么重要，重要的是我的金色童年在苦乐年华里该如何自由鲜艳地度过。当然，以奶奶的见识也不意外，意外的是她一个断文识字的大小姐怎么就嫁给了我爷爷这个卑微的破产小地主，这些背后的故事还有待我长大后再去挖掘和研究，眼下，新鲜的日子我得无忧无虑地过。

二

四月底，五月初，插田刚上岸。母亲她们常常要上山打青，一个晌午回来，母亲们的衣兜里总会有珍奇的山果野蔌，各色各味，打发给好奇心十足的我们。野果多时，母亲总会分发一些给围拢过来的堂姐妹们，这让我在孩群中更受欢迎。

李嘟是一种略带酸涩的野果子，成熟后又红又软，但仍然甜中夹酸，吃多了舌尖麻木。可是，女孩子天生就不怕酸涩，堂姐安红的妙招儿是将半青半红的李嘟贮藏在她心爱的小陶罐里，认真地用她的花手帕封好口，放在能被露水滋养的户外，两天后再打开分享，味道真是好极了。

安红的办法据说是奶奶教的，我也知道那办法，可我是猪窝里留不下萝卜的主，早早就吃完了。往往是我最先向堂姐妹们投降靠拢，白天讨食了两三颗，夜里老是惦记着那种讨食过来的不同滋味，绕梦三匝。到后来，我着魔了，不得不去窥探她们的陶罐，再三打听存放得如何了，并提醒她们：“可不要忘了吃啊。”

安红十分狡猾，简直比特务还精。她的李嘟总是在晚饭后才拿出来，而且愈来愈吝啬，可她那神秘莫测的陶罐我一直无法破译。

日子难熬了，讨食的机会愈来愈少。可能是安红的李嘟越来越少了吧，我每次伸手讨要，得跟上好一段路程，要不就帮她扫地，甚至到溪头帮她刷便桶，这一来可激发了我的魔性，恨不得撕破她的衣兜、砸了她的陶罐。

一日，安红带领我们几个小喽啰去玩打土煮饭过家家（一种游戏），她是店主，然后吩咐我们各自忙活，我是店小二，被派往竹林里拾柴火。竹林就在屋后，那里有枯竹根，燃起来很旺。谁知，我拔竹根时遇到了一只很少见到的金水牛，金水牛威风凛凛，壳又黑又硬，吃蚂蚁，于是我趴下身子入迷地看起来。

不知过了多久，安红突然来到竹林。我真害怕她是来找我拿问误了柴火的事，隔着灌木不敢出声。只见她走到竹林的空地里解裤带子尿尿，尿完了依然没走，四处张望了一会儿，便向我前面的刺芭垅走去，透过枝缝，我终于看见安红扒开荆棘搬出她心爱的陶罐来，掀了花手帕，掏出来一把红扑扑的李嘟，即时塞一颗到嘴里，啧啧地品尝了好一会儿。

这不正是我梦寐以求的小陶罐嘛！一串口水湿了前襟，我忘记了金水牛还在吃蚂蚁，眼里只有安红吃李嘟的神情，她那微颦的眉梢上挂着幸福的回味。

安红掩好陶罐后离开了，接下来便是我演绎孙悟空偷吃人参果的故事，细节不详。傍晚时分，安红独自坐在她家门槛的青石上伤心地抹泪，谁安慰也没用。我当然是心知肚明了，只敢远远地瞅着，一副略带无辜的狡黠，却又见不得别人因我而哭得那么可怜。我吃光了她的李嘟，魔性又让我不解旧恨地拿石头砸了她的陶罐，那一刻我应该想得到堂姐安红会是怎样伤心的。

三

又是一个满月的夜晚，堂姐安红带领我们一群小喽啰去看田野里的荧光灯，她自己用鸭蛋壳做了一个小灯笼，说是捉了萤火虫放进去就能看见七仙女下凡，她还说这是奶奶讲的秘密。我们都信了，捉了许多萤火虫放进去，然后一起坐在门前的大桑树底下唱儿歌：

月亮没长毛啊
叫我去吃红桃
红桃没开花啊
叫我去吃白粑
白粑没起气啊
叫我去看大戏
看戏没打鼓啊
叫我去过端午
端午没有肉啊
叫我去放爆竹
爆竹放得响啊

万岁万岁共产党

儿歌唱完了唱花歌，一支接着一支。这时候，安红突然变戏法似的从裤兜里摸出一把茅针来，我们每人分得一两根，说是奖赏。那茅针其实就是茅草的嫩芽，味道虽然比不上李嘟的酸甜，却也无比鲜美，能咀嚼出野草的芬芳。

花歌唱不尽。旧的唱完了，安红便再教我们唱奶奶教她的哭嫁歌，那可是传女不传男的曲子，但为了她裤兜里的茅针，我们都唱得十分卖力。

月亮花开垞了架
可叹世上女儿家
破灶烧草满屋烟
眼泪汪汪滚巴砂
可恨媒婆嘴喳喳

芝麻花开炸了口
养大女儿两脚走
走的大路有只猪
走的小路有条狗
猪狗挡路弯着走
……

朦胧的月光下，我在吃茅针的时候能清晰地看见堂姐安红善良的模样：她跟奶奶一样，有一副动人的歌喉；跟世上勤劳的女子一样，有一双神奇的妙手。我吃了她的李嘟，又想着她的茅针，心中充满了后悔，我万万不该砸了她心爱的陶罐，让她伤心地哭了三天三夜。

好在一切都会过去，过去憧憬着未来。

安红出嫁那天，她穿着一套漂亮的大红衣裳，跟陪了她三天三夜的姐妹们一起唱着嫁歌话别，那情景真的是幸福而不舍。眼看迎亲的鼓锣一阵接一阵，愈催愈紧，年迈的奶奶走上前去，温暖的双手由上至下地把她摸了一遍，慈爱的眼神由上至下地把她看了一遍，末了，奶奶抓起甜蜜的糖果塞进安红的上衣兜和裤兜里。奶奶如歌似泣：

左手金子右手银
我儿是个兴家人
八仙轿上有娇娘
好儿好女并蒂生
……

短暂停留

岁月真可怕,它会让你十年之后面目全非,它会让你百年之后无影无踪。这句话能引出古往今来无数人的慨叹和论述，我当然也不想让别人以为我很浅薄，只会拿这种粗理当语录。

迷失，就像让岁月和时间埋葬或者遗忘了一样，令人厌恶得很。

鲁迅走了，带着他的百般怜爱与显赫虎威，走得干净利落。该说的话和该做的事他都不近世故不折不扣，但也不辱使命。真是羡慕这样的人，走得如此干脆而又冷静。偏偏世上还留着他的刀痕与枪声，岁月没放过谁，时间却还需要继续为我们疗伤，不知多久才能忘记他的模样，但也许是天荒地老的那种厚爱。

然后三毛、李敖和金庸也走了……

我记忆里的这些浪子与侠客，他们都是能让尘土飞扬的人。我一是惋惜二是孤独，要是人间没有这些灵魂的陪伴，我们的存在或将大失所望。往远了说，如果北宋没了易安和东坡，那一堆浪漫的词牌和楚楚的衣冠，就没有几个好玩的了。

可我们终究还是孤独了下来，从文学、政治、历史、地理的任何角度看,他们都抛弃了我们。活着的状态有许多种,估计高级的,就是留不如去、得不如失吧。如果说快乐是我们日常期冀的状态，其实忧郁也是一种比较高级的活法，三毛曾经为谁忧郁呢?为纯真的爱情，为不可多得的俗世良辰美景，为日夜突围的生命夙愿，为不可逆流而上的精神志向……

神雕侠侣,书剑恩仇……一辈子就喜欢做一件事,这种人温暖而纯粹。煮酒论英雄不一定要电闪雷鸣、龙吟虎啸，温柔一刀足矣。曾几何时，我们一起在街头巷尾津津乐道的武侠总是无法被舍弃，也不知道究竟为什么要谈“武侠”，文明发展到了今天，冷兵器时代早已成为远去的风声，可一旦面临道义危机时，我们最终还是希望一对一地解决个人恩仇。武侠，成为一个正义厮杀的法外之地。这世道，总有一些不可调和的矛盾，总有一些人被欺侮、被打压，总有一些人看不惯趾高气扬、仗势欺人、无法无天，总有一些人虚与委蛇、俗不可耐、混迹江湖……路见不平一声吼的古典武侠情怀，始终有合情合理的存在意义。这才有了金庸，甚至误以为，金庸本来就是一个身怀绝技的侠客。

侠道难隐心，武者无良身。但这是不适合金庸的寓言，他的智慧大致在于以文玩武。江湖还是那个江湖，有没有一个比较安全的中间地带呢，我认为没有。但他发现了一条神秘小道，那就是把“江湖恩仇”用文学的方式来解决，刀光剑影尽在字里行间，所有恩仇解决后，文字却不带一丝血痕。不知查良镛先生如何圆满过完自己的一生的，也许是凭借一股敢爱敢恨的真气和那丝侠骨柔情的芬芳。

金刚怒目，菩萨低眉。说是“以玩世来醒世，以骂世来救世”，这样的狂士肯定不是鲁迅先生笔下的狂人。不是金刚就是菩萨，李敖一生就这副德行，他是真狂。我窃以为他在世时，鲁迅再狠也不及他的嘴快，虽然他依然没有鲁迅先生的那份威严与煞气，但鲁迅故后他便举世无双了。

于是乎，他独白天下。

不要认为这样的李敖就让人苦不堪言了，或以意识形态说事，李敖仍然只以一个“先生”的身心在独白。能让我称其为“先生”的原因，是他狂言但从不乱语，先生以情怀及精神活出了真情性。他骂该骂的人物，结该结的梁子，做该做的事情，然后扬长而去。有民族风骨的人，故能活跃于一方水土，纵然短暂，尚可风流。

公正地说，没有人是遗憾地离开这个世界的。这就是说，任何人以任何方式的离开都是自己合适的归宿。

战士湮于炮火
烈士请于鬼头
伟者享于坟典
渺者安于尘土

何憾之有？！低首俯身认真想想，岁月是我们的红尘抵达，时间是我们的生命延伸，一生往来翕忽，见之所见，闻之所闻，乐之所乐，这些也足以慰藉心灵的起伏。

在如今“伪公知”“假名士”盛行的时代，普通者有时活得不知所措、心如刀绞，于是我就想到了上面那几个真正的公知人物。如果有人宅心不仁而自居公知，请以博大的胸怀和弘毅的精神去比较，去斧正吧。历史不遗真伪，时间不论长短，真有能耐者，吹尽狂沙始到金。

读书杂记

久不读书，面目可憎。

很多人以读书为人生经营，可能他们认为读书真是改变命运的唯一手段。若真是这样的人，那他一定是让人厌恶至极的。书终究都展现在他那张俗脸上，满脸机关算尽的模样，细节处，那些书中的章句都化为谄媚与讨索，再无美颜。

书是一定要读的，除却少年时代读的功名书，其余的都是一种自然选择。以何种心态买来的书，就读出何种模样的人，世上从没有不买书而能读好书的人，除非因贫困而买不起书。但凡借书读的人都是认真学习者，可他不会借闲书去读，所以借的目的很直接，而读的目的也就可想而知了。有的人买书并不是为了读，书只是修饰他的门面而已，或者买的是一种心情，因此，买书而不读书的人有许多，有好书而没空读的人也有很多，书等着人去读。

有朋友说，现在是读电子书的时代了，你已经落伍了。

电子书，不就是那种泥沙俱下、良莠不齐、真伪难辨的信息吗？是，时代的确不同了，快速浏览可以省时、省钱、省事，可是这样跟真正的“读书”相差十万八千里。我认为读书不入纸质版的读法，读的就是个皮毛，或者说读的就是一个笑话（仅为个人观点）。当然，电子版本也不全是“老虎”，如果不嫌费眼，也是可以读的，只是读不入心，不信，比较试试。

我曾为省钱而读书，结果遇到真心喜欢的书，还是禁不住去书店里淘了回来，那才是属于自己的东西，感觉连那书上的知识与美德都是自己的。

电子信息时代，越来越羡慕那些撇开手机而包里装着一本好书的人。依然喜欢闻书中的油墨味，那才是知识的原味；依然喜欢欣赏书中的手绘插图，那才是正宗的文气；依然喜欢一个人独享文字在纸上的波动与汹涌，捕捉它们挑逗我的眼睛；依然喜欢合上书本一脸满足的情景，那是灵光乍现的文雅。

一个时代能否提供丰富多样的好书供人们阅读，是反映其文化内涵丰富程度的一个重要方面。

读书的益处是什么？完善自己身心的不足。读书的真实目的是什么？寻找心灵的未知。读书的最终效果是什么？找到欲去的方向。古今中外，无数谈论此中奥秘者，无一不是给出自己所得，而那些所得，就是他们读出的结果。我们再去读他们的论述，其实早已不是他们的秘密。智者读书，是很神秘的，他们既可读懂关于大自然的书，也可读懂前人著书立说的书，智者悠然在书内，超然在书外。如在《瓦尔登湖》中，亨利·戴维·梭罗说，读得好书，是一种崇高的训练。又说，劳动是一种自尊……梭罗真是一个伟大的作家，但他首先是一个伟大的读者，如果他事先没有读懂瓦尔登湖，又何以让我们那么着迷地去读他的一切感受？在有他的时代里，读者拥有了他，真是一种福分。

而我们的时代在经历，在变化。现在是不是一个值得读好书的时代？有许多疑惑让人匪夷所思。我只感觉到，好久没读书了，或者说，好久没有遇到一本我们必读的书了。

而我因此渐渐面目可憎。为了美颜，我得读书，不论人生长短。

玉兰花语

木兰，又名玉兰、望春、辛夷、木笔等。花语高洁、报恩。

远在春秋战国时期，国人广植木兰，甚是喜爱。屈原曾在《离骚》里，吟咏“朝饮木兰之坠露兮，夕餐秋菊之落英”，以示其高洁之人格。在《滇海虞衡志》中，木兰堪以龙女相喻，可见其美。之所以其花语为“报恩”，是因了民间故事：三姐妹为解救庶民之疾苦，而被龙王贬罚为三色木兰树。庶民为了感恩，于是在人间广为种植，树呼木兰，以示缅怀。故事就这样以凄美感人的情节流传着，旨在弘扬民族传统美德，意蕴深远。

虽有佳句传说，但不能一概论之。

江南的春寒料峭时节，木兰花开，银白红紫，十分寻常。我倒是喜欢“望春”这个名字，因为木兰是先开花后长叶，于春风犹寒之时破枝而笑，一股淡香，低回幽远，分外喜人。尘世间，花儿大都要让绿叶来陪衬，方才凸显妩媚，像牡丹那样盛大而冶艳的花，不仅让绿叶愈见卑贱，就连普通的跟随者也显得自惭形秽，似乎那是一种不让普通花朵愉悦的花，美丽往往盛开在他者的郁闷之上。然而，木兰好像并不以美丽成名，恰以气质傲世。每当见到它颀秀的树姿、向上的花瓣便让人想起“玉树临风”的赞叹，不计陪衬与烘托的佳人确有一分无欲的自信、无求的优雅。

木兰突兀地开在春风里，那个探春的慎独蛾眉，却不会让人徒生怜香惜玉，只是令人惊羡不已。“庭前木兰花，皎皎扶春阳”，宋人洪咨夔说的大约就是这份喜悦了吧。倘若与王安石的“试问春风何处好？辛夷如雪柘冈西”比较起来，诗情画意还是相差甚远，并非因王安石的盛名，而是诗的立意与境界因人而异啊！真是看花容易喻花难。

世人只知木兰花无非是花，却少有人考究木兰花为何有那么多别名。

我也是无意间疑惑不解而求实。木兰，花初发如笔，北人则称之为木笔；其花开最早，南人则呼之为迎春花。其间，也可看出北人之朴实与南人之清雅，地域差异，古来已久。可是，为何又叫辛夷？这源自李时珍的《本草纲目》里的药名，木兰性味辛温，归经肺胃，有发散风寒之疗效。可不，古人多以木兰花蕾治感冒哩！其实，它还有一个更有趣的名字——女郎花，语出白居易的诗句“怪得独饶脂粉态，木兰曾作女郎来”。以传奇人物花木兰题诗命花，使之文艺色彩愈加浓厚，也同时道出木兰除了它的幽姿淑态，还有它任性、清丽、刚强的一面。

春天终究还是会来的，这个“百般红紫斗芳菲”的季节，从来就不缺浓妆艳抹的赞美。我曾在上学的途中见过许多可甚称赞的景致——湖畔、烟柳、晚梅、晴山、绽桃……到处都是暖融融的浮色，大凡如此，也无不落入凡尘俗套的时文。

某日，我从课堂的闲静处，蓦然发现窗外有一株紫色的花冠，那不是我一直心心念念的紫玉兰嘛！惊鸿一瞥，它竟貌若天人；定睛一瞧，它依然如故。

闲人爱花，赏花养心。此后，我便常常提前上学，抑或放学后一再迟归。在偌大的阳新一中校园里游弋，一来可发现我工作环境的新意，二来可调整我俯身工作的繁复与单调，或许，还能提升我继续热爱生活的品位。校园是花木成畦、绿草如茵的地方，小时候读书，总是把老师比喻为园丁或者春蚕，再不就是死而后已的蜡烛了，以至于现在为人师者，也未曾认真推敲过，这三者里我应该是什么？或者说，我想做哪一个？春蚕？我可不想只做一个慵懒的吃货；蜡烛？我也不想“流血流泪”后化为浮烟，短暂地湮灭。吐丝与燃烧并不确切，至少不是为师者与时俱进的理念。唯有辛勤的园丁，是一个生动而又本色的喻体。从教三十余年，我理应明白自己的定位，园丁既是花畦的管理员，也是呵护花草的守护神，正如我常常跟学生说的一句话：“今朝你以我为师，他日我以你为荣！”

世上哪有腰缠万贯的园丁？只有两袖清风的师者。园丁以培花度日，老师以育人纪年。美丽的是花儿，成就的是学生。原以为，这样就是结果，貌似高尚而又不无诗意的结果。然而，意味总在意外。某一天，当本体与喻体重叠时，你会突然发现你不仅仅是一个辛勤的劳动者，刹那转换，你还是浑身花香的翁妪，是塑造人物的神灵。那时那境那人那物那喜那悲那一切，都在一片紫色的背景下，化为图腾。

尽管如此，并未改变我的本职本色。唐人李翱去山上问道，药僧不语，只是指了指天和地，他的禅意是“云在青天水在瓶”。乍一看，以为是在云在水，各自安然。可言外之意，还是有喻境界修为的高低。君不见，云是翩跹的水，水是清澈的云。何高何低，孰轻孰重，水云晨昏，物我交融，不思便罢，不语也罢。

“庭草黄昏随意绿，子规啼上木兰花。”木兰花谢后，春雷滚滚，春雨绵绵，一场万紫千红的盛景这才真正拉开序幕。

尘泥之上，华年再来。我们总会因一番盎然生机而兴奋勃勃，我们当然也不会为木兰花期已过而惋惜，毕竟它清新自然地盛开过，不在绿叶成荫之中，也不在繁花似锦之丛，只在春华葳蕤之前，一树玲珑剔透、淡泊明志。

一朵、两朵、三朵……朵朵向上。

越游漫记

一

人生虽说是单程，但越往岁月深处，旅途越是丰富，且不论感悟的深浅，见识却一直广而厚积。

辛丑年（二〇二一年）春，我便与学生们有约，由东楚入吴越，想再去江南走走看看。大家兴奋而期盼，似乎能想象出盛夏的阳光和多彩的行程。说起来也奇怪，二十多年前我曾带着他们一起去野游，那时的他们还是顽皮而可爱的“青皮小子”和“黄毛丫头”，对我既敬又怕，而我对他们是既爱又恨，爱他们如我之弟妹，恨他们贪玩不够上进；我年轻气盛，想出人头地，他们年少轻狂，不知天高地厚；我对他们寄予厚望，相信他们一定比我有出息，他们却说受我影响太多太大……也不知这话是好是坏，是说如我一般不甘茅檐哩，还是如我一般傲物不羁，我只得一再劝勉：“千万莫学我这个一事无成的青衫白衣，而要做社会上有功有名的金枝玉叶。”我教他们三年两载，他们却说伴我一生，这话实在让人感动。如今我们亦师亦友，情同手足，纵是人生苦短，但因了他们的陪伴，余生当努力做好自己，彼此莫辜负期望，即使你曾历经磨难，也得熬出一段清香。

二

一行六者，五个老板一个老师。女士们备受宠爱，我则备受照顾。“官人”美法和“烟徒”科发绅士风度极佳，大显老板魅力，那就是担当精神，不管车马多么劳顿，他俩从未喊累，倒是美法还时不时地逗我们开心解闷……直至夕阳西下，我们才见到了翘首以盼的才华和他温情的家人。

那一夜，没有月光，只有才华和他的爱人为我们准备的满满一桌佳肴，再加上彩兰老远带来又亲自下厨的“麻辣牛蹄”，美味诱人。于是我们酒分三巡、情入十分，一副不醉不归的英雄豪气。我又仿佛看到了他们的芳华岁月，在我眼里，他们是永远的少男少女。

那一夜，才华勇敢地醉了，环视着他满屋古色古香的装饰和精心收藏的水墨字画，我暗自惊喜，不知他是何时爱上中国古典文化的，这种精神志趣，是其成熟审美眼光和高雅生命品位的表现，身在俗世，灵魂可不能俗。这一点，应该与美法的饮茶、爱茶和藏茶有异曲同工之妙，可美法浑然不知自己的正确选择，却说才华“不务正业”，君子所见所爱，略同而已。都挺好！我以为。

三

横店小镇，一跃成为举世闻名的文化、旅游、休闲、观光的现代化影视城，可以说是中国新兴电影产业成功发展的一个例证，也是集中外文化、综合艺术、演绎与复活于一体的一个地方。在全面市场经济强而有力的打造之下，横店不再是土里土气的江南小镇，而是拉动当地经济和深度激活旅游产业的一张名片——中国好莱坞。

我之所以这样说，是因为我身边有一群发展思路清晰且极富经济头脑的老板，所见所感是我们一路走来无所不谈的话题，才华对此深有体会。旅游看似简单，但它的“热点”在哪儿，就意味着金钱的流向和经济的方向在哪儿。这一点，我们在游览“秦王宫”时便可窥见一斑了，这个一比一高仿而来的假王宫，初见时并没多大乐趣，但它们对拍电影的效果而言，将毫无异样，且能大大节约成本，还能进行多边利用和开发，真可谓金光大道、前途无限。

门票不菲的秦王宫里，美法酷酷地过了一把帝王瘾。

四

绝色江南，多情水乡，浑不知乌镇的“乌”从何而来。我只能想象：那肯定是水墨江南的小桥流水人家给风景画一样的地方涂上了怀旧的颜色。

江南好，那是天下共知的事；风景旧曾谙，那是去看过的人又重温旧游的余味……玲珑玉雕般的乌镇，于灯火阑珊处，安然如静美的水墨丹青，这一印象，是我夜游之后蓦然回首的刹那感受。

若有机会，要记得坐上小船，趁朦胧夜色，进入西栅水巷，沿岸的灯火如星如烛、忽明忽暗，由远及近，听塔铃、闻酒香、看佳人……岸上有古树木楼，水边有廊桥遗梦，游人如织，游鱼如梭，乌镇的细腻一点也不让人厌烦，倒是那古朴曲折的石板老街让人格外亲切。夜半归返，偶遇一缕清风、二三雨点，仰面而叹，方知自己刚刚走出画来，那滋味那景致，恐怕此生也难忘。

丽雯、彩霞和彩兰很开心，除了留影，还各自买了一对耳环，第二天挂在耳垂摇啊晃的，那模样，挺江南的。

五

驶上二十七公里的跨海大桥，穿过风光旖旎的舟山群岛，泊车朱家尖，乘轮渡过十里海峡，夜宿“息耒小庄”。

何为“息耒”？放下农具。不为物役，以得自由之意，引申为皈依之心。

我问美法：“住一宿要六千元左右，为何住这么贵的酒店？”美法依然露出那副憨厚的笑容，说：“贵有贵的道理吧，老师，此处离普济寺才二百米远。”我们这才明白他的美意。来岛上的人，不是游客就是香客，而我们一行大概是二合一型的俗客，虽不是虔诚的善男信女，但也绝对是慈悲心肠的良人。

海天佛国，琉璃世界。

早有传说，普陀山上有菩萨，紫竹林中有观音。这里是观世音菩萨教化众生、离苦得乐的道场，今日终于得闲一见佛的真容，算是圆了母亲在世时供奉观世音菩萨的夙愿。海在身边，佛在眼前，我理应焚香礼拜。

六

晚饭后，海风习习，我们趁着酒兴走入“千步金沙”，这是普陀山的十二景之一。说实话，大海始终是人生里的一种向往，诸如天空的神秘、森林的幽深和草原的辽阔一样，关于大海的童话一直种植在孩提时代的梦境里。

晚霞的余光很快就要消退了，我们赶紧脱鞋赤足，碎步走在细软的沙滩上。海浪一波一波拍来，涛声喧哗，浪花举白而兴奋，像极了我们高昂的心情。我感受到了海的博爱与温情，浪潮退去时，我又一点点地剥去脚底的细沙，大海似乎在安慰我的忘情，又好像吝啬地抽去了它的柔情，默默地告诉我——海的一切只属于海。

这是伟大的乐章，海的美就在这里。是吗？我不由断章取义地想起了鲁彦先生在《听潮》里的感慨。我们对海知之甚少，于是敬畏它的无边无际和丰厚的给予，它真的很美！

置身于海天佛国、清凉世界，我亲近着夜色和大海，也亲近着这群可爱的学生，我们是另一种幸福的海。

七

翌日清晨，我醒来很早，完全忘却了昨晚几点睡的。为了不打扰年轻人的酣梦，我决定起床去看看普陀山的日出和晨曦，来一趟不容易，就多留点特别的感受和记忆吧。我暗自决定，写一篇较长的文字，分享给他们。

出了息耒小庄，见到比我起得更早的三三两两的香客，都提着愿香往东边而去，我顿时想起祈福的事来，佛在身边，福在心田。

走向洗心亭，路旁有高大的千年古樟和此地独有的榔榆，以及从未见过的大吴风草……但我留心观察，莲花和紫竹在哪里？那可是观音菩萨的法物。

素心、素念，我就要了一份素食早餐，然后给每个人买了一款“平安求财”的愿香，作为长辈，就算我送他们一份美好的祝愿吧。

心意微茫，但我佛慈悲。

八

普济寺，普陀山第一大寺。五步一楼，十步一阁，共有六进殿堂，主殿圆通宝殿里供奉着高八米八的毗卢观音，两边是三十二应身……这里还有摩肩接踵的香客和祥瑞缭绕的香火。

我与才华等人一路焚香、许愿、礼拜而来。我本无法，但诚心向善。举香齐眉，闭目默念：愿亲人身体健康！愿母亲西去有依！愿我爱者和爱我者幸福平安……刹那间，似有万道光芒集聚头顶。我知道，这就是我前半生所有恩恩怨怨、是是非非，都归我来，只要我善良以待、温情以许，它们将宽容我的真心。

天知地知佛知。人生没有虚妄的悲悯，每个人应该都有自强和自救的未来。

九

不再碎言，一次难忘的旅行，足见彼此美好心性。唯有一路感恩，洒下一片光明和快乐，虽时光荏苒，但日子灿烂。

人生守缘，情义无价！

客至七峰普陀寺

一

说是寺，实为庵。七峰山普陀寺几乎躲藏在茂密的林海深处，山径蜿蜒数十里，幽壑连绵见洞天。福地菩提缘于明洪武三年（一三七〇年）的来锐禅师，沉浮六百年之有无，或寺庙，或学堂，或净庵……山主积善因，功德自有果，而今观音坐莲，香火续旺，住持乃释心妙法师。

朋友相约，去山上吃个斋饭，我自是欣然应许。近些年来，感觉佛缘渐近，禅心有期，也不知究竟是修有所成，还是觉悟所至，于不声不响、不垢不净中觅得一种空灵。由此，诸如各类佛事，皆能宽解而为。

鲁迅说过，人与人是不同的，有的人专爱瞻仰皇陵，有的人却喜欢凭吊荒冢。不高攀别人的多欲，也就不低贱自己的寡淡，从书斋到寺庙，我个人认为是一个自洽性的选择，而不是什么等量代换。朋友们一路上互笑戏谑，甚是快活。敢情那城里的生活的确是难以解闷的，所以偶尔外出倒成了一场不大不小的叛逃，逃出自己。

于是，车子越往山上爬，我越是开窗深呼吸，并不一定为了漫山遍野扑面而来的新鲜空气，只为难得的开怀。

二

怡然无不撒在言笑之外，进了山林就仿佛被风景包围，自身自然也是山林的一部分，风景的一部分。山道弯弯，树影匝匝而婆娑，它们真的隔开了一个世界，因为我的世界是屋舍，是鸡犬相闻、灯红酒绿的市井百态。由此，身为财主的阿F又是如何看待自己的身前身后的呢，她的取舍是什么，众人虽然看不明朗，但谁也不敢轻视她这个经风经浪的商人。没见过风浪也就参不透平静，没经历困苦当然也接不住后福，大概如是吧。估计这顿斋饭很有意思，我如是想。

远远望到普陀寺的橙墙黑瓦了。见到了劳动中衣冠土俗的阿F、因陌生而狂吠不止的阿花和阿黑、一高一矮待人和善的村妇……庙宇庄严地坐落在山坳里，我们遇见了该遇见的景观，尽管阿F一再说心妙禅师云游未归，但她的法相却又无处不在。

三

我们渐渐走入心妙法师的道场。

此时，阿F已经为我们摆好她的各种茶具，搬出她的各色名茶，如数家珍，她不拒我们分享她的佳茗。却见远处山岚出岫，若云若雾；近处崖边有一泓泉水，淙淙作响，直接舀一瓢加热煮沸便是。一会儿水沸，冲泡一壶上等的正山小种，汤色清澄，满口回甘，香透肺腑……

实在是经不住那山灵般的色与味的诱惑，我便安静坐下来，看对面的阿F煮茶、倒茶，总想听她说些让我十分陌生的话语，但话题颇杂，交流始终无法深入，只好游目骋怀，遍观寺前庙后的景物。不断地感受着心妙法师的禅意，记得杜子美在《客至》里云："花径不曾缘客扫，蓬门今始为君开。"可我觉得心妙法师的禅意应该是：花径不因缘客扫，蓬门至始为君开。

四

常常羡慕那些亲近寂寞的人，他们应该是人世间最靠近佛门的人了。当我听完心妙禅师落发普陀寺的故事后，一下子解开了自己的迷局。始知，天下寂寞是共有、厄运是共有、劫难是共有、爱美是共有、虚妄是共有……那么，我却为何不能如心妙法师那样一朝遁空？

不能。

聊到此处，"江南"于是说，我们皆为俗人，何必为难自己；"官人"于是说，我们声色未净，哪能遗憾此身；大明于是说，上有老下有小，责任不允许……说到底，就是色不异空、空不异色呗。

要说我此刻的心境，恐怕有些让人意外——我不是心妙法师，因此我也无法遁空，但心妙法师的修行也是我的修行，按照“佛已是觉悟的众生，众生是尚未觉悟的佛”来看，倘若我已领悟了自渡的心妙法师，心妙法师与此时的我又有何异？简单地说，我爱养花也爱观花，心妙法师亦然。

五

斋宴缓来，亏了村妇俩好一番忙碌，虽是“粗茶淡饭”，端上桌来却全然是人间美味，难怪阿F说素食养人，进山半月有余，非但没有精瘦，还净长两斤美膘，此言不虚。

吃斋念佛，寺院外断断续续着传来“南无阿弥陀佛”的吟唱，循声而去，令我惊讶不已。这一曲，曾经千般起伏，伴随着母亲西去，轻柔绕指、倾诉悠扬……我只好别开心念，选了一个面山的座位，随口吟诵：“我看青山多妩媚，料青山见我应如是……”侠骨柔肠的辛弃疾啊，未承想，此时此处两相对。

情与貌，略相似……

一棵朴树

只要去阳新一中，就能见到这棵树。

一棵高大茂盛的朴树，也不知道它究竟存在了多久，经历了多少岁月，见证过哪些事……我来时，它就在。可能是当初乡村荒野里的一棵大树而已，哪晓得世事往来翕忽，百年之间，它竟成为这所新迁过来的教育城唯一的土著。它高大的树冠，遒劲的枝干，浑身爬满了攀附的爬山虎。或许是敬畏它的冷峻，或者是仰慕它的脱俗，它让栖巢的鸠鹊和流连的凤蝶自由惬意，让庇荫下的孩子们轻松愉快，也就无怪乎我对它由衷的赞美了。但我舍不得像礼赞一棵挺拔高耸的白杨那样去赞美它，似乎随意或者勉强都是一种似是而非的亵渎。

看来，这棵朴树的由来匪浅。

别看如今的阳新一中多么新潮，宏大的规模、园林式校区，学习与生活设施一应俱全，但它的前身确是清宣统二年（一九一〇年）的兴国州中学堂，原址在儒学垴的古乐楼下，离这儿足足十里有余。历经封建王朝的衰败、军阀混战的颓废、抗战时期的逃亡、十年动乱的浮沉……一言以蔽之，千年儒学，百年磨难。

但这一切都是往昔峥嵘，跟一棵树又有什么关系呢?

“千古凭高对此，谩嗟荣辱。”百年何谓长短，但岁月容易蹉跎，真能见证时代变迁者，恐怕是人事犹不及风物矣。

从儒学垴到桃花庵，从竹林塘到教育城，阳新一中的空间转换几乎是新旧背景的更替，每一处都有记忆中的风景。也不知什么时候，这棵站在下雉路等候已久的朴树，正好进入了儒学薪火相传的眼帘。或许它无意成为斯文的一隅，却以沉默不语见证了新儒学蓬勃发展的历史一瞬。它是个

幸运的土著，或许它本是儒林风物，阳新一中只是恢复了它应有的名分和象征罢了——这里有一座古树台。

朝晖暮霭，春秋草树。它与儒学垴的古乐楼相对，一树一楼，倒也十分般配，令人备感欣慰。

阳新一中的建筑格调很见特色，既有西式的简约大方，又有中式的中轴对称；采光玻璃、四合庭院，整体感觉低调中透出优雅。大概是设计者独具匠心，保留了明德楼与启智楼之间的这棵朴树，似乎寓意深远——立德树人。

俗世中，很难有见情怀、见胸襟的风物，好在阳新一中有这独特的一份，确实增添了几分文雅志趣。君不见，师生常在古树台前倾谈流连，客者必来古树台前仰观留影，这何尝不是一桩美事！

春耕夏耘，寒来暑往。我不知道还能陪伴这棵朴树多久，但在三十多年的教书生涯中，阳新一中是我工作过的地方，校园里那棵高大茂盛的朴树，是一道我终生难忘的风景。

多年以后，退隐归田。我将与它隔乡相望，也不知那时那地，终究谁是谁的风景，但那已经是以后的事了。

相看两不厌

总想写几页文字，浅淡些的，记录一季又一季过往。可那云烟似的思绪，一晃就没了，然后再去追忆，恐怕就不是那个瞬间的感觉了，于是，悔青了肠。

大约是雪要来时，每年都有几许空荡荡的闲愁，冷得心扉枯萎，盼望那雪白的花掩盖苍茫天地，没有色彩却又情调自生。人是需要伴儿的，哪怕是几朵清雅的雪花，临了窗，也是能悟出笑来的。

笔墨纸砚俱佳，只待暗香盈袖。哪能不羡慕“暗香浮动月黄昏”的时光呢。倒是真的企望过风花雪月的浪漫，捻着紫毫，挥几札怀素小草，一派仙人姿态……倘若搁在往昔，早有诗意爬上眉梢，无奈忧喜如静水流深，不知是成熟透了还是伤心透了，不再遑论是是非非，人生或者人世，都是白云苍狗的曲水流觞，不饮也就罢了。

少时爱看电影，方圆十里的村庄都敢去，不为别的，只因太喜欢银幕上的故事。但凡是仙女下凡、书生赶考、义狐报恩之类的野史异事，都觉得是真的。难道不是真的吗？记得小姑快要出嫁了，端午节的礼仪是送扇子，我幸得了一把“嫦娥奔月”的纸扇。从此，人生的情趣发生了改变，原来我天生就是那浪漫的主。久藏着，舍不得用，直到某日发霉纸烂，惋惜得险些哭出声来。好在，那时还有小人书可以替代，只要是关于古典神话的，我会想方设法地买来，百看不厌。情结由此而来，浪漫是个秉性。

不知是因了古典的缘故，还是蒙了祖上的恩，爱读闲书的我，自小就有了诗情画意的结，亦不知惹了多少幼稚的玩笑，只记得那时青涩，爱脸红。如今，脸不红心不跳，莫不是终究遂了岁月的刻薄，卸去了天真烂漫的华年，只剩得，这一幕黑白苍颜。

往事一杯酒，如友如客如情如爱。但要说爱情，还是古典些好。于含蓄中春风初度，于初见里两情相悦，于回眸处一往情深……如是觉得，爱情还是晚来些好，像雪里寻梅一样，于冷冷清清中看重那份疏影寒香，方知万般零落唯有一束难求。珍爱初心，珍惜晚风……

是相看两不厌的白头偕老，还是相忘于江湖的物是人非？单身独处，一番往日缱绻时光无影无踪了，可并没觉得与孤独厮杀的惨烈，反倒是繁华落尽，水瘦山寒，风景一改彼岸雍容，滋味自在个中，也挺好。

黄梅戏《天仙配》与《牛郎织女》里所展现的白头相守的爱情，深得世俗的热爱，因此在我老家看众甚广，而越剧里的《梁山伯与祝英台》和《红楼梦》就没有这般受青睐了。大概是地域文化的差异，或者对某种唱腔的喜好程度不同，但老家人朴实的爱情观则可能是关键因素。他们对彻底的爱情悲剧是失望而不能接受的，尽管梁祝化蝶成双，但那已经不是人间真实爱情的一部分了；贾宝玉与林黛玉就更加悲催，几乎不在欣赏之列。

没有谁忍心成全一个相忘的结果。

直至看了《人鬼情未了》，听了那一曲异样的 *Unchained Melody*（奔放的旋律），这才让我真正释然。那究竟是相守还是相望？结局应该是相忘。爱情，从来就不是一个狭隘的名词，它形容着一个未知的领域。

其实，老家人并非一味地偏爱喜剧，只不过是多了一份爱的希冀吧。要说，《聊斋志异》里的那些爱情不也带着几分诡异吗，它们却大都是国人茶余饭后略带揶揄的话题。

从心理学角度看爱情，那是一个异性之间相互吸引而愉悦的过程，即便以七年为一个周期，爱情的长度也不过如此。若真的到了“相看两不厌”的境界，那该是一生一世的相许与陪伴，可那还算不算爱情呢？

不得而知。

犬子成人

《礼记·曲礼上》载："二十曰弱，冠。"男人二十弱冠，说明生命进程又有了较为远大的酝酿。

子钰今天生日，事先他在电话里"警告"我："今年有生日礼物没？"作为孩子的父亲，我没觉得特别惊讶。作为一个有点传统思想色彩的父亲，我对他的健康成长，有着极其重要的道义责任——子不教，父之过也。于是，就有了这篇短文，姑且看作一份小小的礼物吧，因为他很在意我对他的态度，潜意识里显露出我对他的影响是不可估量的。我暗暗称奇，这小子何时学得了我几分神似呢？怪不得时有惊人之举，让我跟不上他的节拍，有点措手不及。他在微信里大言不惭地嘲讽我是"土包子"，气得我好一顿张飞之怒，回复曰："尔乃老夫所生所养，还能成了一洋包子不成？岂不是DNA有问题了。"此言既出，实在是经不住推敲，这不是自取其辱嘛，他若有了问题，我这老脸往哪儿搁……

玩笑话不可当真。

还好，仔细端详，除了七分像她母亲的秀气，其他的都在我的"宏观调控"之下。这充分说明，我还是很有与时俱进的底气的。骨子里，由不得我不爱他，因为血缘之亲不容选择，父子之义岂可质疑。

记得犬子十岁那天，我们有意带他去逛书店。"书，乃精神面包、人类文明进步的阶梯，爱书就是爱美食、爱佳人；你瞧我们家床头几案上都是书，多体面、多斯文、多显赫，你今日可要珍惜机会好好挑选，爸爸绝对满足你的好奇。"这些皆为我们在路上的铺垫，犬子似乎对这特别的生日礼物很是向往，我等就更开心了。进了书店，就任他遨游去吧。一个小时后，我拎着几本爱不释手的书籍去找他，估计他也应该有了自己心仪的礼物了。搜寻一遍，却见他蹲在一个音像柜前，隔着玻璃看着什么，我一阵窃喜，果真虎父膝下无犬子，瞧他那专心致志的模样，可爱极了。趋前一问之，大失所望。怎么又是奥特曼啊！家里几乎成了奥特曼俱乐部，日本人也太有才了，中国的儿童差不多都忘了自己的童话故事，一味地沉浸在他国他民的想象里。我开始对不肖子进行全频道的劝降。岂料，犬子坚决要“奥特曼”而不要《西游记》，最后，我连哄带骗跟他达成协议，以一本彩印版的《安徒生童话选》捎带十碟《奥特曼》的代价成交，我自毁尊严，输得惨不忍睹。

现在想来，那时的他又何罪之有？奥特曼是跟怪兽做斗争的，犬子喜欢那独特的造型、英雄的形象，应该得到鼓励；而日本的动漫几乎风靡全球，“一休哥”和“奥特曼”的魅力绝不逊于美国人的“猫和老鼠”或者“大力水手”，那是一个多元文化的砥砺时期，外来文化比较普遍且非常新奇。再说，日本文化也并非一无是处，文化无罪。倒是我，罪在把狭隘的民族感情夹杂其中，忽视了情感价值观的进步性和前瞻性。事后，我做了深刻的反思与检讨。痛苦的是，为了树立一个父亲的新时代形象，我不得不推倒了心目中的“雷峰塔”，然后故作不计前嫌状跟他友好交流，应了鲁迅的那一句鄙薄：“活该！”

生日年年有，买书的日子却很难得。

犬子终于上大学了，我去送他。为了节省路费，我只送他到天河机场，然后把省下来的机票钱都给了他。对于我的千般嘱咐，他就回了一句话：“爸，你放心吧，我会安排好自己的。”

我看了看他那张稚气未脱的脸，还是略存狐疑，而当我看到他那平静而刚毅的眼神，似乎又安心了许多，也许他真的长大了，我又何必去担心风雨中的海燕呢。

时间还很早，飞机一个半小时后起飞，我想带他在航站楼里四处逛逛，看有没有该买的。我们的目光最后被牵引在一个书画亭里，我深深地被一套王铎的行书帖迷住了，一套三本，仿古线装。我估计价钱不菲，就试着问了问，售货员笑容可掬，却清晰而柔和地告诉我：“先生，两千零八元一套，不打折。”犬子在一旁“哇”地转过头来说：“爸，是什么书啊？

这么贵。”我没有应声，轻轻地放下了我心爱的书帖。犬子便用家乡话跟我交谈，问我是不是很喜欢，我回答是的。他又说可惜太贵了，我回答他艺术无价。他似懂非懂，微微地点了点头。

我问他：“你看到自己喜欢的书了吗？”

他顿了一下说：“有一本，是俞敏洪的书。”

“好啊，很励志的一个人，应是一本好书。”我不假思索地回复他，然后问他是什么书名。

他说：“《在绝望中寻找希望》。”

“买吗？”我问。

“算了吧，爸，这里的东西都很贵，我日后去网购，便宜多了。”

我默认了，机场是高消费区，自然贵些。于是，我们又逛到了美食区，犬子从不吃辣，却偏要买武汉的特产“鸭脖子”，说是有同学已经向他讨要，应允了的。我不反对，践行诺言是美德。

开始通知该安检了，我送他，已是最后一段时光。趁他在排队时，我快步去了书画亭，果然看见了那本《在绝望中寻找希望》，直接付了钱，要了一支笔，翻开扉页，我写下一行字——希望你做一个自信而自立的人，父笔。就在搁下笔的那一瞬，我猛然一阵酸涩，这么多年来我曾训斥过他，甚至无可奈何地打过他，却一直没有正面地表达过我是多么爱他。

我把书送给他后，他说认真地读了好几遍。

我很欣慰，真不知道在这个物欲横流的时代里，送人一本书，还算不算一份有意义的礼物，但是，作为父亲我能送给儿子的礼物，我想我已经表达清楚了。

浅安时光

◎李琼枝

作者简介：李琼枝，湖北阳新人。大学本科毕业，教育工作者，湖北省作家协会会员。作品发表于《黄石日报》《长江丛刊》《今古传奇》《黄石文学》《咸宁月刊》《洪山文艺》等报刊。主要作品有《北风吹》《记忆深处的路》《到底人间》《秀姑》等。

不说再见

父亲离开我们十年了，又是一年清明节，我却不能回家亲自为老人家斟一杯酒，只能借着蒙蒙细雨寄托哀思，任凭思念的泪水再次肆意地滑落。

二〇一二年正月初三，父亲母亲跟着弟弟去了桂林，去看望还未满月的小侄女。初六的时候，父亲突然觉得额头很痛，像针扎似的，整整痛了一天也不见好转。我们都猜测可能跟他以前做的白内障手术有关，于是打电话向做手术的医院医生咨询，医生说不会的，肯定是别的原因。初七父亲赶紧回来了，医生建议做个脑 CT 看看，遵照医嘱，父亲做了检查。果不其然，结果显示父亲的脑内显示有大片梗死，意味着脑部有问题，必须去大医院进一步确诊。听了医生的话，哥哥连忙带父亲去了同济医院，做了脑部核磁共振检查，检查结果犹如晴天霹雳，炸得全家人不知所措。父亲的脑内有个大瘤子，已经压迫神经了，必须赶紧做手术取出来。

父亲做手术那天，我们兄妹四人都守在手术室外，心情非常沉重。手术整整做了十个小时，父亲才被推进了重症监护室，医生说手术非常成功，叫我们宽心。但紧绷的心弦并没有松懈下来，忐忑不安地等着化验结果。父亲昏迷了一天，第二天清醒了，转到了普通病房，尽管头上插满了管子，气若游丝，但他能听见我们说话，偶尔还能回答护士的询问。

到了第三天，父亲又好了些，当小护士好脾气地问他："爹爹，痛不痛啊？"他没好气地回答："做手术当然痛啊！"看样子，父亲恢复得还不错，我们的心才放松下来。到了第五天，父亲跟我说，他刚才看见了一个穿白衣的女子进来摸了他的头，他的头就不痛了。我笑着说那是护士。

渐渐地，父亲恢复了元气，还能像以前一样诙谐幽默地跟我们说笑。我们都高兴起来，尤其是母亲，脸上乐开了花。我们都盼着父亲能痊愈回家。可现实是残酷的，化验结果出来了，癌症晚期。我们兄妹几个哭成一团，又不能让父亲母亲知道，每天强颜欢笑说没事过几天就可以出院。住了一段时间，父亲头部伤口愈合了，执意要回家，征得医生的同意后，哥哥把父亲接回了家，我们不知道他还能活多久，只想瞒着他，让他做些高兴的事。

父亲以为自己没事了，很高兴，在家又开始写诗作画哼小曲。没过一个月，父亲觉得胸口不舒服，我们知道癌细胞已经扩散了。就这样，父亲又住进了医院，癌细胞扩散得很快，肺、肝乃至全身都是。到如今，我们都不知道让父亲患癌症的病灶在什么部位。只知道父亲爱抽烟，嗜酒如命，不是肺癌就是肝癌。

父亲被病痛折磨得整夜无法入睡，胸口鼓起一个大包，每天需要人拂拭才能缓解疼痛。我和母亲轮流帮他按摩，原本消瘦的身体更加羸弱不堪。以前那一双炯炯有神的眼睛变得黯淡无光，眼窝深凹，双颊凸起。我强忍悲痛陪他聊天儿，鼓励他没事的，一定会好的。

尽管每天很难受，但父亲从没想过他患了绝症。在他去世的前两周的一天，我去看他，他还能坐在大木椅子上费力地拉二胡，叫我唱歌应和。我陪他唱《送别》《小小竹排江中游》。父亲完全沉浸在自己的世界里，那晚暮色格外浓，我充满激情地唱着，泪无声地在脸上淌着，怎么也擦不干。我有预感，这也许是我们父女俩最后一次合作了。

又过了一个星期，父亲不能动弹了，他坐在椅子上气喘吁吁，让我和妹妹扶他去院子里走走。我们扶着父亲在院子里走了几圈，一边走一边安慰他，等他好了就去我的新房子住，每天不用干活儿，按他的喜好过日子，多好啊！父亲也满怀希望，坚信自己一定能好。

过了几日，一天的凌晨四点多钟，我接到母亲的电话，说父亲已经不行了。我们马上租车赶回家，发现家里围满了人，我的腿发软，感觉有千斤重，怎么也抬不起来。爱人扶着我进了卧室，父亲已经不能说话了，嘴里只能出气，不能进气。我们急得号啕大哭，嫂子从浮屠镇卫生院买来好几个氧气包，我疯狂地按着，多希望这些氧气包能给我们带来奇迹，我多想敬爱的父亲能睁眼看我一眼！我的泪如决堤的海，父亲啊！我是您最疼爱的女儿啊！我求您能再看我一眼！无论我怎么呼唤，父亲终究无力睁开那双睿智的双眸了。未等弟弟赶到，他停止了呼吸，享年六十二岁。我最挚爱的父亲，那个满腹经纶、诙谐幽默的老人舍我们而去。我感觉世界都要塌了，久久不能释怀。

十年了，我已经从悲痛中走出来了，但父亲依然活在我的心中，依然是那么高大、温暖。当我累了、痛了，我就会想起父亲笑呵呵的样子，就会感到愧疚与自责。我是父亲的孩子，是他生命的延续。还有太多的责任和义务在等着，我要培养好我的孩子，教育好我的学生。我要将父亲的爱延续下去，永不说再见。

北风吹

隆冬的早晨，朔风逼人。世界是那么安详，连阿风家那只厉害的狗也不叫了，只有大宝家那只威风凛凛的公鸡，偶尔来一句“喔喔喔”后，整个村子又恢复了宁静。

“正月里来是新春，家家户户点红灯，人家夫妻团圆聚，我家夫妻俩分离。”一道脆生生的嗓音划破夜的寂静，这是狗叔的娘——翠英奶在吊嗓子。翠英奶模样端正，高鼻梁，小嘴巴，大眼睛，经常把头发往后梳起来，绾成一个髻，露出光洁的额头。翠英奶长得高挑，皮肤白皙，怎么看都好看。她不光长得俊，最主要的是有一副亮嗓子，她会唱很多曲子，当地的歌谣张口就来。翠英奶有一项绝活儿——会哭。哪家嫁女儿要哭嫁，或是哪家老人去世了要孝女孝媳哭灵，请她去准没错。一到场，擤一把鼻涕，“肉啊儿啊心肝啊”就哭开了。一开嗓，眼泪像拧开的水龙头，关也关不住，扑簌簌地往下淌。那哭天喊地的伤心劲能感染得在场的人无不伤心落泪，不知道的还以为是她嫁女儿呢。翠英奶唱了几十年，也哭了几十年。后来有录音机了，村里还有人专门把她哭灵的声音录下来，直接拿到灵堂播放呢！

“奶，我饿了。”一个怯生生的声音响起，歌声戛然而止。“只晓得吃，去找你娘去！”翠英奶的声调陡然提高，恨恨的骂声隔壁邻居听得异常真切，这是狗叔的女儿慧子在叫饿，但这是人家的家事，谁好意思去管呢？唉，众人的叹息被寒风吹散了。

翠英奶命运坎坷，第一个男人给她留下三儿一女，就撒手人寰了。后来在邻村找了个老实巴交的男人上门，俗称招夫养子，又生了个儿子，本来不好过的日子更加紧巴巴了。所幸那男人扯得一手好油面，每天天不亮就起来忙活，等全村人都起来的时候，他已经扯好油面放在太阳底下晒了，油亮亮、白花花的长面条吸引了人们的目光。乡下孩子没什么好东西吃，喜欢上了男人扯油面剩下的油面坨，每天不用叫，趁大人不注意，直接窜到翠英奶家，男人见了，笑呵呵地从偌大的面钵里掏出小面坨，挨个分。那油油的、咸津津的面坨给了孩子们极大的新奇和满足感。去的次数多了，翠英奶就会不高兴："去去去，回家去！我家自个儿的孩子都没得吃。"大伙儿吓得一哄而散，第二天还是会流着鼻涕早早地去面钵前候着。

狗叔是翠英奶的大儿子，长得眉清目秀、老实巴交，跟人说话都会脸红，完全没有继承他娘的泼辣劲。狗叔二十岁那年，有人上门做媒，很快定了日子要结婚了。村里难得办喜事，结婚当天，大家都蜂拥着抢着去看新媳妇。可能是因为办喜事的缘故，翠英奶不赶人了，破天荒地拿出糖果招待大家，笑眯眯地催促大伙儿去看新媳妇。乡下孩子爱热闹，并排站在逼仄的新房里，一个个傻笑着，闻着新家具散发出的好闻的油漆味，好奇地瞅着新郎官和他的新媳妇。

狗叔穿着新衣服更俊了，他腼腆地和新媳妇一起坐在床沿，床上堆叠着几床花花绿绿的新被子，真好看。狗叔一边招呼大家坐，一边害羞又局促不安地瞄着自己的新媳妇银锁。大伙儿也看着，期待着能见识一下她的真容，好回家向家人炫耀。银锁穿着红艳艳的嫁衣，原是低着头的，见有人都围着，索性抬起头来。天哪，胖乎乎的脸上长着一双眯眯的小眼睛，笑起来就成一条缝了，嘴唇还往外翻着，像阿风奶过年时灌的腊肠。大家倒抽一口气，大失所望，每个人拿了个红鸡蛋就急匆匆地夺门而出，赶紧回去告诉家人，狗叔家的新媳妇长得有多瘆人。

银锁倒也争气，给狗叔生下一儿一女，狗叔可高兴了，成天脸上乐开了花，逢人就说银锁怎么贤惠，他们的孩子怎么可爱。可是好景不长，有一天银锁突然不见了，狗叔急疯了，找了几天几夜都不见踪影，结果在村里的仓库里找到了，原来她和村会计暗度陈仓了。这消息无异于晴天霹雳，炸得全村沸腾，炸得狗叔不知所措，这个软弱的男人只知道抱头痛哭。他把银锁领回家，软语温言地劝着，给她做好吃的，只差没下跪了，银锁答应看在孩子的分上再也不做糊涂事了。

会计是何许人？脚跛背驼，走路只能拄着拐棍，由于辈分大，大伙儿都叫他杰爷。杰爷的祖辈是地主，因此他的家族在村里自成一霸，谁都不敢轻易招惹他们家人，他才霸占了会计的肥缺。杰爷兄弟四人，分别取名英、雄、豪、杰。个个如豺狼虎豹，平时没少欺负乡亲。有一年夏天，他家大院子里的桑葚树挂满了桑葚，个头大，乌紫发亮，馋得人口水直流。隔壁的阿风带着一群小喽啰，趁着午觉空闲，偷溜进去。他爬上树，用力摇着树枝，那桑葚像雨点似的往下砸，小喽啰们一边捡，一边兴奋地尖叫，把杰爷的老父亲惊醒了，他破口大骂，放出大狼狗，大狼狗嗷呜嗷呜地冲过来，吓得孩子们没命地跑，桑葚也散落一地。

因为杰爷身体有残疾，所以家人在很远的乡村给他找了个哑巴媳妇。哑巴块头大，每天蓬头垢面、衣衫褴褛，腰间永远用一条草绳系着，步履蹒跚，只要一开口，哈喇子直流。她根本不会说话，但她会咿咿呀呀地跟村里人打招呼，特别费力。

哑巴自从嫁给杰爷，每天天不亮就得上山砍柴，回来永远是冷饭剩菜等着她。天黑了，就蜷缩在大门口用谷草铺成的窝里，算是过了一天。第二天又重复着同样的事。很多回，村里人看到哑巴孤独地背着柴担杆，机械地挪动着脚步，向着后山慢慢走去，觉得她太可怜了，心里过意不去，就偷偷摸摸地给哑巴送点热饭热汤。这事被杰爷的娘知道了，那个凶狠刻薄的老太婆跳着脚骂：“哪个剁烂刀的多管闲事？”从此，没人敢再上前一步了。

听说哑巴生过一个女孩，那时家人看在孩子的分上，待她还是好的。可好景不长，晚上睡觉的时候，孩子被她压死了。后来，当哑巴又怀孕并生下一个胖小子以后，全家欣喜若狂，不准她看孩子一眼，彻底把她赶到门洞睡了。哑巴虽然不会说话，但她心里是清楚的，逢人就比画着，咿咿呀呀地诉说着为人母的喜悦。依然是蓬头垢面、衣不蔽体，哈喇子直流。乡亲们不嫌弃哑巴，都由衷地为她高兴，以为她苦尽甘来了。

命运没有眷恋可怜人，儿子五岁的时候，哑巴大病一场，不能干活儿了，彻底被休弃回娘家了。乡亲们再也没见过哑巴，没过多久就听说她死了，有的说是冻死的，有的说是病死的。大家扼腕叹息，眼前又浮现出那个凄苦的一步一步往山上挪去的背影。

银锁还是辜负了狗叔的期望，终于有一天翻窗而出，再也没有回来。留下了四岁的儿子祥子和两岁的女儿慧子。狗叔彻底被激怒了，满山满岭地找，怎么也不见人影。孩子们成天哇哇大哭，张口闭口要娘。没办法，狗叔只好硬着头皮去找杰爷理论，杰爷不但不承认，还把狗叔大骂一通。狗叔有苦难言，被骂得面红耳赤，回到家既当爹又当娘地带着两个孩子过着。翠英奶有时也帮衬着，但孙子孙女太多了，哪里帮得过来。

转眼五年过去，在村里人已淡忘此事的时候，银锁却出现了。这些年她去了哪里呢？杰爷的侄女有一天不小心说漏了嘴，银锁一直就藏在杰爷家，从没去过别的地方。村里又一次炸开了锅。大家想起了杰爷的宅子，漆黑的大门从未打开过，即便打开了，里面也是阴森森的。三十平方米的堂屋右边豁然摆放着一口棺材，黑魆魆地渗着一股诡异之感，吓得人汗毛都能竖起来。宅子恐怖，再加上杰爷一家行事乖张，村里人没人敢去他家。银锁在这样的深宅里藏了那么久也就不足为奇了。

银锁终于在人们的猜疑中出现了，这时她以杰爷的女人自居，提着篮子在塘边洗衣服。五年没见阳光的银锁白白胖胖的，见了村人，居然还能大方地打招呼，眼睛似乎更小了，只留下一条缝，那张肉脸像极了阿风奶做的大麦馍。狗叔很快就知道了，跑去水塘边，对着银锁破口大骂，各种难听的话都用上了。兔子急了还咬人呢！何况遭受这样的奇耻大辱。银锁倒也不争辩，满脸通红地受着，支支吾吾地问了一句：“祥子和慧子还好吗？”狗叔更生气了，道：“你不配问，从今以后他们跟你一点关系都没有，就当他们的姆妈死了。”银锁掩面而泣，羞愧难当地提着篮子跑了。

狗叔继续心如死水地拉扯着俩孩子，两个孩子小学没毕业就都辍学了。祥子十几岁时去了温州打工，因参与抢劫，被判刑坐了几年牢，回来后老老实实在附近工厂打零工，慧子十八岁就嫁人了。大家都说狗叔熬出头了。可有一天晚上下大雨，房子漏雨，狗叔爬木梯上楼顶补漏，不小心一脚踏空，摔成了脑震荡。命是捡回来了，但狗叔好了以后，基本是个废人了，走路腿脚极不利索，直打哆嗦。关键是他的头老是左右摇摆，而且不认识人了。

又过了些年，杰爷突发心脏病去了。银锁就跟哑巴留下的儿子儿媳一起过，隔着肚皮隔着心，能好吗？杰爷的儿子从小娇生惯养，儿媳好吃懒做，完全把银锁当老妈子使唤。稍不如意，就指桑骂槐，把上一辈那点破事如油盐炒咸饭般再炒一遍，银锁也只能受着、忍着。祥子和慧子打小就知道他们的娘在村里，但他们恨这个狠心的女人，就当娘死了，见了面像仇人一般，绕道走。

又过了几年，一个夏天，酷热难当，狗叔死在了山边。有人猜测他是趁家人不注意跑到山边，失足掉进水潭，淹死的。

那年冬天，北风呼啸，山边出现了一个疯女人，蓬头垢面，衣衫褴褛，哈喇子直流，脸部清瘦了许多，眼睛眯着，一步一步地往山上挪去。

初冬拾贝

初冬时节，世界温暖如春，万物变得色彩斑斓，给了我们想留住金秋的理由。

初冬，我喜欢去富河堤坝散步，那和煦的风轻柔得使人沉醉。更重要的是，那条迂回如玉带的母亲河风景独特，总能给人惊喜与无限遐思。

富河，长江一级支流，阳新的母亲河。多少年了，富河水清澈如明镜，养育了一代又一代的阳新人。它像温和的老人，不紧不慢地流淌，在阳光的照耀下，波光粼粼，熠熠生辉。平静的河面上常年泊着几艘渔船，船身斑驳，纵然风吹雨打，历尽沧桑，在金色的阳光下，渔者依旧撒网打鱼，风中不时飘来欢声笑语，偶尔也会传来嗒嗒嗒的马达声。他们饮着岁月的甘露，从容淡定，大有“纵使繁华三千，看淡即是浮云；任凭烦恼无数，想开便是晴天”之气魄。

富河两岸堤坝下依然绿草如茵，远远望去，像铺上了绿色的地毯。现在明明是初冬了，草儿还在疯长，绿波荡漾，绿意盎然，恍如回到了草长莺飞的二月天。由于天旱，富河两岸边的积水早已干涸，每到节假期，人们三个一群、两个一伙，穿着美丽的服装，穿过龟裂的地面来到这里，在草坪上摆姿势，拍照片、拍视频，尽情放飞自我。河水微波粼粼，温润如玉，笑而不语，任凭人们嬉闹。

富河毗邻网湖。网湖和富河一堤之隔，风景迥然不同。网湖水面宽阔，烟波浩渺，微风拂过，波澜壮阔。无数候鸟在上空翻飞盘旋、鸣啭，那景象颇为壮观。网湖湖区属中亚热带向北亚热带过渡的季风气候，气温适宜。每到秋冬时节，许多候鸟成群结队地迁徙到这里来安营扎寨。网湖湿地保护区因此成立，小天鹅、灰雁、东方白鹳……大量鸟儿现身网湖湿地。冬

日暖阳洒在网湖湖面，不同种类的水鸟时而腾空飞起，时而静卧沙丘，鸣叫声此起彼伏，吸引了人们前来观赏，大家无不赞叹叫绝。

网湖堤坝上种满了树，品种繁多，有水杉、樟树、桦树、合欢、乌桕、栾树等。我最喜爱的要数栾树，多年前秋意渐浓时第一次见到，激动得尖叫，那份欣喜无以言表。那苍翠的树梢居然冒出那么多淡黄色的花来，一丛丛，一簇簇，俏立枝头，多么像盛装的新娘头饰啊！绿色的枝叶与黄色的花相映成趣，彰显出栾树的热烈、奔放，它们向阳而开，毫不掩饰它的美。秋已逝，栾树的花依然久开不败，成了网湖堤坝最美的风景。

夹杂在水杉丛中的乌桕树也让人惊叹不已，整棵树的叶子已经红透，没有一点杂质，远远望去，通体火红，煞是好看。这不由得让我想起，北方友人几次邀我去北京看香山红叶，每每心动，却因种种原因，只能搁浅。

堤坝两旁还有很多不知名的野草闲花，如狗尾巴草、野菊花、苍耳、蒲公英等。信步走在堤坝上，沐浴着和煦的阳光，看看两边的风景，左边是网湖，右边是富河。时不时会有成群结队的大雁在头顶嬉戏，一会儿排成“人”字形，一会儿排成“一”字形。每次总有几只调皮的鸟儿落单，它们拼命拍打翅膀，嘴里尖叫着，往大部队方向疾飞。

夕阳西下，晚霞染红了半边天。河边的垂钓者收好渔具，准备打道回府，无论收获与否，个个笑逐颜开。太阳下山的时候，玩累了的人们带着喜悦、带着满足，驱车而去。辛勤劳作的富河人背着农具回家了，一人一牛，夕阳把两道影子拉得老长。极目远眺，附近的新农村高楼林立，鳞次栉比。稻田里金色的稻子低着头、弯着腰，等待农人去收割；一垄垄湖蒿基地里湖蒿疯长，翠色可人，预示将又是一个丰收年。

凉风吹来，树叶飘落。瞧，有的像花蝴蝶，扇动着美丽的翅膀；有的像黄莺，展翅飞翔；还有的像舞者，轻盈地旋转着、旋转着……

河面又传来嗒嗒嗒的马达声，那是属于我的乡愁的声音，它将我的思绪带向远方。

走过富河

冬日的阳光暖融融地洒向人间，大地万物都变得柔和与温暖。这种自然的温暖，令人感到格外舒服，心情也随之开朗起来。

友人邀约去富河堤坝溜达溜达。不知什么原因，我立刻就想到了网湖的鸟，我要去看望它们——那些让我心心念念的可爱小精灵。驾着车从城东出发，直接去五爪嘴堤坝，那里是看鸟的绝佳位置。下了车，极目远眺，在阳光的照耀下，湖面银光闪烁。我想起了小时候看过的一部电影《追鱼》，傻傻地来了一句："这湖面是不是也会冒出一条鲤鱼精来？"

远远地，一群白色如珍珠般的鸟歇在湖边，或卧或立，有的引吭高歌，有的展翅高飞，随心所欲，无拘无束。有一群大雁排成"人"字形从我们头上飞过，我赶紧挥舞双臂，兴奋地跟它们打招呼："嘿，你们好！"它们呼扇着翅膀飞走了，边飞边鸣，好像在回答我。

沿着堤坝往前走了近百米后，湖面上出现了几块"小绿洲"，友人告诉我那是天鹅岛。果然，每块"小绿洲"周围都有不少鸟，远远望去，它们通体黑色，体形比刚才见到的白色的鸟大了许多。有的在湖面上游来游去，怡然自得；有的呼朋唤友，成群结队地在天空翻飞、嬉戏打闹。这里真是鸟的天堂啊！我正看得入神时，突然成千上万只鸟从东边的"小绿洲"鱼贯而出，紧接着其他"小绿洲"上一大片黑压压的鸟腾空而起。巨大的鸟群在高空不断地尖叫、盘旋着，那场面极其壮观，看得我目瞪口呆，叹为观止。

鸟群渐飞渐远，很快变成小黑点消失在天边，湖面霎时恢复了平静。我疑惑不解，友人解释说，正在附近劳作的挖土机的轰鸣声惊动了岛上的鸟，它们以为遇到了什么危险，赶紧仓皇逃遁。

富河边是大片的草甸，厚厚的草青中带黄，又松又软，远远望去，像铺上了黄绿色的地毯。躺在上面，沐浴着温暖的阳光，感受着岁月静好，特别惬意。偶尔有风吹过，发丝随风拂过脸颊，凌乱起舞，仿佛身在辽阔的大草原。

堤坝右边，大杨树、乌柏、银杏、栾树等树木的叶子差不多掉光了，只剩下高大笔直的枝干，依然突显生命的张力。继续往前走，一大片柚子林吸引了我们的注意，淡黄色的柚子个头不大，呈不规则的球形，挂在翠绿的枝头，格外显眼。路过的村民伯伯介绍，这是中国药柚，有消食化痰之功效。

柚子林旁边是菜农的大棚，一垄垄、一畦畦，都用透明的塑料布捂得严严实实。走近了，隐约可见里面泥蒿长出嫩绿的芽。

再转身看看富河，在太阳的照耀下熠熠生辉。它很平凡，没有"浪淘风簸自天涯"的壮美，也没有"半亩方塘一鉴开"的静谧，它只是周而复始、年复一年地流淌，不紧不慢、不缓不急，宠辱不惊、宁静致远。

记忆深处的路

那条路，联结着村子和外面的世界。

那条路，南北走向，长约两公里，宽不过两米。它见证了全村人的喜怒哀乐，承载了太多或深或浅的美好记忆。

麻雀虽小，五脏俱全。村子不大，只有十几户人家，依山傍水。老式的土坯房掩映在青松翠竹间，宛如陶渊明笔下的世外桃源。

走亲访友、商贸往来、工作求学，都必须经过那条路，那条全村人唯一的希望之路。

春天，冰河解冻，万物复苏。成群的大雁排着喜欢的队形，在天空撒欢儿，青蛙也赶紧从睡梦中醒来，燕子早在屋檐下安置好了家。

阳光明媚，春风微醉。一大早，村头不大的水塘边热闹非凡，妇女们挑着或提着脏衣服，找好各自的营地，蹲下去，把衣服往水里一丢，再用力一提，拿出方形的肥皂，麻利地涂抹起来。一件衣服抹了个遍，放在一边浸泡，再如法炮制，涂抹第二件。待所有的衣服浸泡好，就可以用手揉搓或是以棒槌用力捶打了。都说三个女人一台戏，水塘边只要有了两个人，东家长西家短的故事就开始了。于是，捣衣声、谈笑声，还有鸭子的嬉戏声，汇成一曲美妙的交响曲。

那条路在水塘右侧高二十多米的山坡上，两旁的植物像约好了似的，在阳春三月恢复了生机。各色花儿像比美一样在风中摇曳生姿：金灿灿的蒲公英笑容可掬，好像在畅想孩子未来的家。鸭跖草的花蓝莹莹的，如一只只蓝蝴蝶在草丛中翻飞。鬼针草白色的小花看上去娇羞可爱，一旦粘上它的果实，就别想脱身。阿拉伯婆婆纳的花朵也是蓝色的，星星点点地点缀在绿叶间，像铺着蓝地毯，显得那么典雅大方。黄色的野菊花淡雅馨香，自成一格，采一把回家，插在玻璃瓶里，令人赏心悦目。与这些色彩斑斓的花儿相比，狗尾巴草就显得有点其貌不扬了，它拖着长长的穗子在风中点着头，好像在称赞这迷人的春色。

“打猪草去！”随着阿花一声吆喝，全村的女孩都挎着篮子，拿着镰刀或铲子，一窝蜂地往那条路冲去。乡村的孩子识别野草的本事好像与生俱来，哪些草可喂猪，哪些草猪不爱吃，都如数家珍。进了路口，不用进去多远，两旁满是大叶蒿、鹅肠草、鸭跖草、构树草、马兰头、荠菜、刺儿草等，猪都爱吃。阿花一声令下，所有人放下篮子，兵分几路，扯的扯，割的割，铲的铲。不大一会儿工夫，篮子就被塞得满满的，齐刷刷地摆在路边，像在等待检阅的军队。

猪草打好了，可以自由活动了。阿花发现一大片刺苔，兴奋不已，赶紧招呼大家上前，选鲜嫩刺软的上半部分掰下，然后顺着断茎处把刺苔皮撕掉，露出里面嫩绿且水灵灵的刺苔肉，放到嘴里，开始有一点点酸，但之后就满嘴清甜了，而且这刺苔的嫩茎汁液丰沛，渣还很少，一段一段地咀嚼，一下子就能感觉到满嘴被它那清甜的滋味滋润了。刺苔还没完全满足味蕾的需求，这边二枣发现坡壁那棵野羊奶子结果了，红通通的，看了口里忍不住冒酸水。二枣麻溜地爬过去，把果子摘下来，一人一颗，挨个分。大家迫不及待地扔进嘴里，一咬，酸溜溜中带点甜味，有的人酸得闭上了双眼，再睁开泪眼婆娑了。趁这空隙，捣蛋鬼小杰偷偷跑来，手里攥着一大把苍耳，逢人就往头上挠，扯都扯不掉，气得大家追着去找他算账，小杰早就一溜烟跑得没影了。

沿着那条路往前走大约五百米，又是另一番景致。站在路中间，两边是广阔的麦地，一垄又一垄麦苗像被调色了般，绿得发亮，从我们的脚下出发，沿着它们的梦想，一直走向远方。我们在地垄间肆意奔跑，但绝不会轻易踩坏一根麦苗。叫喊声随着麦浪此起彼伏，好像要与这浑然天成的绿波融为一体。五月里，麦田黄了，一片又一片。粗壮的秸秆上挑着蓬乍乍的穗头，熟得那么欢畅、深沉，像一串串金色的汗珠。微风轻拂，麦浪翻滚，像无边的金色的海。这时，各家各户相约出动，到自家的麦地收割麦子。割的割，抱的抱，挑的挑，忙得热火朝天。每每这时，爷爷总是慈爱地叫我回家歇着，生怕我累着。尽管已经汗流浃背，但他只是用汗衫抹一把那张饱经沧桑的通红的脸，又继续弯下腰干起来。

多少年过去，那条路一直萦绕在心头：就是那条路，全村妇女拖男挈女，打着手电筒去邻村看电影，第一次领略了大银幕的神奇，看到了多彩的世界；就是那条路，我们不舍地看着十七岁的凤姑穿上嫁衣，成了漂亮的新娘，花轿在小路上颤颤巍巍，送亲的唢呐声清脆悦耳，悠远绵长；就是那条路，奶奶挪动着三寸小脚，左手提着自制的竹篓，右手拄着拐杖，为我们送来新鲜的土鸡蛋，麦花飘香，奶奶步履蹒跚，满头华发在风中凌乱。

如今，那条路变成了康庄大道，原来的麦地上建起了一座座高楼大厦。哥哥把山坡以西的几十亩荒山开垦出来，变成了油茶种植基地；村民们也相继走上了致富路。

山脚下，青松翠竹越发挺拔蓊郁，那些土坯房经过风雨的剥蚀，早就坍塌成断壁残垣。唯有那一方水塘依然静静地待在原地，恍如一位期颐之年的时光老人，缄默不语。也许，它和我一样，都在怀念那条路，那条记忆深处的路。

初访西塞山

说起西塞山，不得不提起小学课本上张志和的《渔歌子》：“西塞山前白鹭飞，桃花流水鳜鱼肥。青箬笠，绿蓑衣，斜风细雨不须归。”教这首词时，我很喜欢，觉得这首词描绘了一幅在美丽的水乡景色中，渔夫悠然自得劳动的画面，非常唯美，而且读起来朗朗上口，孩子们也很喜欢，不到半节课时间，都能倒背如流了。后来，这首词在黄石谱成曲广为传唱了，我兴奋不已，还有点小激动，那么诗意的地方就在身边，好想一睹它的芳容。热爱音乐的我立刻在网上把这首歌搜索出来，教孩子们唱，并且自豪地告诉他们：“这是咱们黄石的西塞山，我们一定要去看看。”孩子们热烈地鼓掌，欢呼雀跃，心情比我还要激动。

去年，友人提议去西塞山登山，我举双手赞成，可惜当时没有开园，我们不得不遗憾而归。一直到现在，随着“醉美黄石”采风活动的开展，我的愿望终于成真了。

冬天的早晨，雾气逼人，老远看见整个西塞山笼罩在朦胧之中，影影绰绰，恍如仙境，真的是“雾锁山头山锁雾，天连水尾水连天”。我们迎着寒风沿着江堤一路前行。江面很平静，水面泊着几条大货船。江堤两旁旌旗猎猎，恍惚间好像回到了金戈铁马、气吞山河的战国时代。每经过一面旗子，不由自主地要把上面的诗句吟诵一遍。这是历代诗人歌咏西塞山的诗词佳句，心底肃然起敬，感觉这次采风活动极有意义。

当天是周六，西塞山游人如织，热闹非凡。还没入园，就被园口右边一大片高而挺拔的红杉树吸引，它们的叶子是那么红，彰显着生命的高贵与神秘，给萧瑟的冬天平添了几分暖色，许多游客为之驻足，合影留念。进了园子，一身戎装的士兵，穿着古装的漂亮的小网红，以及扮成张志和的俏书生，使人眼前一亮，顿觉自己也是穿越时空，特来西塞山寻古探今。

雾霭沉沉中，登上游览小道，信步而行，我惊奇地发现，这里有很多石刻，如“西塞怀古”“龙盘虎踞”“桃花古洞”等，特别是“西塞山”三个红色大字最为醒目。历史上西塞山就以其重要的地理位置和险峻的地形，集古战场和风景名胜于一身——从东汉末年到新中国成立以前，发生在西塞山的战争达一百多次，文人雅士观赏西塞山晨曦暮色而吟诗填词近百篇，并在悬崖峭壁上留下不少摩崖石刻。

拾级而上，山上歌声优美，琴声悠扬。龙窟寺的传说令人神往，桃花古洞让人浮想联翩。站在北望亭上，俯视江面，感觉一江春水向东流。古炮台前，遥想当年这里炮火连天、烽火不断，感叹西塞山命运多舛，历史风云变幻莫测，所幸烟消云散、苦尽甘来。如今的黄石日新月异，一座座高楼拔地而起，鳞次栉比，成为一座充满活力的宜居城市。西塞山也脱胎换骨，以蓬勃的生命力展现在世人面前。这里的一草一木、一石一碑，无不在昭示着它的宣言：历史是不会被遗忘的，未来会更精彩。确实如此，听同行的文友介绍，春天一到，西塞山上桃花灼灼，江上白鹭翻飞。“渔得鱼心满愿足，樵得樵眼笑眉舒。”霎时，我的耳畔又响起了“西塞山前白鹭飞”的歌声，观云雾缭绕，一时间竟恍惚了，分不清身在何处。

在山顶小憩片刻，好客的主人巧笑盈盈地为我们沏上好茶，顿觉唇齿留香，暖心暖胃，回味无穷。

雾散了，我们恋恋不舍地下了山。西塞山，一个神秘的名字，期待来年再来揭开美丽面纱。

赴一场浪漫花事

初春，阳光和煦，万物复苏。我们的心也已开始萌动，于是争先恐后地奔赴梅园，一睹梅的风姿绰约，感受新春的气息。

春天总能给人以希冀，在这个生机勃发的季节里，一切都是欣欣然的，一切仿佛走进新生活。小草泛绿，柳树吐芽，花儿盛开。最早读到孟浩然的《春晓》，感触颇深！“春眠不觉晓，处处闻啼鸟。夜来风雨声，花落知多少。”那是多么令人神往的意境啊！春天让人沉醉，处处鸟语花香。晨露中的水滴，叩响梦中的窗棂，惊扰人们的好梦。昨夜刮风又下雨，那些婀娜多姿的花儿不知被打落了多少！爱花、惜花，不忍花儿被风吹雨打飘落去。春光多美呀！万物生长，春暖花开。一年之计在于春，趁着美好年华，努力拼搏，珍惜眼前拥有的，不负韶华，不负流年。

趁着早春，我就这样去赴一场花事，和梅抑或与春天来一场神圣的约会。路上行人络绎不绝，他们个个欢喜雀跃。他们也许和我一样，奔赴一场与梅之约。我一路不紧不慢，好似无论我来或不来，梅都在原地等我。

早春二月，满园的红梅花期正盛，惊艳了岁月。花朵悄然挂在枝头，香气四溢。梅花有的白蒙蒙的，像白雪飘落；有的红艳艳的，像新娘酡红的脸庞。朵朵清淡高雅。梅花虽不像牡丹那样雍容华贵，却冰清玉洁；虽不如玫瑰那样艳丽妖娆，但它是那样生机勃勃。

屏息凝视，那一枝枝、一簇簇花儿，无论是花苞还是花朵，皆含羞带怯。因为经历过寒冬，它们懂得珍惜，懂得收敛。正如陆游所写：“无意苦争春，一任群芳妒。”

梅园人山人海，胜过赶集。人们摆出各种姿势和梅花亲密合影，那些青春女子极尽所能，或唱或跳，或坐或立，三五成群，摆出各种姿势。她们把梅的姣美妩媚拍进手机里，把美好的景致剪辑成精彩视频。

梅园的每一朵花宛如一个精灵，静静等待有缘人的到来。

赴一场浪漫花事，与风月无关。“梅花香自苦寒来”，我们应该珍惜当下，趁着年轻像蜜蜂般勤劳工作，像蝴蝶般精彩生活，拥有一个阳光灿烂的春天。

母爱

荷香蝉鸣，我又多了一份牵挂。

五月二十八日早上七点多，阿琛打来视频电话，诉说身怀双胞胎的各种痛苦：晚上睡觉胸口堵得慌，呼吸难受，浑身疼得不能翻身，两个小家伙在肚子里不停地闹腾，根本不能睡个好觉。听到女儿的倾诉，我心里真不是滋味。担心之余，我只能宽慰她："怀孕的人都是这样的，要不然怎么说母爱伟大呢！况且一下子能怀两个宝宝，多幸运啊！再忍忍，生下来就好了。"

在我的劝慰下，阿琛的心情好了很多，满意地挂了电话。

八点半，电话又急促地响起，阿琛告诉我羊水好像破了。我大吃一惊，莫不是要生了，赶紧叮嘱女婿浩送她去医院。我胡乱收拾了几件换洗衣服，搭上了去浙江义乌的高铁。十点多，浩告知我阿琛真的要生了，叫我不要着急。我能不急吗？恨不得插上翅膀飞过去。

在火车上，浩不断发来信息，向我报告情况：十二点整，阿琛进手术室；下午一点五十八分，晴天出生；下午两点，夏天出生。我心急如焚，不知道孩子是否健康，不知道女儿的身体能否承受得住。好不容易挨到下午三点半下了高铁，我连忙坐上出租车，直奔医院。

一看到我，女儿就呜呜呜地哭了，多日的心酸和委屈一下子发泄了出来，我也瞬间泪奔。从小到大，我们把两个女儿捧在手心里，再苦再难也舍不得让她们受一丁点委屈。现在看到女儿躺在病床上，身上插着输液管、止痛泵、导尿管，一动都不能动，叫我怎能不心疼啊！

因为打了麻药，阿琛总是呕吐，吐出的黄水把她的头发、衣服都沾满了。她嘴里不停地喊着："妈，我好疼。"我一边流泪，一边帮女儿细细擦拭，安慰她生孩子都是这样的，过几天就会好的。阿琛虚弱地点点头，嘱咐我赶紧去新生儿科看看孩子。

我立马往新生儿科跑去，浩正站在门外，满脸凝重，我的心咯噔一下，忙问孩子在哪里。浩表情严肃地告诉我："因为孩子还没满三十五周，肺部发育不完全，所以呼吸微弱，上了呼吸机，医院已经下达病危通知书了。"一个趔趄，我的心像掉进了冰窟，深深的恐惧感漫袭全身。这是我女儿辛苦怀胎八个多月生下来的宝宝，可不能有事啊！浩见我脸色刷白，安慰我："也许情况没那么糟糕，医生让等电话，二十四小时内没打电话过来就证明宝宝没事了。"他再三叮嘱我一定不能告诉阿琛，不然她受不了的。我擦干眼泪回到了病房。

阿琛一见我就问："孩子呢？怎么不抱给我看？生下来要拍照留念的，我也要和她们合影。"我深吸一口气，强颜欢笑道："医生说孩子早产不足月，得住保育箱，而且他们有严格规定，孩子进了新生儿科，家属不能进去探视。"阿琛有点失望地问："连照片都没有啊？"浩赶进来安慰道："我看到咱们的女儿了，跟你一样，很漂亮，也很健康，放心啊！"阿琛这才信了，闭上眼睛休息了。我佯装上厕所，关上卫生间的门，再也忍不住了，打开水龙头，失声痛哭。

其实浩的手机里有孩子的照片，只是孩子浑身插满了管子，尤其是妹妹夏天的情况比姐姐晴天严重些，让人看了更揪心。一夜未眠，提心吊胆，生怕医院打电话过来。我在心里不断祈求菩萨保佑孩子们能平安度过危险期。

二十四小时终于过去了，浩的手机始终没响起，我们长舒了一口气。浩赶紧去新生儿科打探消息，又被告知要等七十二小时才能知道结果，大家刚放下的心又悬了起来。只有阿琛被蒙在鼓里，她躺在病床上一动不动，医生叮嘱要多翻身，这样恢复得快。她不敢，动一下，伤口就钻心地疼。我不断鼓励她，必须勇敢一点，不然身体会恢复得很慢。

阿琛开始学翻身了，动一下就痛得眉头紧皱，嘴里发出嘶嘶声，我假装没看到，鼓励她再继续。阿琛咬紧牙关，慢慢地从左边侧过了身子，痛得满头大汗，我帮她擦干。歇了会儿，她又艰难地把身子侧到右边去，我们为她鼓掌。

好不容易学会翻身了，第三天医生拔掉了输尿管，这就意味着阿琛必须下床走路了。她急得大叫，这么痛怎么下得去啊！在现实面前，她不得不妥协。我和亲家母先扶她慢慢移到床边，帮她把软底鞋套上。然后一人一边搀扶着站起来，阿琛痛得都要虚脱了，一步，两步，三步……艰难地往厕所挪。看着孩子因疼痛而变得惨白的脸，我的心像被剜掉似的，痛得无法呼吸，但又必须强忍着。就这样，女儿每天靠着我的肩膀，艰难地练习走路，一遍又一遍，尽管痛得龇牙咧嘴，她还是坚持了下来。第五天，阿琛得出院了，宝宝们的呼吸机也撤了，但黄疸偏高，还得留院观察。这时，我心中的石头才落地。

孩子在新生儿科足足住了半个月才出院回家，阿琛高兴地抱着孩子跟我们视频聊天儿，初为人母的喜悦让她完全忘记了生孩子时的痛苦。两个宝贝也确实没有辜负大家的期望，眼睛像黑葡萄般又大又圆，高挺的鼻梁，小巧的嘴巴，活脱脱的小美女。

现在孩子有两个多月了，会咧着嘴笑了。阿琛又开始诉说养孩子的不易，我很怜惜她，但不得不告诉她，这是每个母亲的必经之路。渐渐地，阿琛已经适应了这种累并快乐着的日子，她在学着如何做一个好母亲。

再听已是曲中人

时光荏苒，不经意间到了二〇二三年。“轻飘飘的旧时光就这么溜走，转头回去看看时，已匆匆数年。”“多少城里的月光，暗淡在无眠的晚上，多少奔放的车厢，载不完沉重过往，故事的变迁，总要通过时间来收场，结局的篇章能否写出当初的柔肠。”听着熟悉的歌曲，细品个中滋味，不禁泪湿满衫。初闻不知曲中意，再听已是曲中人。

也许是受了父亲的熏陶，我从小就爱唱歌。那时年纪小，不知道歌词的含义，只是纯粹的喜欢。父亲边拉二胡边唱，我坐在旁边有模有样地跟着学。虽然不识字，但我吐词非常清楚，大家都说我歌声清脆甜美，像百灵鸟般婉转动听。四岁时，姑姑以红鸡蛋做诱饵，让我去公社戏台表演，那时流行唱红歌，我初生牛犊不怕虎，站在台上，面对台下黑压压的人群毫不胆怯，连着唱了两首歌曲，字正腔圆，赢得了满堂彩。回家后不仅没得到奖赏，还被母亲数落爱出风头，只有父亲高兴得合不拢嘴。

上了小学三年级，我拥有了第一个手抄歌本。那是父亲送给我的红色塑料壳的日记本，我视如珍宝。只要上音乐课，我就拿出来，把歌词端端正正地抄上去。每次干完家务活儿，我就掏出心爱的歌本，旁若无人地唱起来，那时我是苍穹下最棒的小歌手。《泉水叮咚响》《谁不说俺家乡好》《我爱家乡的山和水》等脍炙人口的歌曲伴我度过了美好的童年。

到了初中，我已经拥有几个手抄歌本了，我把它们小心翼翼地珍藏起来，谁也不让碰。对唱歌的热爱也更加浓烈。只要听到隔壁班上音乐课，我就竖着耳朵听，如果是我不会唱的歌曲，必定会去打听清楚歌名，并把歌词抄来，跟着别人学，不学会不罢休。后来，父亲买了一台收音机，收听各种广播节目，怡然自得。但每天中午十二点，父亲会准时让我收听《每周一歌》，从中我学会了不少歌曲。记得有一阵子流行董文华唱的军歌，我跟着收音机听，反复地练唱。一首《血染的风采》让我如痴如醉，我反复地听几遍就熟悉了，老师还请我上台当小老师，教同学们唱，自豪感油然而生。从那时起，我立志长大了要去当一名歌手，专唱军歌。

上了师范，志趣相投的同学多了起来，更关键的是我们学会了识简谱，随便拿起一首曲子，就能识谱开唱。歌曲涉及面越来越广了，大陆、港台的流行歌曲，还有戏曲，我们基本上一学就会。师范生活丰富多彩，十八岁的天空绚烂多姿，少男少女们有了酸酸甜甜的心事，揉进最爱的歌曲里，格外柔美动听。在桃花泉畔三年，我如鱼得水，除了学好专业课，经常和同学们一起登台演出，唱歌、跳舞，尽情放飞自我。毕业多少年后，尽管青春不再，但那段青葱岁月成了生命中最永恒的记忆。

我的愿望没实现，歌手没当成，成了一名人民教师，依然热爱唱歌。闲暇之余，我经常和朋友们去 K 歌，成了名副其实的麦霸。我们有个歌友团，有男有女，个个身怀绝技，国语粤语张口就来，高手过招，如逢知音，相见恨晚。你方唱罢我登场，几个小时下来，酣畅淋漓，意犹未尽。可惜歌友团后来解散了。天下无不散的筵席，曲尽人终，随缘就好。

如今，我已到天命之年，经历了太多的悲欢离合。生活的林林总总如四季更替，阴晴不定，但我从不放弃希望，岁月的洗练让我学会了沉淀和泰然。我还是热爱音乐，虽然早已没了当初登台演出的激情，也不 K 歌了，但我学会了倾听、欣赏。音乐的魅力，是芬芳的，是醇厚的，是岁月的沉淀，是自然的流露。不管是悲伤还是幸福的时刻，音乐都会用音符温暖着你，用旋律包裹着你，把希望和寄托都融入乐章，在自然和心灵的升华中，让我们不断坚强，始终保持心灵的健康。

初闻不知曲中意，再听已是曲中人。二〇二三年，我开启了新的篇章，前路漫漫亦灿灿，但初衷始终如一，既有生活的苟且，也有诗和远方。

我的小脚奶奶

提起小脚，我的脑海里就会不由自主地闪现出旧社会女性被迫裹脚的画面，耳边似乎还回响着她们嘤嘤的啜泣声。为此，在痛恨封建社会的同时，我很庆幸自己生长在新社会。

但还是有人深受其害，她从小就被家里人强行裹脚，好好的一双脚却变成了三寸金莲。她就是我的小脚奶奶。

从记事起，我就知道我有两个奶奶，一个是我的亲奶奶，一个是父亲的养母，因为亲奶奶是小脚，我就称她为小脚奶奶。第一次见到她的脚，我大吃一惊，那是一双怎样的脚啊！五个脚趾紧紧地粘在一起，脚背高高隆起，脚底平平的，像一只三角形的小粽子，走起路来一摆一摆，可费力呢。

小脚奶奶年轻时是个大美人。大大的眼睛，高挺的鼻梁，颧骨有点高，笑起来脸上就会出现两个甜甜的酒窝，但她的命跟她的小脚一样苦。十几岁时嫁给我亲爷爷，那时爷爷是村里有头有脸的人物，小有才气。他们生育了两儿两女，日子过得简单幸福。不承想天有不测风云，爷爷三十二岁时突发急病，撒手人寰了，留下孤儿寡母在尘世挣扎。家里突然失去了顶梁柱，还有四张嗷嗷待养的小嘴巴，小脚奶奶感觉天都要塌了，她束手无措，不知道怎么办才好。为了让孩子有条活路，她忍痛把聪明伶俐的小儿子（我的父亲）过继给了邻村的李木匠（后来的爷爷）。木匠爷爷一生无儿无女，把父亲视为己出，供他上学，把他培养成一名出色的人民教师，为他娶妻生子，幸福美满一生。

小脚奶奶带着三个孩子，日子举步维艰，没办法她只好改嫁同村的另一个男人，又生下两个儿子——我的大叔和小叔，日子更加艰难了。好不容易等大伯和两个姑姑成家了，大叔的父亲又去世了。小脚奶奶含辛茹苦地拉扯着两个儿子，上山砍柴，下地干活儿挣工分，虽是小脚，但她做事利索，从不输给别人。

就这样，凭着那双小脚，奶奶硬生生把两个儿子养大了，大叔性格暴躁，应征入伍。小叔在父亲的资助下也当了老师。后来，他们各自成家，奶奶才松了一口气。

从我记事起，小脚奶奶是和大伯一家住在一起的。虽然同属于一个大队，但我们住在一个只有十三户的小村庄，离奶奶家差不多有两公里远。也许是血缘关系使然，从小我就喜欢小脚奶奶。每次去她家，奶奶会特别高兴，总会偷偷地拿出藏在枕头底下的小零食，叮嘱我吃快点，千万不能让大伯母和堂弟堂妹发现。有时放学了，我不想回家，觉得那条路太远，我索性跑去跟小脚奶奶一起睡。大伯家住前院，是新建的，奶奶住后屋，是祖屋。不知道经历多少年了，祖屋的墙壁斑驳不堪，晴天还好点，碰上阴雨天就阴暗潮湿。尽管如此，我还是喜欢去找奶奶，奶奶就在黑咕隆咚的小屋里给我开小灶，用小铁锅给我做好吃的，有时是苕粉皮煮面，有时是虾米煮面，我吃得津津有味，奶奶就在旁边笑吟吟的，慈爱地看着我，她不动筷子。待我的小肚子快要成一面小鼓，奶奶才慢悠悠地举起筷子吃起来。那时没有电灯，点的是煤油灯，为了节约，小脚奶奶趁天黑之前，把晒在屋檐下的被子抱进来，先用长刷子把那张古老的硬邦邦的床刷平整、干净了，再小心翼翼地把厚厚的棉被铺上去。我把小脚丫洗干净，麻利地钻进宽大的被窝里，好温暖啊，尽管被子十分陈旧，被面打了好多补丁，但我却觉得非常舒服，里面有阳光的味道，更有奶奶的味道。

因为去的次数多了，大伯母就有点不满，开始指桑骂槐了，连堂弟也见样学样，骂我不要脸，老去蹭吃的。为此，小脚奶奶和大伯母吵了好几次，大伯母不但不示弱，居然动手打了奶奶，懦弱的大伯不敢吱声，父亲气得要去和他们理论，被母亲拦下了。从此，我再也不去小脚奶奶家了，我不想她为难。

有一年冬天，北风呼啸，冷得刺骨，破旧的教室四处漏风，蒙着塑料纸的窗户咔咔作响。我们冻得缩成一团，根本无心上课，只盼着早点放学。好不容易放学了，我们跺着发麻的双脚，收拾好书包，准备回家。突然，教室门口出现一个人，啊！是我的小脚奶奶！她穿着单薄的棉袄，艰难地挪动着双脚，满头白发在风中飞舞。她的怀里似乎揣着什么，鼓鼓囊囊的。“奶奶！”我吃惊地迎上去。她颤颤巍巍地从怀里掏出一个用布袋包着的瓷碗，打开来，里面居然是一大碗热气腾腾的红薯。“天太冷，路又远，下午还要来上学，多麻烦。赶紧把红薯吃了，中午就不回家了。”奶奶把大碗递给我，亲切地说。同学们都羡慕地望着我，我却觉得这个碗有千斤重。我把碗紧紧地抱在怀里，狼吞虎咽地吃起来，奶奶赶紧拍拍我的后背，心疼地说：“吃慢点，别噎着。”吃饱了，也不冷了，我就坐在教室里做作业，奶奶又揣着碗回家了。寒风中，她挪动着小脚，艰难地走着，风撩得她的白发乱舞。我的眼眶湿润了，眼泪一滴、两滴……把作业本都润染了。

由于种种原因，小脚奶奶索性一个人住了。八十多岁的她还能上山砍柴，自己种菜园，还养了几只鸡。待鸡生蛋了，舍不得吃，全攒起来，拄着拐杖，挪动着小脚，赶两公里山路，送给我们吃。奶奶还会用大麦草为我们编制各种小玩意儿，小草帽、小蒲团、小草钵等。虽然她的十指布满老茧，手背老得像松树皮，但做起细活儿来却灵巧得很。

二〇一三年的冬天，我的小脚奶奶从楼梯上一脚踩空，跌下来就再也没醒过来，享年九十三岁，全家人悲痛欲绝。从她的身上，我看到了中华传统女性的美德——勤劳、慈爱、忍让、坚强、独立。我为有这样的奶奶而骄傲。

小脚奶奶永远活在我心中。

闲情怡趣

◎杨露

作者简介：杨露，重庆秀山人。作品发表于《黄石日报》《黄石文学》等报纸、杂志。主要作品有《枇杷花开》《永远的社戏》等。

“闹鱼”

前日，二姐夫村子里湖塘干塘清淤分了很多小鱼，便送了许多过来，三指宽的小鲫鱼，满满一桶。

这样的小鲫鱼，不管是香煎还是炖豆腐汤，都很鲜美。可是这样的小鱼很难清理。看着满满的一桶，我心里直发愁，还是分享一些给别人吧，让他们跟我一样“愁”。一圈电话打下来，结局已在我的预料之中，“太小了，懒得搞”是标准答案。

望着这让人头疼的小鱼，不由得让我想到了孩童时捉鱼的场景。

我童年生活的地方没有湖塘，只有一条小河流经村子。小河的上游是一个叫大溪沟的地方，一直蜿蜒向东，于乌杨树处汇入县城外的西门河。

小河没有名字，大家只按它流经的地方叫水井边、拱桥边、张家桥头等等。小河落差不大，水流平缓；河面也不宽，宽的地方只不过三四米，窄的地方也就一米多。小河的水不深，回流形成水潭的地方只有一米左右深，而浅的地方就薄薄的一层水贴着石子。

平缓的小河，浅浅的流水，安顿滋养着我的故乡，也承载了许多我的童年时光和乐趣。洗衣服、洗菜，打水漂、捡石子，最好玩的莫过于“闹鱼”了。

“闹鱼”一般在秋收后的农闲时节。秋天之后小河的水流变得很浅，河面更小，小到稍一使劲人就可以跨过河去。水也还没有很凉，村里的油房又开始榨茶籽油了，也便有了新鲜的茶枯饼。

油茶籽经过压榨后，剩下的油茶渣做成一个个脸盆大小的茶饼便是茶枯饼，可以用来洗衣服、沤肥、当柴火等。新榨的茶油飘香十里，茶枯饼也是“闹鱼”的重要原料。它所含的茶皂素可以把鱼“麻翻”。

在那个物资匮乏的年代，特别是边远农村，河里的小鱼小虾无疑是大自然的馈赠。为了干瘪的肚子和家里那口许久没有开荤的铁锅，大胆而又调皮的男孩们总有办法。

他们把茶饼捣碎，用大锅加水狠狠地煮开，茶饼在锅里发泡、膨胀，不时搅动着，直至锅里的水呈深深的黄褐色便停止加柴，然后盖上锅盖焖十几分钟。这时滚热的水雾带着茶皂素迷人的香气，满屋子游荡开来。

待茶饼水冷却后，再起锅分装到水桶里。哥哥们提着茶饼水走在前面，我们年纪偏小的孩子就拿着鱼篓欢快地屁颠屁颠地一路小跑跟在后面。只是人还在小路上跑着，心却早早地飞到了小河边，仿佛看见一条条小鱼已经迫不及待地排着队要跳进我的鱼篓。

先是到拱桥边搭上早已准备好的树枝和渔网，这里是大家平时洗衣服的地方，桥洞和洗衣服的台阶成了树枝最好的支撑点。

布置好渔网后，再把茶饼水抬到中上游一处叫田家湾的地方，男孩们先下河把水搅浑，再慢慢倒入茶饼水。目光和脚步就这样追随着倒在小河里的茶饼水形成的泡沫顺流而下，直到差不多两里远外河道转弯处，茶饼水渐渐起了作用。

与其说是“闹鱼”，不如说是“醉鱼”才更恰当。鱼儿也定是贪嘴的。此时的鱼儿，就像喝醉了酒的人一样动弹不得，原本有一点动静就闪躲的十分娇羞的鱼儿，现在却无力地裸露着肚皮仰露在水面上，像睡着了似的。当我伸手去碰，它们也不动弹，就算用手捏，也都不愿从美梦中醒来。

“这里有一条！”“那里还有！”欢呼声不绝于耳。慢慢地，“喝醉”的鱼儿越来越多。大家争先恐后地跳进河里，这个时候拼的就是眼疾手快，速度越快捡到的鱼儿就越多，根本顾不上衣服会不会被河水打湿。

偶尔也有做工回家的大人路过时，一边关心似的骂我们，一边卷起裤腿加入我们。随手扯上几根有韧性的野草，在顶端处打一个结，便是最简易的鱼护了。草根从小鱼的鳃边插进去，再从鱼嘴里穿出来。一条长长的草，可以串上十多条小鱼。

直到夜色朦胧，鸡鸭收笼，腰间的鱼篓也已装满，我们才恋恋不舍地从河里起来。

满身泥、满身水地跑回家，小心翼翼地解开腰间的鱼篓，迫不及待地想要把今天的战果展示在爸爸妈妈面前，就像考试得了一百分等着被爸妈夸奖。

“妈，我们抓了好多鱼，有鲫壳子、草鱼，还有几条角角鱼。”“我的个幺儿咦，快去洗澡，莫搞感冒了。”

待我和哥哥洗完澡出来时，爸妈已在清理小鱼。由于河水比较浅，所以鱼都不大，最大的也只有一拃左右长，大多是三指长的小鱼。

迫不及待地往灶里加柴，把火烧旺，妈妈把清理好的小鱼倒在锅里焙干，爸爸和哥哥则在清理盆里剩下的小鱼。炊烟在一家人的通力合作下袅袅升起，整个村子都弥漫着浓浓的鱼味。

时不时探出被火苗烤得通红的脸蛋儿，关注着锅里的小鱼烤熟没有。随着水分的蒸发，小鱼慢慢变黄，香气也越来越浓。一会儿看看灶里的火苗，一会儿看看盆里剩下的小鱼，幸福地等待着鱼儿出锅。

如今，随着生活条件越来越好，村里的年轻人越来越少，“闹鱼”这一热闹又富有趣味性的场景，也就成了二十世纪八十年代及之前出生的那一批人谈笑之间的回味和叹息。

只有小河的水还是那样清清幽幽、安安静静地流淌着。每当旭日东升的时候，小河边仿佛还有昔日那些欢乐孩童的身影，在回水湾处溅起的水花之中，当年欢腾的生活气息久久回荡在思念的梦里。

鱼腥味把我从回忆中拉到现实，我卷起袖管，麻利收拾起来，趁着这股劲把它们都拾掇好，让孩子们能品尝些岁月的故事和远方故乡的味道。

樱花谷的相思

“三月初三花正开，闲同亲旧上春台。”

上个周末，受朋友相邀前往七峰山樱花谷赏花。樱花谷的樱花在阳新人心中，就像武大的樱花在武汉人心中一样。樱花谷是阳新人看樱花的首选之地，从城区驱车只需要四十分钟便可到达山脚下。

七峰山是黄石地区的最高峰，所以也是无数户外人的打卡之地。

从林场开始上山，通往山顶的路上有许多盛开的桃花，它们或从山崖上探出身子，或站立在路边。

朋友问：“你是如何分辨桃花和樱花的呢？”对一个养花人来说，这是一件很简单的事。

首先是花的不同，桃花是单朵贴枝开放，花瓣稍微大一些，尖尖的，淡淡的粉。其次是树干，桃树树干呈深褐色，树皮粗糙有孔，树枝呈褐红色，苍劲有力；樱花树干和树枝都是灰褐色的，树皮光滑，枝干挺拔，有一圈圈的横纹。

老家院子旁的马路边也有一棵桃树，那是一棵海碗粗的歪脖子桃树。不知道是谁种下的，何时种下的。反正从我记事时起，它就已经在那里了，已经有那么粗壮了。

桃树很安静，它静静地站在那儿，看着我呱呱坠地、学会了爬、学会了走、学会了跑……

忘记我是什么时候学会爬树的。两只手抱着树干，双腿夹着树干，相互配合，交替向上用力，两三下到了“歪脖子”处，然后一只脚踩着分支小树干，另一只脚用力一蹬，身体随着用力向前一晃，便轻松上了树。

春天摘桃花，夏天摘桃子，所以在我的记忆里，这棵桃树没有秋天和冬天。

因为爬树这件事，我常常被父母呵斥。不仅仅是怕被虫蚁叮咬，更怕年幼的我从树上掉下来。可我还是爱爬，趁父母出去劳作时爬到树上，坐在树干上晃悠着双腿。记得那时母亲总是说："你咋这么费裤子和鞋子呢？"

就在与父母的斗智斗勇之间，日子一天天过去，那个流着鼻涕的孩童，长成了背着书包的少年。桃树依旧安静地站在那里，望着放学的我，或与同学们嬉笑打闹着，或悠闲地吹着口哨，或从田埂上飞奔回家。

车子跟随山路蜿蜒向上，越向上视野越开阔，樱花树也多了起来，站在山顶向下望、向远处望，只觉得漫山遍野一大片，煞是壮观。它们像是约好的一样，选择在同一时段一起盛开。

这满山的樱花树，没有人告诉我是谁种下的，只觉得它们就像老家的那棵桃树一样，一直就在这里。

车子停在七峰禅寺门口，我们沿步道步行上山，樱花谷应该是除南岩峰之外，我去得最多的一处。从这里上山顶露营，从这里上山看雪景，从这里越野跑，每次都是匆匆而过。这次，只为了来此处看樱花。

这里原来是一条乡野小道，上坡的地方也是就地取材，用圆木和石块堆砌成台阶。现在全部换成了石板，虽然路变新、变干净了，但植被并没有被破坏，小草依然在，大树依然在，山花依然在。

我走近其中一棵树，近距离地观赏它。与桃花的单朵贴枝开放不同，樱花是成簇次第开放，花瓣很薄、偏小，且花瓣顶端有一个小小的缺口，它有一个很好听的名字——花裂。

白色、淡粉、玫粉……花儿随风轻轻摆动着，像跳舞的仙子，像醉酒的姑娘。

用手机记录下它不同形态的样子，正面的，侧面的，全开的，半开的，飞舞时的，安静时的……我在拍花，朋友在拍花丛中的我！

沿樱花谷旁的公路再往里走五百米左右，有一座荒废的寺庙。红墙，黄瓦，蓝天，白云。寺庙与山峰相互衬托，不由让我想到了《少林寺》中牧羊女出现时的场景。

日出嵩山坳，晨钟惊飞鸟

林间小溪水潺潺，坡上青青草

……

以往只觉得七峰山是包容的、厚重的，这次来发现它也是知性的、美丽的。

这些古樱花树，已经陪伴七峰山许多个春夏秋冬，以往在，现在在，未来还会在。

家乡那棵歪脖子桃树，现在应该也正是开得最美的时候。

枇杷花开

周末，我带着女儿和儿子到莲花湖公园遛弯。已经记不清去过多少次莲花湖公园，可只要说出门散步，首选还是它。

开车，两首歌的时间就到了公园的南门停车场。一到公园，孩子就像出了笼的小鸟，扑腾着跑开了去。看着他们时而捡起一片落叶，迎着阳光看叶脉，时而哼一两句欢快的歌曲，放飞心灵，我的心情也好起来。

突然，女儿停下脚步来，指着树上的花儿问我："妈妈，这是枇杷花吗？还有淡淡的香味。""是的呀。"我回答。夏天枇杷成熟时，我带她去过彭山村那边的枇杷林摘过枇杷，所以她认识。我告诉她，我们夏日里吃的酸甜多汁的枇杷，它的花是开在冬日里的。

以前跑步时，我经常从这几棵枇杷树旁经过。入冬以后，脚总是受伤痛困扰，细细算下来，已经有两个多月没有来此处了。没想到这次来会有这样的惊喜。我走到树下，仔细地观赏开在这寒冬里的小花。

枇杷花五片花瓣为一朵，颜色绒白，小小的一朵，小到不愿意独自绽放，它们或是十几朵或是几十朵簇拥在一起，抱团取暖般地堆放在枝头。时不时地有几只蜜蜂飞过，为寂静的冬天增添了许多生机。

枇杷花的花期非常长，几乎可以开满整个冬天 。

相比人们经常赞美的菊花和梅花，一个在深秋时已经颓败，而另一个开在初春，只有枇杷花真正地开过数九严寒，开遍一冬三月，算得上是真正意义上的"冬花"。枇杷花开如白雪，花开抵得北风寒。我想，枇杷花它是内敛的、坚韧的，所以才会盛开在这秋花已尽、春花未开的寒冬，悄悄地赞颂着这个冬天。

看着在风中摇曳着的枇杷花，让我想到了微信“棉花”群里的三哥。上周的微信朋友圈都在“晒”雪，于是我就在“棉花”群里吵着要去看雪，三哥和十姐回应我，说陪我去找“雪仙子”。原本我们计划是去七峰山的，可是三哥临时有任务，就改变了行程，去排市泉山村，也就是三哥要去抢修的基站所在地。

车开到排市高速路口后开始进山，真是山路十八弯呀，开车不晕车的我，坐车却晕头转向。在不知道拐了多少个弯后，车子停在泉山村上吴组村子口。下车后，我们开始沿小路步行上山，先是穿过一片竹林，然后是一片茅草林。不管是竹林也好，茅草林也罢，对我们都太“热情”，它们的叶子时不时地“亲吻”我们的手和脸；还要时刻注意被砍掉的竹子所留下的竹桩，一不留神，就会让你跟脚下的土地来个亲密接触。最“热情”的是荆棘，总是挂在衣服上，拉住我们不让走。

好不容易到了目的地泉山基站的山顶，我和十姐自顾拍照玩雪去了，待回头时，三哥已背着重重的工具包爬到了铁塔顶上。我们只站在山上拍了一会儿照，都觉得寒风刺骨，耳朵和手冻得冰凉，三哥应该会更冷！这样的天气，塔上的温度应该接近零摄氏度吧，手握在上面像不像是抓着一块冰？三哥是一名普通的通信基站维护人员，认识多年，见过他穿着春夏秋冬不同工作服时的样子。他的自我介绍中有这样一句话：“把跋山涉水的工作当成游山玩水的娱乐。”

我问他：“这份工作这么辛苦，你怎么不换个呢？”“再辛苦的工作也要有人做，习惯就好。”他云淡风轻地回复我。其实，我们身边有很多像三哥一样的人，他们就像不刻意向人们展示美丽的枇杷花，只在自己的岗位上默默地耕耘着。当绝大多数人在赞美高洁雅致的梅花时，有多少人注意过这些坚韧执着、恬静内敛、睿智谦逊的枇杷花呢？正如大多数人在羡慕那些轻松的工作和高收入的人群时，又有多少人关注那些在自己的岗位上兢兢业业、勤勤恳恳的普通人。

默默无闻的枇杷花，经过一个冬天的雨雪风霜，终将迎来夏初时的满树金黄。

每一个如三哥般的普通工人，就像这些冬天里的枇杷花一样，无论生活带给他们怎样的磨砺，只要他们不忘初心，耐得住寒冷和寂寞，辛勤地耕耘、默默地积淀，即使经历一个又一个寒冬，也一定会迎来属于自己的枇杷花开。

这一场花事

下班回到家，天已全黑，我立马放下手里的东西上楼给花们浇水。开始养花时，是用桶提水上楼。花多起来后，便在楼顶装了一根水管。可即便是这样，每次浇水也需要半个多小时。好在现在已是冬天，不需要天天浇水。

养花是一件极需耐心的活儿。施肥、修剪、换土、除草、打药，夏天拉遮阳网，冬天把怕冷的花搬进房。寒来暑往，交替循环重复着。 对于养花来说，浇水是最简单的事了，打开水管，对着花盆浇透即可。最需要技术含量的是修剪，工程量最大的是换土。

我偏爱开花的植物，尤其是开粉色花的。开花的植物大多只能在露天的环境下养植。前段时间女儿帮我数了数，不知不觉间已养了大大小小一百四十多盆花。其中当数月季最多，其次是绣球和菊花。

干兰湿菊，菊花和绣球的养法相同，避免暴晒、大水大肥，不需要过多地修剪就可以开出很漂亮的花朵。特别是绣球，大多是老枝开花，所以只需要在开花后把枯萎的花朵剪掉就好。关键是它们很少生病和长虫。月季就不一样了，深冬强剪，春夏秋轻剪，还特别容易生病和长虫子，红蜘蛛、潜叶蝇、蓟马，黑斑病、白粉病、黄叶病……真是防不胜防，让人头疼不已。需得及时用药、对症下药、重复打药。

冬天来了，得开始为花换土做准备了。养花是个苦力活儿，特别是在楼顶养花。最让我着急的是往楼上搬土。田园土、泥塘土、腐叶土、羊粪土、猪粪土、风化石、铺面石、椰糠、珍珠岩、花生壳等等，各种大大小小的盆。蚂蚁搬家似的，一点一点地往楼上搬。每次搬土的时候都对自己说：“不要再买花了，搬土很累的，楼顶也已放不下了。”可是每当看到自己喜欢的花时，这句话就被抛之脑后。

除了搬土累，给花换土也是件辛苦的活儿。首先得根据花的不同习性配土，比如茶花、栀子花得用黄泥土，月季喜欢腐叶土，兰花该用松树皮，三角梅需用园林土，至于绣球，那就得根据自己喜欢的花朵颜色来用土了——碱红酸蓝。土配好后，还得根据植株的大小配合适的盆。待一切准备就绪，换土这项大工程才可以正式开始。

换土的最佳时间是在深冬或初春，这时候的花处于休眠状态，换土和修剪的影响最小，且新换的营养土给苏醒后的花的生长提供了充足养分。由于需要换土的花太多，所以换土得分批进行。

换盆也是有技巧的，不能用蛮力直接拔。在换盆之前给花彻底断水几天，让土壤变干燥，这样会比较好脱盆。用手或者橡胶板轻轻拍打花盆的四周，让土壤松动后，倒立花盆，一手托着花茎底部，另一只手把花盆拿下来，这样就能连土带花一起取出来了。

原有的土去掉三分之二，剪掉老化和腐烂根系，再按照植株的造型和芽点修剪掉多余的枝干，上述所有动作完成之后就可装土上盆。上盆土不能装太满，离盆沿得留五厘米左右，过多则溢。这样不仅方便浇水，也为后期埋肥和加羊粪土留下了空间。上盆完成之后需要及时浇水，俗称定根水。

每次换完土之后才发现腰已经直不起来。可看到自己一手养大的花，觉得一切都值得，累并快乐着！

认识了几个喜欢养花的朋友之后，大家聊天儿的方式开始与平常人不一样了。见面不是问“你吃了没”，而是“你家还有土吗”“一起去 ×× 地弄点羊粪吧”“今天下乡看到村里老房子边有好多坛坛罐罐”……不起眼的物件变得特别的“有用”，见到土就想装走，见到坛坛罐罐就想背回家，仿佛一切都是宝。

其实养花就像对一个人好一样，要有耐心、细心、关心。时间到了，它就会以最美的姿态回报你。所谓念念不忘，终有回响。

浇完水，就着月光和灯光继续欣赏我的花。这个时节，菊花开得正欢，随着微风轻轻摆动着，散发阵阵暗香。在灯光的照射下，花瓣上的水珠晶莹剔透，闪闪发光。“不是花中偏爱菊，此花开尽更无花。”古人把菊花比作君子，不争娇、不自弃，即便是在寒冷的夜晚，也要努力、灿烂地盛开。

宋代大文豪苏轼写道："宁可食无肉，不可居无竹。"而我是"宁可食无肉，不可居无花"。看着已没有地方晒被子的楼顶，恨不得马上回到乡下用栅栏围上一个大大的院子，在院子里种满我喜欢的花。春天百花争艳，夏日栀子飘香，秋天折桂观菊，冬日踏雪赏梅。

要做一个热爱生活的人，在工作和生活充满压力的当下，学会释放，培养一个能够让自己静下心来的爱好，去参与、去观察、去感悟、去收获。然后，看庭前花开花落，望天上云卷云舒。

家乡的臊子面

近段时间，两个小孩总是要在家里吃早餐，说我做的比外面早餐店的要好吃。孩子们是超级捧场王哦，只要我做的饭菜他们都喜欢，都说好吃，而且一扫而光。由于女儿上初中，早上的时间不充裕，煮面是最快捷的方法，所以早餐煮得最多的就是面条——臊子面。

臊子是我家乡（重庆）特有的一种以大头菜和肉末作为主料炒的（标准配比是一斤大头菜一斤肉末）用以佐餐面条的配料。大头菜，顾名思义就是头大叶子少，跟“心里美”萝卜的外形很像。只要根的部分，洗干净，晒到半干，切成小颗粒。肉末选用前腿肉，瘦肉和肥肉分开剁成末。

先把锅烧热，倒入一层薄油，随后放入肥肉末，中火翻炒，就像炸猪油一样。等肉末变色到微黄的时候倒入瘦肉末，凭经验炒干水分后放入调料，依次放入生姜、大蒜、花椒、干辣椒粉、十三香等。炒出香味后倒入大头菜，中火炒三分钟后转小火，俗话说慢工出细活儿，心急是吃不了热豆腐的。小火炒五分钟，放盐和生抽后开大火翻炒四五下即可出锅。我家有一个老式装猪油的瓷罐子，现在被我用来装炒好的臊子。每次都炒满满的一罐，留着日常备用。

煮面是一个很简单的活儿，舀一大勺提前炒好的臊子放入碗中备用，调料在炒的时候都已放好，所以不再需要放盐和味精了。当然可以根据自己的口味选择放或不放醋和葱花。

水烧开，先舀几勺开水到碗中把臊子汤冲开，面条下锅之后，用筷子搅动以免粘锅，放适量青菜，煮熟捞出盛入碗中。香喷喷的臊子面就大功告成。看着孩子们大快朵颐的样子，满足感、幸福感油然而生！

我们现在煮的面都是加工好的，想吃面了可以随时买，宽的、细的、圆的、扁的……方便且经济实惠。在我小时候，村庄里都种麦子，想要吃面需提前把麦子挑到村头的加工房去加工。

一斤麦子需三角钱加工费。而且都是选天气好的时候，村里几户人家约好一起去。当时还小，只觉得人多好玩，完全不知道除了相互帮忙，也是为了降低损耗，量少了开机器成本高，不划算。

因为爸爸要外出做事，所以大多时候是妈妈用她不高的身躯挑着满满一担麦子去加工。我每次都会跟着妈妈一起去。加工房平时都是锁着的，没人加工时根本就进不去，所以也很好奇。

从我家步行去加工房有七八分钟的路程，妈妈挑着担子走得很快，一路小跑着。而空着手的我根本跟不上妈妈的脚步。只能一路小跑跟在妈妈身后，那个时候觉得妈妈很高，力气也很大，心里就想着，我还要多久才能长到妈妈这么高呀，这样我也可以替妈妈挑担子了。

换好磨具，打开电闸，启动开关。隔着两里地都能听到加工房的噪音。只有把说话音量放到最大，对方才听得到一点点声音。只好长话短说，并结合手势简单来作交流，全靠默契配合完成操作。

先把麦子磨成面粉，一定要多磨两遍，这样做出来的面才会细腻。然后按比例给面粉加水，搅拌揉搓均匀后直接铺平放到传送带上。由于是小加工厂，用的是那种小钢磨，生产效率不高。一百斤小麦大概加工七十斤面条，一个小时只能加工一百斤小麦。当时也只有“韭菜”面和宽面两种模子压面。

去做面条得早早地出发，加工好的面条需要在加工厂晒干后才挑回家。磨具口吐出来的面条，用四十厘米长的竹竿接住，挑起、剪断，插到晾晒架上一气呵成。待最后一家的面条做完，还要等到面条晒干，大家才一起分批挑回家，需要来回跑三趟。面条做好了，天黑了，玩够了，更是饿了。

新做的面条是最好吃的。爸爸也已下工回家，煮上一锅面条，一家人围坐在一起，享受自己的劳动果实，没有什么比此时更美好了。

慢慢地长大，离开了家，去上学，而后外出工作，再然后远嫁他乡。去过很多地方，吃过很多地方的特产和美食。最怀念的还是家乡的那碗臊子面。

现在，我也是两个孩子的妈妈了，也成了孩子们眼中的全能英雄，成了他们最依赖和仰慕的人。所以现在的我，才真正懂得妈妈当初肩上那一担麦子的重量。

我喜欢给孩子们做饭，喜欢看他们吃我做的菜，喜欢一家人坐在一起吃饭温馨和幸福的样子。一碗臊子面，对我来说，是怀念，是传承，是记忆中最难忘、最熟悉的妈妈的味道。

三千烦恼丝

跑步时，不是把头发扎成马尾，就是绑着高高的丸子头。今天早上梳洗时，我看到镜子里那光光的脑门儿和日渐后移的发际线，便突发奇想，今天就披着头发跑步吧，还一直在脑补，风温柔地吹过我的发，跑起来长发飘飘、仙气十足的样子。

凉爽的秋日真的很适合跑步。早上五点，天刚蒙蒙亮，月亮还没有睡去，启明星挂在东方，习习的凉风吹着，看着灯光下自己的影子，画面很美很美。

刚开始一公里时，跑速较慢，还未出汗，伴着微风，头发如柳枝一般，随着跑步的节奏轻轻地温顺地摆动着。

两公里后身子热了起来，速度也提升了一些，慢慢地出汗了。这时候的头发却开始放飞自我了，就如同八爪鱼似的，粘在手臂上，缠在脖子上，甚至有些特别不安分地"爬"上了脸颊。

同伴说，你此时像个头发凌乱的疯子。

好吧，还是乖乖地把头发扎起来。这次经历也再一次证明了理想很丰满，可现实很骨感。

读小学三四年级时，我也是剪过短发的，那时候爸爸妈妈都很忙，洗头不像现在这么方便，为了让我能自己洗头，妈妈就领我去剪了个短发，就是那种很短很短的"男娃头"。就算是这样，也还是觉得洗头是一件麻烦的事情。

慢慢地能够自己洗头了，就再也没有剪过短发。很遗憾的是没有留下留短发时的照片，以至于我一直很好奇自己留短发会是什么样子。

我也有想过尝试着剪一次短发，很短的那种。我有一个同事就是这样的短发，看起来潇洒大方、个性十足，又英姿飒爽、干净利落。

可是理发师严重地打击了我，说我的发量太少，发丝还很细，不适合剪那样的短发，就算剪了也只会耷拉在头顶，突显不出造型和层次感。

其实我的头发也不是特别长，刚好齐腰而已。可就算只是这样的长度，洗起头来也要花费不少时间。从涂抹洗发液、护发素，再到吹干，半个小时是必须的。

夏天还只能在有空调的地方吹，要不然，吹风机的热风会让你立刻体会到跑十公里后的汗流浃背。还好我的头发比较顺，只需要吹干就很直了。

由于工作的原因，平时几乎都扎着高高的马尾，使人看起来有精神、很干练。也正是因为如此，我的脑门儿也越发“敞亮”了。

前几天还有一位阿姨夸我：“你额头生得真高，一看就知道你是个聪明的姑娘。”

我苦笑不语，我不想要这样显聪明的“高额头”啊，只想保住我那日渐后退的可怜的发际线。

秋天，一片一片树叶随风飘落。可秋天，掉落的不仅有树上的叶子，还有我本就不浓密的头发。

来年春天，树上还会长出新的叶子。而我的头发却一去不复返，永远地离开了。

洗头、吹头、梳头时，用手轻轻一带就会掉下很多根，就像无根的野草，一薅一大把。

所以，洗脸池上、沙发上、地板上总能看到那脱离了“组织”逃跑的发丝。

我想，要是剪了短发，会不会像蒲公英那样，一阵大风吹过……那画面太美，我不敢再想了。

长发也不是全无好处，至少让内心是个汉子的我外表看起来有那么一丝温柔，至少在别人与我初次见面时，完美地做到了“掩人耳目”，装个淑女啥的也是行的。

偶尔心血来潮也可以变换不同造型，比如俏皮的日韩风、温柔的大波浪，或者就这样披在肩上，也很有淑女范。

此时我刚吹干头发坐在沙发上，地上又是“黑丝”一片。看着地上的头发突然间像在脑壳上方打开一盏灯，有一种顿悟的感觉，明白了原来小时候烦恼的不是洗头麻烦，而且嫌长大的速度太慢。现在真正长大了，却发现剪短发已经是很多年前的事了。

时间真是如白驹过隙，不可挽留。就像那掉落在地上的发丝，怎么也回不去了。

待到数年之后，青丝变白发。到那时，我应该会有短发的样子了吧。

只是到那时，是否还有人记得我长发的模样；是否还有人记得，他曾对我说过："你长发的样子，真好看！"

听到远处传来那首熟悉的歌："谁把你的长发盘起，谁为你做的嫁衣……"

把头发高高地扎起来，美好的一天又从"头"开始。

家乡的糍粑

余光中先生说：乡愁是一枚小小的邮票，是一张窄窄的船票，是一座矮矮的坟墓，是一湾浅浅的海峡。

对我来说，乡愁是八百公里的距离，是妈妈的糖罐子，是爸爸的小酒壶，是家乡的各种美食，还有我最爱的糍粑。

这几天总在网上看家乡的土特产，糍粑、绿豆粉、油粑粑、米豆腐……许多家乡的美食都能在网上买到。还真的要感谢网络和物流的便捷，让远在他乡的我可以经常吃到家乡的美食，让思乡之情多了一分慰藉。

我买得最多的是绿豆粉和糍粑。糍粑的吃法有很多，油炸糍粑、香煎糍粑、米酒糍粑……做法都很简单方便。但我最喜欢的是米酒糍粑，跟米酒汤圆的做法一样，只是糍粑比汤圆有嚼劲许多。

把糍粑切成一厘米见方的小块，水烧开之后放入糍粑，煮软后放入适量的米酒和白糖即可。这时满屋子都会闻到甜甜的酒香味。

煮热后的米酒，香味更浓。在寒冷的冬天，煮一碗热腾腾的米酒糍粑，所有寒冷都被温暖代替，这浓浓的酒香温暖了整个冬天。

现在网上卖的糍粑都是用机器压出来的，很细腻光滑，却少了一股清香和手工感。

我童年时，每年春节前的几天，村里人都会打糍粑。记得还有一句顺口溜是这样说的："冬月的饺子，腊月的粑，来年大米白花花。"

几家人约一起，选一个晴朗的日子，把糯米提前洗净后用清水浸泡五到六小时后用大大的筲箕把水分沥干，沥干的糯米放到木蒸桶里上锅蒸熟。

从第一桶糯米上锅的那一刻起，灶台边就围满了孩子，都在盼着糯米早点蒸熟。

水开了，上汽了，闻到香味了，终于起锅了。目不转睛地盯着大人们把蒸桶从锅里抬起来放到地上，揭开锅盖，啊，口水直流“三千尺”。心里跟猫抓似的，恨不得直接上手捏上一坨糯米饭塞进嘴里。

这时，终于有大人看懂了我们的心思，手上蘸了蘸清水，舀起一勺糯米饭放在手里捏成一个个圆圆的饭团，让我们排好队，一人一个。

擦了擦嘴角的口水，双手接过饭团，如获至宝般捧在手心。先深深地吸一口香气，再大大地咬上一口，闭上眼睛，尽情地享受着刚出锅的糯米那自然的香甜味道，只觉得胜过所有山珍海味。

把蒸熟的糯米盛到石头对窝里，这时候就进入了真正的打糍粑环节。打糍粑不仅是个体力活儿，更需要两个人默契配合。先用木棒槌揉十来下，把米揉软、揉服帖，然后就敞开膀子一上一下地对打。打糍粑需要稳、准、狠、快。一会儿下来就已脸颊通红，汗流浃背，所以得几家的男劳力轮流上阵。并“嘿哈，嘿哈”地给自己和对方鼓劲。十多分钟下来，已完全改变了糯米原有的形态，成了一个大大的白胖团子。

把打好的糯米团子放到事先铺好薄膜的八仙桌上。在薄膜和手上涂上一点香油，以避免粘手、粘桌子。再把糯米大团子揉搓几下，分成一个个表面光滑似馒头大小的小团子，并匀称地摆在桌子上。然后拿另外一个桌子倒压在上面。

这时大人们会让我们爬到倒压的桌子上，在上面用力地踩。要是我们的重量不够，大人们还会在倒压桌子的四条腿边上加上一把劲。把小团子压平成七八毫米厚的圆饼就可以了。

刚压好的糍粑还是温热的，软软的。我们也学着大人的模样，把压好的糍粑五个一摞地摞起来，意喻五谷丰登。把摞好的糍粑放在簸箕里让它风干变硬，糍粑就算做好了。圆圆的糍粑象征着团团圆圆。

糍粑的保存方法也很有意思。不需要放进冰箱冷冻，也不像面条大米需要放到干燥阴凉的地方，而是放在大陶缸里用清水浸泡起来。只要定期换水，可以保存很长时间。要吃的时候，从水里捞起来，用水冲冲做成想要的样式即可。

糍粑做完之后，几家人会一起聚餐。夕阳召唤着袅袅炊烟从屋顶的烟囱飘出来，农家的山珍野味被摆满桌子，忙碌了一年的人们围坐在一起，男人们喝酒划拳，女人们烤火聊天儿，孩子们嬉戏打闹……所有的辛劳在此时烟消云散，有的只是邻里间的和睦、收获的喜悦和对美好生活的向往。

时光匆匆流走，从来未曾回过头。当年打糍粑的人老了，围着灶台等着吃糯米饭团的孩童都已长大，都已成家立业各奔东西。

去年的春节回了一趟秀山。我问爸爸："今年还打糍粑吗？"爸爸说："现在谁还打糍粑哟，那么麻烦，要吃去超市买就是了。"

也正是因为现在网络的发达和超市的便捷，让购物越来越方便，我们再也看不到当初邻里乡亲通力合作，男女老少齐上阵打糍粑的热闹景象。年味也变得越来越淡，越来越冷清。

社会的进程，现代化的发展和新建的一座座高楼让人们的关系越来越疏远。邻里间的帮衬慢慢变成了不想欠下的人情，不愿意增加的麻烦。打糍粑这种传统的美食加工也由机器代替了，现在也只是成了一些古镇景点的表演形式、体验和摆拍项目。

现在糍粑的品种越来越多样化，有小米糍粑、高粱糍粑、玉米糍粑等。包装上特别标注"纯手工制作"的糍粑，我依旧会买，可再也吃不出儿时记忆中那股家乡独有的味道了。

本来无一物，何处染尘埃

费姐从山东出差回来之后就张罗着要组织“十蝈千娇”去吃斋饭。用阳新话说，她是一个喜欢“跑庙”的人，阳新大大小小的寺庙她好像都熟悉，城隍庙、普陀寺、石壁禅寺、观音阁、三教山等如数家珍。

现在人都喜欢把寺庙连在一起说。其实，寺和庙是有区别的。寺，原为中国古代官署名，如“太常寺”等。相传东汉明帝时，高僧摄摩腾、竺法兰用白马驮载佛经至洛阳，初舍于鸿胪寺，后为纪念和感谢两位高僧便修建了白马寺，于是以寺作为佛教庙宇之名。

庙的出现要早于寺。庙最初是供奉和祭祀祖先的地方，皇帝家的叫太庙，百姓家的叫家庙。也有纪念先贤的关帝庙、岳王庙等。古时候朝廷也称为庙堂。宋代文学家范仲淹就有名句：“居庙堂之高，则忧其民；处江湖之远，则忧其君。”

但由于寺和庙外形相似，所以被统称为了寺庙。

我不是一个迷信之人，也不算是信徒。但我身边却有很多“信佛”之人，外婆就是其中之一。外婆经常参加各种庙会，那时候我还小，只觉得人多热闹，还有好吃的，所以总喜欢跟着外婆一起去。其实不只是佛祖，不管是什么菩萨、神仙，还是龙王、鬼怪，外婆都拜。别人说哪个灵她就拜哪个，多多益善。

现在，婆家大姐也喜欢这些，特别是每年大年初一，都会带着我们一大家子，早早地去寺里烧香。求平安、求财运、求姻缘，求一切美好愿望。见到佛像就跪拜、磕头，特别虔诚。其实，除了如来和观音，其他的根本不知道自己拜的是哪路神仙，更分不清各位大神的职责，反正说辞都是一样的，总有对得上的。师父分的零食或者是自己带来的供品总要大家都吃一点，说是吃了有好处，至于怎么个好法也说不出个所以然。回家时还会在寺庙的周边折上一根树枝，寓意带“财”。

像外婆和婆家大姐这样的人还有很多。我们经常可以看到被摸得发亮的铜像以及大石头，水池里堆满的硬币，古树上挂满了红绸，更有甚者重金许诺“贿赂”菩萨。

我们这次去的是位于浮屠镇沿镇村处的太塘寺。太塘寺是一座女尼寺，住持是祖籍黑龙江的心妙师父。太塘寺原本是一座被荒废的破旧小寺。经心妙师父历时几年的修缮，才有了如今的模样，清新又雅致。

费姐并不迷信，她是一个生意人，只是喜欢在忙碌之余，寻一隅安静的地方喝茶、静心。太塘寺也不是一个讲“迷信”的寺，寺里不抽签、不算命、不拜忏。

我们到时，心妙禅师正和她的一个弟子在厨房为我们准备午饭。吃完午饭后就陪我们一起喝茶聊天儿。心妙禅师很热情，也很健谈。跟我们讲她与佛的缘分，讲如何教她的弟子们学佛理，讲一些中小型佛教的现状。心妙禅师说：“拜佛并不是迷信，佛的本意是劝人向善，不计得失，有敬畏心，懂得自省。”心妙禅师还说：“希望有一天阳新相关部门能把寺庙整合起来，取缔一些没有资格的小寺，合并成一两座大寺，公开地对大众开坛、讲学，让人明白烧香礼佛是一种修行的方法，是一种教学的形式，而不是求菩萨满足个人愿望。”

“南朝四百八十寺，多少楼台烟雨中。”何止是南朝，何止是四百八十寺，何止是现在，一些假僧人、伪佛学误导了大多数民众，让人分不清真假，曲解了烧香拜佛的真意，就像已分不清了寺和庙的区别。“三武一宗”已成为过去，如今也需要相关部门的管理和整顿，做到去伪存真。

去寺庙，应当是去见贤思齐，去学习、去开启智慧、去找回本心。天下没有不劳而获的幸福，命运只能掌握在自己的手中！

逝去的春

连续几日的炎炎烈日，楼顶的花们都被晒得低头耷脑、萎靡不振，完全没有了春日里花团锦簇、遍野红绿的景象。

夏天的风吹得那叫一个敷衍，迎面而来的只有一股股热浪，哪怕是站在楼顶，也完全没有一丝凉意。然而“痞子”似的风，偏喜欢试探并不听话的裙摆，咳咳咳……好像跑题了。

题目是要写春，对，写春，青春的春。记得小时候，每到岁末就对邻居大姐姐身上的大红或大绿色棉袄充满羡慕，满眼都是对那一头黄色发丝的好奇，她也自信地跟我分享外面的繁华。

时间总是不经过（与“不经用”的“经”同义），转瞬间，我们也过了跟别人分享繁华的年龄，再回首，却不敢相信外面世界繁华几何。

实际上，生命是一段孤独的旅行，靠着欲望的牵引，各自生出了理想，以此去打发真实的虚无缥缈。可是目标达成了又会变得空虚，达不成就会成为痛苦的根源。也就是说，山的外面还是山，你欣喜若狂地走出去，不过是又钻进了另一个困兽牢笼。

所以，要活下去，就离不开麻木。麻木也挺好的，最起码能让你避开人生两大悲剧，一个是踌躇满志，一个是心灰意冷。

不过也不能保持长期麻木，也需要清醒。再看看，在你“懂事”的这些年里，是不是在用麻木和清醒相互编织你生活的比基尼。比基尼这玩意儿挺好，既遮住了羞耻，又体现了性感。

繁闹处，到处是大长腿和超短裙，无一不在提醒你春已经逝去，夏天来临了。同时逝去的还有我们的青春，经过那些百般挣扎挑逗和左右逢源的日子，还是活成了普通的样子，与那些年心中的辽阔渐行渐远。很多美好的事情都说日后再说，可是谁都知道，日后也不见得清闲——烦恼和忙碌终生相伴。

如此看来，青春和青春的感受有时是无法同时拥有的，在逝去了青春的日子里时常怀念青春的感受。

纵情武功山

有些地方，去过了还想再去。

第一次上武功山是二〇一八年的秋天，那时我们一家四口跟团“重装上山”。多年过去，我又一次徒步登武功山。与上次的重装和拖家带口不同，这次是“轻装上阵”。

单边六个小时的车程，担心晕车，提前备好了晕车药和晕车贴，双管齐下，效果不错，迷迷糊糊地睡了两觉就到了武功山脚下的龙发山庄，吃完提前预订的午餐后，便开始上山，前往第一天的宿营地——发云界驴友驿站。

刚开始上山时是兴奋的，怀着激动的心情，迈着流星般的步子。慢慢地，有人出现了不适应，队伍开始拉开分为三个梯队，以贾姐为首的强驴“5+1”组合（五名女士，一名男士）超过领队成为第一梯队，领队“等待”为第二梯队，三哥为第三梯队负责殿后。我属于慢热型，预热适应之后开始加速稳步上山，并在两小时后加入第一梯队成为“6+1”组合。

山路曲折，风光旖旎，碧空如洗，绿草如茵。五个多小时的上坡，在一声声惊呼和感叹中，在一阵阵凉风和拍照中，愉快地完成，第一天行程也没觉得太累。

临近下午六点，到了发云界驴友驿站。我想象中的驿站应该如龙门客栈那般：有坐定后来一句“店家上酒”的江湖豪情；有“相逢何必曾相识”的自然洒脱；有婀娜多姿、妩媚泼辣的“金镶玉”；有音乐，有美酒……

而眼前的驿站，是用活动板房搭起来的临时落脚点。房间狭小，被褥潮湿，简陋的上下铺，完全不隔音的木板隔墙。放下行李后，我在驿站周围转了一圈之后，转念一想，夏雨冬雪这高山之巅所有物资全靠人扛马驮运送，还要保证发电和蓄水，便也释然了许多。智慧是建立在勤劳之上的。

稍事休整之后，便在驿站后方的一个小高地去看日落。此时的太阳已慢慢收起耀眼的光芒，不再火辣刺眼，变得柔和起来。余晖之下，大家沐浴在霞光溢彩中，徐徐晚风带着悠悠草香，令人心旷神怡，更觉落日余晖金碧辉煌。

日落之后，吃完晚餐大家便自由活动。有的驴友酒后乘兴高歌一曲，有人洗漱后早早休息。我找了一处安静的位置，看武功山的雾随风飘过山头。晚风知我意，吹雾过西洲。云雾散去，远方公路上婉转的灯光，天空中无数的星斗映入眼帘。北斗七星、北极星、大熊星座、仙女座……可武功山的雾就像是个调皮的孩子，去了又来，使得星光一会儿明、一会儿暗，就像人的心情一会儿晴、一会儿阴。

熄灯后（驿站十点半熄灯）四周渐渐安静了下来，回到房间，山风伴我入眠，吹走一天的困乏。

第二天五点闹钟准时响起，我们简单洗漱好就在营地前看日出，由于不是在最高点，日出并不唯美，也没有云海。大家都调侃说是因为某位驴友的到来，云海才躲起来了。他之前四上武功山，都没有看见云海。看来他还得再来第六次、第七次。

七点吃早餐，一大碗江西米粉。饱腹之后，集合出发。

第二天，第一梯队依旧一骑绝尘遥遥领先。我刻意地把自己留在队伍后面，与晓小、伊休、顺子，以及“残月”一家组合成拍照小分队。在风车口、千丈岩路标处合影，在好汉坡的山顶奔跑。负责收队的三哥偶尔也加入我们、配合我们。走不动的大姐就趁我们拍照的时候抓紧休息调整。

一路欢声笑语，一路踏歌而行。与喜欢的人在一起做自己喜欢的事情，途中的疲惫，会被愉快的心情所驱散。

不觉间已来到绝望坡下。在坡下的补给点买了一瓶红牛，我和顺子打趣说：“一口气上绝望坡只需一瓶红牛。”稍作休息后，便向绝望坡发起挑战。开始上坡之后我便不再等三哥他们，按着自己的节奏来，累了就调整呼吸、放慢脚步、小口地喝水，借助登山杖的力量，慢慢地向上攀登。登上山顶后回头看，绝望坡也不过如此！好汉坡上做好汉，绝望坡后展笑颜。

下了绝望坡后是双龙驿站，便在此处和一起休息的“芳酒”一家三口等殿后的队伍。待人员到齐后，大家简单补给（被“残月”带的泡面惊讶到），并商议根据各自体能兵分两路，“残月”带队一行六人，从露营基地往云顶景区，玻璃栈道方向下山，另一队我、三哥、海霞、顺子追赶先头部队。

意见达成一致后，我和三哥开启一路小跑模式，在草甸“越野”，在云巅“撒欢儿”。在观音宕处追上先头部队，顺子和海霞却被我们远远地甩在了身后。

大部队休整之后，由于时间紧迫，决定放弃登顶，选择步行下山。

金顶就在眼前，抬头就能看见，起身就能到达。待大部队出发之后，心有不甘的我抬头看了看金顶，又看了看“等待”和三哥。最终决定由“等待”在原地等待海霞和顺子以及滞后的人员，而我和三哥向金顶发起最后冲刺。

观音宕距金顶一千米，全程台阶向上。为了赶时间，途中除喝水外没有休息。在登顶的途中，我们跟过往的驴友相互加油鼓励，向做环保的行者比心致敬，对遇到的两个挑山工说：“你们辛苦了。”他们笑着回我道：“你们也辛苦。我们辛苦是挣钱的，你们辛苦还要花钱。”

如果不是三哥带动，我没有勇气独自上金顶。如果不是一群人相互鼓励，穿越武功山对单个人而言，那是可望而不可即的。很庆幸，在犹豫不决的时候，有一个人能看出你的心思，愿意鼓励和陪同前行，愿与你一起做个“疯子”。一鼓作气，我们用时五十分钟登上金顶。无过多逗留，拍照留念后便开始小跑下山与大部队集合。

返程的路上有同行驴友说这次小有遗憾，没有看到云海，也没有登上金顶。武功山就是这样，像一个戴着面纱的姑娘，不会让你一次性看到它全部的美。有些遗憾，总要留待下次再来。

而武功山确实值得来了又来。春天青草依依，夏日郁郁葱葱，秋天的遍野金黄，冬日白雪皑皑。这些景色，岂是上一次武功山就都能看到的？也正是因为些许遗憾，才让人对这里心心念念。

其实每一次户外远途活动就像一次修行，是对自我潜能的挑战和意志力的锻炼。在遇到困难的时候，在心情低落的时候，想想我们攀过的一座座高山，回忆在山顶看风景时的心情，“会当凌绝顶，一览众山小”，顿时感觉豪气满怀，那一刻就有了克服困难、战胜困苦的勇气！所以，希望每个人，在任何时候都敢于勇攀高峰！

“远看像逃难的，近看像要饭的，再走近一看，原来是一群没事干的。”“当初说来户外是为了减肥，后来才发现每次都成了野炊。”户外远途活动就是这样，累并快乐着！

兴国记忆

◎明瑞华

作者简介：明瑞华，网名大明。一个喜欢游山玩水的通信维护工，在大自然中感受着生命的各种形态。不善言辞，尝试着用文字与社会交流，有部分短小篇章发表在杂志或网络平台上。用操控试电笔的手握住钢笔，想给世人讲述不同的情感体验。

老井

记得上一年级的时候，下学期的第一课是《吃水不忘挖井人》。说毛主席在江西领导革命住在瑞金沙洲坝这个村庄里时，发现村里人吃水需要去很远的地方挑水，要是在雨雪天会更加艰难。于是毛主席就带领战士们一起，在村里挖了一口井，解决了村民吃水的难题。新中国成立后，村民就在这口井边立了一块碑，刻了“吃水不忘挖井人，时刻想念毛主席”几个字，以表示永远感谢党和国家的恩泽。

说起这井，在我们兴国镇那是有几口可圈可点的井的。数第一的应该是“三眼井”。三眼井位于县城东南角。古老的三眼井有四面井台，全部都用粗麻石条块铺就，有一二十来平方米的样子，从街边到井台有两步三级台阶。三口井以“品”字形排列，井四周有宽敞的承台，下一级台阶四边由半米宽的条石铺就。洗衣服的妇女们就围在这级台阶上捶搓揉洗。最外一层是排水沟。估计当初砌这井台的工匠有意识地选择用粗麻石搭井台，因为麻石结构粗糙，颗粒感特强，一般当作磨刀石来用。它不会像大青石那样磨久了会光滑发亮，容易打滑。麻石越磨越粗粝，从里到外都是暗红色的，手摸上去生涩感特别强。所以聪慧的工匠选它当井边台阶或者井沿，防滑效果特明显。过去在居民密集的地方，井是主要取水处。

有关这三眼井还有一个美丽的神话故事呢。话说天庭的蟠桃树烧根了，王母娘娘很着急，就观察地象，发现富川城下透着冷冷的白光，于是从头上拔下三根宝钗，插向富川大地。然后穿出了三口清泉，冒出冰凉的泉水，随后差遣仙女下凡取富川井水浇蟠桃园。蟠桃树被救活了，根固干壮，结的蟠桃个大汁甜。王母娘娘本来准备治好蟠桃树就收回宝钗，但一看这水质清澈，入口清凉甘甜，不忍填井，干脆就留给人世间享用了。

从此富川人用这井水泡茶煮饭，泡茶茶汤清亮，做饭可口香糯。在三眼井一带还没形成街道时，这里地势开阔，井边绿荫蔽日，取水的人来人往，浣洗衣服的棒槌声此起彼伏，好不热闹。清晨时特别喧闹，充满生活气息。时间不知道推移了多少个春秋，但井沿口上那些深深的勒痕却在告诉人们，它的历史从很久远之前就开始了。

还有一口井在北门街老水牢的门口外，就是现在的供销家属楼旁边。那口古井应该是最早被填没的。那是单口井，也有个平台，而且边上还有一个水房，记得这口井是用那种木的圆轱辘打水的，可以摇的那种，打水桶边上挂着一个铁疙瘩，水桶放下去就侧翻自动灌满水，然后摇那木轱辘，井绳绕啊绕，水桶就冒出井口。很小的时候，我住在位于北门街口的爷爷家，离水井有一百多米的距离，每天和姐姐两个人去抬水，就喜欢摇那个木轱辘把。我抬不动一桶水，姐姐就把扁担勾绳挪到靠后面她那边一些，然后用手把着勾绳，吃力地承担大部分的重量。

最熟悉的那口井，是外婆家门前的那口冬暖夏凉的井，自从跟爷爷奶奶分开住，搬到太尉巷邮电小区大院以后，外婆家也从解放后街(富川街)搬到莲花池边，这里原来是大舅住的房产局的房子。这里的房有前后两排，前面一排都是老宅，青砖黑瓦的私宅，而后面一排是房产局在湖边建的红砖机瓦的新住房。两排房中间有一片空场地，一条小巷走进来，在巷口顶端有一口井，它没平台，四周比地面低一些，井沿突出地面约五十厘米高。能看到井内壁以石头垒起的圆形，石头缝里还时常长出一两根绿色的青草。每到冬天，井口氤氲之气冉冉升起，如同仙境般。到了夏天却冰凉透骨，还冒着冷飕飕的白气。夏日里，舅舅常把西瓜用网兜挂着，牵根绳子，扔井里面凉着，然后傍晚时分捞起来，切了吃冰感十足，跟冰冻的没啥区别。那个时候还没冰箱，冰镇西瓜就是拿冰块泡在西瓜瓤里的。这井里泡的瓜也一样清凉。

这口井靠近莲花池，所以到春夏季节水位高，而到秋冬时节水位就很低，井深十多米，外婆要洗衣服的时候就会叫我帮她打水。十几岁的我，一手井水打得特别顺溜，在水浅的时候，提溜三五下就能提起一桶水来，在水位高的时候，一般一把就能提出井口。特别是甩桶打水的那用绳技巧，已达炉火纯青的地步。水桶放到水面，左右一晃，用手腕一提一抖，让水桶倒扣水面，瞬间桶横躺于水面，迅速提高再突然放下，让半桶水压着水桶沉入水里，提出水面的时候就是满满一桶水了。

后来安装了自来水，水井的水大家都只用来洗衣服、洗菜，这口井曾经是停水后的应急储备用水。每当自来水厂停水的日子，这井边才热闹，周边居民会纷纷聚集到这里，就是为了一解燃眉之急。

修建兴国大道以及开发莲花新村后，这口井就消失了，它的具体位置应该就是电影院前面那个鱼米之乡地标所在地，不知道那个喷泉用水是不是抽取的那口井的井水呢。

在胜利街从汽运公司老车队那条路下来，走至田家巷尽头，下到坡底，也有一口井，是我印象也比较深的。它四周有石头砌的栏杆，井台四方规整，原来旁边还有一棵大树，像华盖一样遮挡风雨，这样的井里的水一般都是俯首可掬的，水面离井口很近，不用井绳，可以直接打水的那种。二十世纪八十年代后期，老丈人家就住胜利街西城堡巷，往左手边走到田家巷口，然后再往左拐个角就到井边上了。我去提过一次水，仅那一次无意间就碰到淀粉厂的同事，这缘分可真是不浅，井就在她家门口。后来才知道，她爸就是当初我在淀粉厂上班时的厂长。当初那口井的周边都是院墙门廊，是典型的市井环境，其实第一眼我看到的是一种闹市中的静怡，充满人间烟火气息。特别是阳光透过树叶照射下来耀眼的光芒，人去井边打水洗刷，那个画面有一种耀眼的生活气息，让人眩晕，所以久久不能遗忘。

老井已不再是井，而是一种记忆。随着老井一起消失的，还有我们逝去的青春和永不回来的旧时光。

旧巷

兴国镇在电影院还没建成以前，城中心位置是在剧团那里，县城也只有一条起伏不平、弯弯曲曲的主道，道两边是所有生活、生产资料的汇集处，粮食铺、食品店、饭店、旅馆、剧团，以及钟表修理店、理发店、服装厂。大道是经五马坊到儒学垴那边向坡上延伸，儒学路也是一个斜坡，两边是县政府和一些机关单位，往外走到林业局、卫生局、教育局。从学校到人民医院之间又有一个起伏，这中间有煤化局、自来水厂，一直到文化宫前坡有汽车站、武装部，以及后来建的阳新饭店。再往远都是那些国有企业，外贸局、物质局、煤球厂、汽车运输公司、大修厂、电线厂在林峰那边拐个弯，最后到凉亭算是一条大道走到尽头了。而这条古老的大道，衔接的是那些深浅不一的巷陌。

北门街原来是能通行大卡车的，但现在却成了北门巷。田家巷是老城区从北门街穿越到太尉巷的一条重要走道，因为田家巷起自北门街中间，另一巷口是人民广场。广场是所有重大活动的举办地，环视广场四周，从戏台这边绕着看，戏台在剧团后门，左边是县第一招待所，招待所正门门廊架子上的葡萄藤每年结葡萄的时候，门廊是我们最喜欢去的地方。戏台对面是广播局，每天早中晚有三次广播时间，通过大街小巷、各家各户的小喇叭放音乐、播新闻、喊通知，放一切需要播放的声音。右边是抗大小学，原来抗大小学有一正门，正门两侧为门洞，校园分左右两排教室，一到三年级在左边，四五年级在右边，后面是教师办公室，再后面是教师宿舍和一处做糨糊的校办课外活动实践的作坊。

原来的巷子可不是现在这样的，真正是比“六尺巷”还要宽得多，是可以走大车的，田家巷的一侧是粮店的仓库，经常进出运输粮食的车辆；

一侧是抗大小学的一长排教室，也是我上学的必经之路。在田家巷口，越过广场进入对面一条小巷子，那巷子两边都是围墙，通向五马坊，且叫它五马坊侧巷。这条巷子才是我们脑中时常回忆的那种墙面斑驳、长满绿苔、仅有两人伸臂之宽、幽深且长的巷陌。原来有一个民兵指挥部就在这个靠广场的巷口。

老称呼为太尉巷的这条街，现在叫五马坊街。过去私塾、民宅、镇政府和镇医院在还没改建以前，这太尉巷就是一条由几块稀稀落落的青石铺就的弯曲小路，两边有好几栋四合院。这里应该是原来大户人家的居住地，这个地方背靠儒学垴，面对莲花池，属于风水学中的宝地。邮电小区在建靠街边这栋四层家属楼的时候，挖地基时还挖出来一大坛银圆珠宝。当时那些挖土方的人一窝蜂地去抢，最后公安局来人全部收缴了去。电影院建好后，太尉巷扩宽了许多，西门这边的老公安局前对面那个四合院都拆了，建了当初阳新最高层的建筑，我们都叫它七层楼。附近的那些围着院墙的老青砖房拆的拆，没挡道的改建新楼，变成了蔬菜公司、工商局，太尉巷扩展后就变成现在的五马坊街了。

我读小学一年级的时候，学校没教室，在太尉巷老财政局对面、城关镇医院隔壁，一个带有天井和庭院的老宅里借读，有人说这是新中国成立前的私塾。天井边堂屋很宽敞，那个时候也是自己带凳子，没有课桌，只有小板凳加一“椅骨头”（阳新方言，指方凳）。然后上学放学就走兴国镇医院门前的那个莲花巷，从七拐八弯的小巷子走回位于北门街的家。

在建设街和解放后街（富川街）有两条主要巷子，一条是卖陶瓷瓦罐缸钵的门店大院墙外的建设巷，巷子的另一边是阳新旅社。这条巷子两边也是高高的围墙，巷子很长，曲径幽深。外婆家原来租住在解放后街，我常从这条巷去妈妈的缝纫社。这条巷子两边的院墙被我们这样的小子拿石头或者铁片等，一路走一路在围墙的青砖上划着火星，边跑边划，从头划到尾，所以巷子的青砖墙上在一米不到的地方有许许多多深深浅浅的划痕。

另一条是离三眼井不远的积谷仓巷，跟建设巷是相连在一起的。出了积谷仓巷右边隔一家就是三眼井，这条巷是住在解放后街的人家去打水的捷径。

从胜利街通往主路的巷子也有好几条，在物质局门市和汽车运输公司中间有一条巷，也是一条贯穿胜利街和主道路的巷子，它就是伍家垅巷，这条巷子是一段长下坡路，巷子尽头与西城堡巷相交。西城堡巷是与胜利街平行的一条小巷，然后七拐八弯，一边去往凉亭，一边通到胜利小学那边。在兴国大道没建成之前，图书馆那边的文渊巷只是一条去往田地的小路。另外在胜利小学附近也有一条通向主路和胜利街的小巷。

这些老巷虽然曲折蜿蜒，有的甚至两人碰面时还得侧身而过，但都是捷径，是快速通道。巷既起到了通行便捷的作用，也为区域区分划界。小小巷陌体现了各个时代的特征，特别是那些小巷的名字，默默地告诉路过的人们，它们存在的意义，或者变迁的印迹。

石板街

在古老的县城里，所有的路都是用青石板铺就的，阳新县城在二十世纪八十年代之前，还剩下三条完整的石板街，一条就是通向富川门的石板街，现在还存在，只是没有了当初的模样。在那个时候，残存的富川门就是一个土堆，街两边大多数都是下半截为青砖、上半截为木板的房子；少数是有山墙、由青砖砌到顶的房子，那都是过去地主土豪的家，新中国成立后，被收缴充公分给机关、单位或者那些无房屋的平民百姓居住。石板街应该有五六米宽，进两边的民房需上一两级石台阶，民房的门边多数都有俩石门墩。因为富川街是从城顶缓缓往富河边去的下坡地势，所以街面没有排水沟之类的，路面比较平整，大青石一排排的，也算有序排列着，但没有南门街那边整齐。

南门街是从五马坊往水门口码头去的一条石板街，它没有富川街长，但它中规中矩，姨婆家就住在那里，所以我记忆深刻。奶奶家是易氏家族，兴国镇最原始的居民之一，所以住在这古老而繁华的街上的人基本都是原居民。南门街的大青石四四方方，排得整整齐齐，往河那边走的左边有一道用石板搭起的暗水渠，每隔一段距离留出一个取水洗衣的口和台阶，沿着这条水渠石板街可一直走向河边，所以这条街和码头相连。这与南门街对面的太尉巷截然相反，那边稀稀散散地在土地上铺着几块不规整的石块，而且弯弯曲曲，在通往胜利街的中途还有一截土路。

胜利街跟富川街的路面差不多，甚至还要宽一点，因为胜利街的一边也有排水沟，但它是敞开的，只是每家每户门口才用石板搭个踏板。这沟是古老的雨季排水系统，一直到地势低洼处，然后雨水会流向田地去。胜利街比较长，而且起伏不平，还是拐弯抹角的石板路——从像座（阳新县城的一处地名）起，先上坡后下坡拐弯，经过一段稍平的路后，在贾家桥那里往凉亭那边又拐弯上坡。胜利街的石板路直到二十世纪九十年代还存在，只是后来临街人家进行房屋改造，各自拆旧房建楼房，然后开挖地面，起开石板，市政部门进行下水道建设也起开了石板，石板街就逐渐缩小、消失，变成了现在的柏油路。

县城的变化多样，有的从小巷变成了大街，而有的又从大街变成小巷，其实都是周而复始的循环。所有变化都围绕人们的生活方式而改变：自来水代替古井和沟渠，下水道替换排水沟，多条通道被扩宽以方便车辆通行，主道迁移至居民区外围并扩大范围。私房改建让小巷变得更加狭窄，但它的路径没有改变。这才让寻古探幽的我，根据记忆里的画面行走而没有迷失方向。在脑海里翻出记忆，今非昔比，每当从窄窄的小巷走向宽阔的大路时，眼前就一片光明，仿佛是从那个远古年代穿越而来，从古老的小城镇走到现代化的今天。

“王癞子”麻花

那年防汛守堤的时候，作为一名蓝天志愿者，我协助上街村在五里堤巡查堤坝。夜间休息的时候，我会听那些上街村值班的人闲聊。故事很多，也很杂，反正聊天儿嘛，尽捡那些比较有名气的人或者比较轰动的事件讲咯。

胜利街每个时期都有特别突出、声势大的人和事，然后大家津津乐道、添油加醋、道听途说、七嘴八舌。你挑个话题开头，他来解释补充，再有人纠正原委，一个故事接着一个故事地讲述着，漫长的黑夜不知不觉地在故事里就悄悄过去了一大半。

上街村是一个以胜利街为主体的社区，在人民公社时期叫胜利大队，有许多居民以种菜为主，隶属城关镇。很早之前，胜利街这条古老的街是由青石板铺的一条长长的街巷，两边多数是低矮的木板房。石板街靠南边还有一条贯穿整条街的排水沟，从像座进街口，缓缓上坡，靠南边水沟的房子门前都是用青石板搭的过桥。在立交桥和兴国大道没建以前，北边的屋后是鱼塘和菜地。靠街尾凉亭那边都是水田。原来的地势不平，这条石板街也随着地势起起伏伏、弯弯曲曲，街上还有几条曲折的小巷通往更北边的大马路。而在这些街口巷尾的地方，也有人家做些小买卖。比如“王癞子”麻花就是在这里，他在家门口摆摊，并且卖出了一些名气。

只要说“王癞子”麻花，老胜利街的人都是知道的。所以跟守堤的那些年纪大一些的人聊天儿，也就聊到了这个话题，说得大家嘴巴直咂咂的，吞着口水，仿佛那种酥脆香甜的味道就飘浮在鼻子尖上。而我坐旁边也听得有滋有味，他们你一言我一语地讲述着“王癞子”麻花的做法、口感，以及王家人的逸闻趣事。我对“王癞子”麻花其实早有所闻，当初我爸也学着做过几次，并跟我说："这种做法叫'王癞子'麻花，是二姑爷家的祖传手艺。"

二姑爷在我脑海里的印象特别深刻，他最初在化肥厂上班。县里只要组织文娱活动，特别是篮球比赛，那就少不了他的身影，因为他是主裁判，吹哨子的那个。我对围棋的兴趣也起因于他，原来在北门街老法院那栋两层木板楼，在门头的那间房子住的时候，经常看到他跟同栋楼的邻居坐在墙根下，晒着太阳下棋。黑白两色的棋子，纵横交错的方格棋盘，看过一次后感觉特别上头，最喜欢把玩那个柳条筐一样的棋罐。那时特别崇拜他，觉得他啥都会，他满是胡楂的圆脸总是笑嘻嘻的样子，亲和力特强。

前几天在微信群再一次听别人说起"王癞子"麻花，这才让我觉得我的《舌尖上的兴国》可以再续一集了，于是趁清明去祭祖的时候，就跟三叔、二姑聊起这个话题。二姑肯定地说："'王癞子'麻花确实是二姑爷家的祖传手艺，当初非常有名气，而且许多其他地方的人慕名而来，甚至还出口卖到外国去了。"收集到这些碎片信息的我，觉得不过瘾，觉得应该还可以去找更有力度的人再挖掘一下，于是找到表妹告诉她意图，表妹欣然答应我的恳求，说："莫急，等我回家问我姑姑，她应该知道得比我妈多。"

"王癞子"麻花起源于二姑爷的太爷辈时期，也就是二十世纪初，王家祖籍是大冶金牛，由于日本轰炸武汉，炸弹到处扔，周边的老百姓四处躲难，王家老太爷用一担箩筐挑着两个幼儿，手上还拉着姑娘一路逃难，就到阳新来了，然后在胜利街落脚。他有油炸麻花的手艺，便在胜利街的巷子口边上支了个小摊，捣鼓着买卖赚点家用贴补。应该是王家老太爷有些癞痢头，当时的街坊邻居都叫他王癞子，然后就习惯性地说："去王癞子家买些'八股道'"。阳新人把麻花叫"八股道"。"王癞子"麻花在大冶金牛有些名气，这个手艺传到王家爷爷兄弟俩的时候，他们各自都有自己的工作做，大爷爷由于身体不好，早早就过世了，二爷爷是在副食品公司五马坊店当炸油条的师傅，业余时间在家里也捣鼓一些麻花当作零嘴卖。二爷爷传承了这个手艺，其实那个时候"王癞子"麻花经过口口相传，已经家喻户晓、声名远播了。许多人绕山过水跑到胜利街来买二爷爷做的麻花，当时的外贸公司搞土特产品展会的时候，由于“王癞子”麻花风味独特，使得“王癞子”麻花不但走出了阳新，甚至走出国门。

王家姑姑回忆说：“‘王癞子’麻花分两种加工工艺——一种是香脆的，也就是普通加工的那种；另一种是酥松的有特殊加工工艺的，味道还分甜味和咸味，最具特色的就是那种酥松的麻花，非常适合老人孩子，按现在的广告词来说，松酥可口，好吃还不上火。只要是吃过的人都觉得那种口味确实与众不同。”松脆而不热燥，酥松而不油腻，轻咬即碎，有一种浓浓的油脂香味，越咀嚼味道越浓郁。

做这种麻花必须用上好的高筋面粉，揉面要到位，发面时间要把握好，油炸至一定的色泽时，不能立刻控油起锅，必须冷油出锅，每一道工序的火候、时间、手法都只有二爷爷他自己知道怎么控制和拿捏，这种手艺是他们祖辈言传身教传下来的，是没有教材的，全靠领悟和实践摸索。那个时候王家孙子辈的觉得炸麻花太普通，竟没有一个后辈愿意学习传承，所以现在这个技艺基本失传了。

在大机器生产的今天，许多产品从流水线上成批地生产出来。而许许多多的手艺人慢慢老去，那些独有的绝活相继失传，特别是那些手工艺人，他们经过几代人摸索总结出来的手工技艺没人传承了，可惜了“王癞子”麻花这个品牌。除了一些老人依稀还记得那麻花的余味，现在的人们只能从文字里去细品了，而且还只是些只言片语、零零碎碎。

岁月匆匆而过，那些匠心独具的手工艺人如过往云烟，在历史的长河中慢慢消散。而那些独特的技艺、细腻的灵魂，是现代那些浮躁的人无法触摸得到的天空。

兴国“烧牛脚”

吃货的世界有太多诱惑，每每路过那些招牌各式各样又别具一格，故意吸引眼球的美食店，我就不由自主地抽动鼻翼，做深呼吸，然后慢慢品味着似有似无但确实沁人心脾的人间烟火的味道。

有乡间俚语说：“吃肉不如喝汤，喝汤不如闻香。”其实说的就是美食色香味中“香”的重要性。香可以引发津液分泌，生津助消化，提高食欲而更迫切去品尝美食，享受生活中的乐趣。

这里就要说到我家乡的美食了,其实有地方特色的美食并没有那么多。仔细想想似乎我们有的，周边地区都有。比如“折子粉”，邻近的江西瑞昌也有；“芋头圆”，在咸宁、岳阳那边也有；“米粉肉”，在江北安徽那边也有。这些食品，说有特色，可都不是特有。

用油面做的杂烩估计应该是本土特色美食了。

原来以为只有阳新这种丘陵地带适合种植“阳新苕”，其实到处都可以种。而且我还发现其他地方将苕干做成零食，包装精美。

我们的“薯子酥”那个菱形方块形状经年不变，从来都是散装，晒干炒熟后用土陶罐保存着，随手抓一把塞进嘴里，嚼得嘎嘣脆，那个香甜还保持原味，这点或许算很有特色。

那日，“一二”兄弟在微信小群里说：“兄弟姐妹们，下礼拜‘王老汉食府’重新开张，大家念念不忘的‘烧牛脚’要重出江湖了。”

听到这消息一群吃货立马像开锅般沸腾了起来，一会儿工夫，报名的人数一桌就坐不下了。

说起吃牛脚，还真的有几点记忆深刻的地方。

第一次吃牛脚，真的是很久很久以前的事了。那时候姨爹还健在，他在二十世纪七十年代由副食品公司派往上海学习培训过，是拿过等级资格厨师证的大厨。

古代的牛一般是不能随便宰杀的，因为在农耕年代牛是重要的生产工具，是农业生产的主要劳动力，所以耕牛是受法律重点保护的，曾经有不法之徒偷偷宰杀耕牛被处以极刑的。

到了二十世纪八十年代中期，随着改革开放的深入，一些养殖业也得以放开。有一种牛可以拿来买卖，它们不属于生产资料，它们有一个别名叫“菜牛”，可以进行屠宰和买卖。

在那个物资缺乏的年代，人们的食谱都比较简单，肥肉大酒就是美味。而牛脚，这种没有肉啃、净是骨头和牛筋，烹饪时还费时间、费柴火的食材，基本上是无人问津的。

姨爹是个大厨，对这种富含胶原蛋白的食材，那是不肯浪费的。

因为没人要，牛脚很便宜，五角或一元钱一只，基本上白送一样。姨爹是个嗜酒如命的人，有一个周末他想喝酒了，于是跟我和表弟说：“我弄点好东西给你们吃！”看着蛇皮袋里装着几只臭烘烘、黑乎乎的牛脚，我和表弟心里想，这是没人看得上的东西呢，还故弄玄虚。我们一脸嫌弃和不以为然。

可是做好之后的那个味道让我现在回忆起来，还会口水直流。既有火烧的烟熏味，也有辣椒花椒的麻辣劲，八角茴香葱姜蒜交织在一起，牛皮肥而不腻、滑糯爽口，牛筋软柔有弹性、韧而不燥。

这是他花了一上午时间烧烫、刮刨、净洗后，用微火慢炖了一下午，出锅再深加工做出来的。

为了这顿牛脚宴，那是费了老大劲和时间的。再加上厨师级的腌制工艺，精选的配料以及前期独特的烟熏火燎的入味手法，那味道有一种说不出的感觉。骨头外层的皮入口即化，骨头侧的筋腱咬劲适中，那种特有的扑鼻香味，堪比山珍海味。事隔多年，我依然回味着那个味道。

还有一年，给一哥们当专职司机。晚上快十点了，他说：“走！听说南湖那里做的牛脚味道不错。”我怔怔地望着他，表示出满眼问号的样子，而他肯定地点点头，打电话约了另一个兄弟，然后斩钉截铁地说：“走，马上出发。”

一脚油门踩到底，花了两个小时到了南湖夜市摊上，到后让武汉的另一个朋友找味道最好、口碑最好、环境最好的摊位大快朵颐，而我似乎又一次尝到曾经的那个味道。这是一次最冲动和疯狂的吃货行动，夜奔一百多公里，所以记忆尤其深刻。

一说“王老汉食府”，吃货们估计没有不晓得的，这个曾经在二十世纪九十年代后期由立交桥下夜市炒粉摊发展起来的特色美食店，在阳新甚至大冶黄石都有些名气，招牌菜就是“烧牛脚”。

记得有一次，友人跟我说他家里老人家过生日，一直念念叨叨说想吃“王老汉食府”的牛脚，让我帮他打听。

“王老汉食府”因前年老店面准备翻新升级，且地处闹市中心，办理相关手续比较棘手。拆了后重建，却迟迟没办法动工，导致停业了一年多。目前，店老板计划先租一个邻居的店面临时开起来，免得那些老主顾馋得难过。

人生没有多少时间去等待，日渐老去的那些曾经在立交桥下啃过“烧牛脚”的人，说不定还就有人带着回味和遗憾去了极乐世界呢！

我至今仍未完全忘却二十世纪八九十年代的夜市摊场景，然而这些年为了建设文明秩序和保持街道整洁，城管和摊贩们就像“汤姆和杰瑞”一般，矛盾日益激化。

疫情的冲击让餐饮行业陷入了萧条，但室外的路边摊因其开放性和良好的空气流通性，反而成了经济复苏的一股清流。政府部门因势利导，于是夜市摊位如雨后春笋般涌现，呈现出一派繁荣景象。

再一次尝到了“烧牛脚”，还是那个味道，回忆满满。这“王老汉食府”是正宗的本土品牌、地方特色，从摆摊练起来的品牌，而且口碑俱佳。民以食为天，希望这美味不仅遍布荆楚，还可以香遍大江南北，味入黄河东西。

“‘无肉令人瘦，无竹令人俗，不俗又不瘦，竹笋焖猪肉。’我要吃肉，不要长肉。”来了，一道“烧牛脚”有肉的味道，却没肉的肥腻，牛筋如田黄的色泽，弹韧在口舌之间，啃过“烧牛脚”，手指齿间均留香，美容又健脾胃，还不长赘肉。

不说了，拿纸巾擦嘴角，去立交桥边解馋咯！

“大杂烩”

我们家乡有一种食物，它起源于祭祀活动，但又不是供品。它是家里做红白喜事时，为招待陆陆续续来的客人，在正餐没开始之前的接力食物。它只有在人员群聚的时候才能吃上，平时很少有人把它当主食。它是用最平常的几种食材混合在一起做成的，最平常的味道混合在一起，也是最特别的味道，小锅小灶是煮不出来那种特有的人间烟火味的。

做的时候基本上都是在户外。寻找一处有山泉水的地方，找几块大石头垒成灶台，然后架上一口大锅，简单、方便、实惠。这是能应付几十上百人的最好饮食，没有之一。

估计凡是阳新人都猜得八九不离十了，我们通常把它叫“大杂烩”，是一种在户外特方便烹煮的食物，也有人称之为“油面粥”。“大杂烩”色香味俱全，营养丰富，熬制方便简单，而且这些普通的食材随时都可取得，是饱腹充饥的绝佳食物。

我原来品尝过这种食物，没觉得十分特别，只是有一次参与熬制这个食物的活动后，就有了新的认识。这“大杂烩”味道特别美，原来都是跟某一次聚会、某一次活动相连，或者跟某个人一起怀念的时候，从而引发回忆，回忆的次数多了，嘴馋便越来越重，自然而然就更想吃了！

那一日我们男男女女、大大小小二三十人相约去木港，踏青、爬山、越野，抽笋子、摘香椿、挖野菜。一行多车在陵园门口集合，然后浩浩荡荡开往枣园大泉洞毓泉果园农场。

“三军休要埋锅造饭，与我披衣擐甲者。”古代行军打仗，埋锅造饭为战士补充能量，说的就是这样的方法。我们到达目的地后进行分工，去绕山一圈越野跑步的人去拾柴火；不跑步的支起烧烤架，搭起帐篷，垒灶台，做后勤保障；我和艳秋负责垒灶架锅熬“大杂烩”。

“大杂烩”的主要食材是油面，油面别名“龙须贡面”，是有五百年历史的湖北特产。油面的制作很复杂，听驴友萌萌说她小时候家里做油面，她陪在父亲旁边，看着父亲和面，边和边加适量的盐，五斤面粉加三四勺盐，水要根据天气的温湿度来适量添加，先和好面放四至五个小时，待醒面后，再来盘面。盘面是把面团搓成长条，一边捏一边用手溜油绕着盘放在面盆里，再醒两至三个小时后，天色也差不多亮了。这就开始上面架，拉面。先慢慢拉一小段，刷油再拉至半面架，再刷油再拉，拉至全架。

拉面的时候，力道要刚刚好，拉的手法要顺势而下、抖拽拉扯，如同与晒面架拔河般先抖松一下，再紧拉一阵，如此重复，直到把搓出的粗条条拉扯成两米左右长、可以穿针的细细的长丝。面揉得好不好，有没有筋道，这个时候最能看出来，有筋道的面还可以拉斜至飘面架晾晒，那一排排油面架在太阳下，丝丝缕缕微风随动，是一道独特的风景。

过去阳新人去看望坐月子的人时，一般都会拎上两把油面，带上一些鸡蛋，这也说明油面很有地方特色，被当地人重视的程度非同一般。

“大杂烩”是怎么做成的，“老虎姐”说的跟我们在现场做的有点不同。将五花肉切成丁，用大铁锅翻炒出油后加入热水烧开，放进揉碎后的油面。但艳秋是把油面揉碎后放入铁锅翻炒，直到面渣略有星星点点的金黄色，再加水烧开，待锅里熬至浓稠后，再一起放进去油煎炒好后的豆腐丁、薯粉丁、虾米、萝卜丁、酱干丁、香菇丁、笋丁等等。花生碎可加可不加，边熬边搅，待香味扑鼻，食材全部都均匀搅拌在一起后，一锅正宗的阳新“大杂烩”就熬制完成了。

所谓地方美食，说起来都是有些典故的。比如慈禧太后念念不忘的“黄糕”，其实是一种很普通的山西点心，慈禧逃难过程中免不了供应不周，而这个地方小吃恰好被她遇到，便感觉这味道就是人间美味，无与伦比。

所以很多地方美食，在当地都是很普通的充饥食物，但对于饥肠辘辘的游客来说绝对是美味佳肴，而且吃过以后回家还念念不忘。

“大杂烩”的美味，那也是在户外、在饥饿的时候，而且是在很多人共同分食的情景下，抢着吃，狼吞虎咽才会觉得味道不错。所以不论淑女、绅士，不管男女老少，每个人都会有值得回味的味蕾释放激情的那一刻。

有的人说狄田的“大杂烩”最好吃，也有的说宏卿的“大杂烩”最正宗，还有说大德的油面比较筋道，实际上味道应该大同小异，只不过吃货们在不同饥饿程度下于不同的地点吃的，所以体验和回味各不一样。

普通食材做的食物才是最真实的生活的味道，也是流传得最久远的，这就是寻常百姓的生活，这就是我们最暖心的美味佳肴，各味杂存的人间烟火。

五马坊的传说

二十世纪七十年代末，曾经年少的我依稀记得，每当傍晚时分，在缝纫厂边那个地方，我坐在那个用石头垒的半米高的围院墙石条板上，听街坊邻居们讲故事。有的时候讲《三国演义》，有的时候讲《水浒传》，也讲《红楼梦》《西游记》《隋唐英雄传》。不是说书的那种讲法，而是很随意。大家围坐四周，椅子、凳子、长条，高矮都有，孩子们就在围院墙的石条板上坐着。讲故事的人经常换，但都是年长者。现在回忆一下，其实他们讲故事都是凭记忆，或者也是听来的，也有可能是读过的书上的。当时可没现在这样丰富多彩的文化娱乐活动，除了每天早晚有一两个小时的广播时间，其他的业余生活就靠大家自己创造了。其实他们讲故事大人们爱听，我们孩子听一会儿就觉得无趣了，然后就去捉迷藏、扔沙包、拍洋画（烟纸折成的）。

可是有一天，有一位老街坊讲起我们街里的传说，把我给吸引住了，他讲的就是五马坊的神话传说。回忆一下当年五马坊印在我脑海里的画面，依稀记得那是一个不规则的十字路口。南路为石板路，也叫南门街，通往富河边，右路口有一家竹器铺，那些斗笠、晒盘、簸箕等竹制品都是出自它那里，还有草鞋卖。它对面是副食品店，当年最新的三层楼房。生活中需要的糖酒烟啥的在那个一楼一长溜柜台上和后面橱窗里摆放着，买东西都需要票，布票、糖票、烟酒票都是定量供应的。东路是一条柏油马路，是当时最繁华的街，东路口左边是大众食堂和旅社，是来阳新的办事员打尖落脚的地方。它们的隔壁是红旗服装厂。北路也是石板街，路口有新建的楼房，它旁边是理发店，再进去一点是食品店。我早上经常去排队买那些不要票的猪血、猪油啥的，肉每个人每个月好像是几两定量供应的。西路通往儒学垴，是一条长坡路，其实就是古城墙的台阶，后来跟东路连接也铺了柏油。传说就是在这个城墙脚下的竹器铺开始的。

很久很久以前，这里有个妇人在城墙下编草鞋叫卖。妇人需要将干稻草用木棒槌在石墩上捣松软，然后编织成鞋子。大家不知道她何时来这里的，但见证了她从少妇成为老妪，然后一代代祖祖辈辈一直在那里捣稻草、编草鞋。后来不知什么原因，这家人越来越少，最后断了香火，因此也就没有人在那里编草鞋了。一天有一个道士从这里经过，盯着那块捣稻草的大石头看了很久，最后摇一摇头，叹息一声说“可惜啊可惜”，就走了。街坊四邻都觉得莫名其妙，这老道干吗对这墙边上一块奇形怪状的丑石发呆、叹息啊？有好事者为了探究秘密，以解心头疑惑，找来大铁锤砸这块大石头。砸开来看，原来石头里面有五匹骏马形状的石头，但被打破了不可复原。后来有人去追寻老道一探究竟，老道说：“可惜了五匹天马，未修炼到出世。”由于老妇人一家功力不够，加之没有稻草喂养，支撑不到天马行空之时，导致天马夭折。后人为了记住这个传奇的神话故事，就把这个地方取名“五马坊”。

有关五马坊的得名，靠谱的说法应该是在兴国州时期，这个地方属于州府所在地，而在五马坊这个地方有一处碑刻“五马坊”的牌坊，且在牌坊边并排立着五匹高大威猛的石马，以显示这里当时的繁华。由于时代久远，历史更迭，这些都不复存在了。近些年，听说那边要进行棚改，富川门这一片就要旧貌换新颜了，估计以后五马坊就是一个标准的十字路口了。

莲花池的“摸鱼节”

不久前为了确认一下莲花池的大小，特意去原来的湖边，凭记忆沿湖边转了一圈。整个莲花池周长大约两千米，是一个不规则的长方形，面积不是很大，应该在二百亩上下。现在鱼米之乡地标所在的那个地方，就是原来的莲花池边，即外婆家门口那口老井的位置。外婆家就住电影院对面的莲花池边，后院开门就是莲花池。

对老一代阳新人来说，莲花池是一个特别让人怀念的地方，每隔几年就会有一场盛大的“摸鱼狂欢节”。莲花池虽然叫莲花池，但它不种莲藕，不开莲花。它只养鱼，属于水产局，或者归竹林塘养殖场管，每隔一段时间就会清塘、消毒，好重新放鱼苗。

摸鱼的时候怎么少得了我，每次我都拿上木质大脚盆，蹚着胸口深的水去摸鱼。我那个时候也只有十来岁，水放干的塘也还有半米深的泥水。

清塘一般都是用生石灰消毒，先拉网把大多数鱼捕捞上来，然后排水直至塘底现出，在塘底撒上一层生石灰，这个时候全城男女老少都会蜂拥而至，因为塘底泥水里还有很多漏网之鱼，被生石灰呛得直翻白肚，晕头转向。

整个池塘里都是人头，有用木桶的，有用脸盆的，有用汽车内胎的，有用抄网的，但更多的是靠手摸脚踩，到处泥水四溅，脚下泥里鱼儿乱窜，这干塘后的水底各种鱼都有，一次二舅还摸到一条擀面杖粗、一米来长的鳝鱼。当然老鳖也有，抓那玩意儿让人有点怕，被它咬住不会松口的。最多的应该就是鲫鱼、鲤鱼和一些小油参子（阳新方言，一种很小的鱼）、鳑鲏鱼。因为拉网捞的都是大鱼，养殖场需要清理的是那些从水港、河汊跑进来的野生鱼，一举多得，既消毒，又清理了杂鱼，居民们还可以改善伙食打牙祭，又不用请工人清理塘底。

在物资特别匮乏的那些年代，感觉阳新的鱼从来都不缺，而且也特便宜，常常在北门街口、解放街前街的路边、五马坊、城顶等地方，就有人兜售各种鱼，等到下午的时候，那鱼都堆成一堆堆地卖，大约三五角一堆，在那个买啥都需要票的年代，在阳新买鱼就不用票。而且过去的人都不吃那些黑鱼、乌龟、甲鱼之类的，说这些鱼代表着某些寓意，如长寿、孝道、灵性等。在那个年代，老一辈人还是有这些顾忌、禁忌的敬畏之心。

阳新是一个多湖泊的丘陵地带，素称“百湖之县”，林业和水产资源丰富，记得在孩童的时候，在五马坊那里的副食品公司的商店大橱窗里，展示了一只特大的龙虾，而且每到重大节日的时候，会用拖拉机拉出来去游行。一只跟拖拉机车斗一般大的虾模型，应该是一种象征，表示我们县的渔业发达，品种多样，并以此为特色代表。这说的是大的，但还有一小，那就是阳新的春鱼，米粒样大小，透明的，而且在富河整个流域只有在南膛那一段才有，其他地方很少见，一年之中只有春天那短暂的几天才能捕捞得到，其他时候是难得一见的。捕捞回来春鱼后，放锅里以小火慢慢烤到半干，然后起锅，放在大太阳下面暴晒晒干。春鱼炒鸡蛋是一道美味，一般春鱼都当调味品来做汤用，过去说是当贡品拿去朝廷上贡的。

由于到处都是水和堤坝，所以整个老城区显得七零八落、绕山弯水，交通也极不方便，而且老城区还一直被水涝困扰。在后来的城区规划中，一些比较小的池塘被填平开发，在竹林塘上搭建了两座跨湖大桥和城区立交桥，让整个城区向东北方向扩展。这才使得阳新城面貌踏上一个新台阶，那种狭窄瘦长的地貌陡然开阔了，视野被打开，思路同时也被打开，县城的经济发展从过去的农林牧副渔走向多元化，工业园区、旅游景点以及园林式小区公寓，为改善民生提高人们的生活质量发挥了巨大的作用。

虽然莲花池消失不见了，但莲花池承载着阳新人民的一段峥嵘岁月。围绕莲花池，老县城的人有许多艰苦奋斗的记忆，它代表着那不屈不挠的顽强生存的发展史。忆海钩沉，岁月无痕，总会让老辈人感叹。在这日新月异、飞速发展的新时代，一城旧貌换新颜，一代更比一代强。

用三张照片告诉世界奋进的阳新

时光如流水匆匆而过，带走的是岁月，留下的是记忆。不变的是那条弯曲的进阳新城的必经之路——兴国大道田家湾路口S形弯道迷人的模样。

这组横跨十二年的三张照片，拍摄角度一样、地点一样，拍摄者是同一个人。只是拍摄手机不一样、时间不一样，目的也不一样。

第一张照片是在二〇〇八年年底跟省移动设计院的工作人员去勘察新建工程时，在某一建筑的十二层楼顶拍的。当时还只是一名临时包车司机，觉得这高楼视野开阔，能看到家的方向，于是用我的诺基亚 N70 拍下了当时的情景。

从这张照片来看，这座县城正处于建设之中，拍摄地点高十二层在彼时属于高楼大厦。当时我还调侃说：“成功的道路上一直都灰蒙蒙的，那是因为尘埃尚未落定。”整个天空都被尘土覆盖着，或者因为当时的手机像素低，抑或这手机拍照功能太一般，所以今天看起来就是一张模糊的灰蒙蒙的老照片。但它真实地记录了当时的面貌，反映了那年月的风尘仆仆。

第二张照片是刻意拍的，那是从事代维工作两年后，正式当了一名维护员，而这个区域又属于我的管辖范围。有一天我去这里处理故障，触景生情，于是拿起新换的华为 P10 手机站在相同的地方，拍下同一个角度、同一个方向的照片。应该是国产手机进步比较快、像素越来越高的缘故，这张照片比用诺基亚 N70 拍得要清晰多了。我还留下文字记载，故意拿相隔四年的变化去对比、参照，感慨时间的流逝和环境的变化。记得那些年网上流行个人年终总结，我就把这两张照片对照起来，告诉别人这里曾经是一片荒凉、百业待兴的模样，然后经过了四年，看到了曙光看到了希望，对比之中也看到了很多变化。

从一个没有固定职业的私家车出租司机，到一个从事通信行业的维护工人，职业的转变使自己也得到了改变。由于工作相对趋于稳定，心境也发生了变化，除了业务上认真对待外，其他方面也发生了很多变化，我变得对待生活更积极，对待他人更友善，视野开阔许多，人也开朗了。积极的生活态度让自己越发有干劲，每天走在崇山峻岭中也乐此不疲，并重拾起文学写作的业余爱好，把工作上的点点滴滴渲染起来，用来鼓励自己、激励同伴。

小小阳新，原本是狭长的水泽之地，一直都挣扎在贫困线下，从二〇一〇年开始发力脱贫摘帽。要想富先修路，城东新区最先开始修通道路。现在阳新四通八达，纬路一到十八，经路三条主路一字排开。

经过十多年到现在，繁华从莲花湖湿地公园漫开来，新建教育城、卫生城，以及方便市民办理各种手续的大厅。

沿水域修建两座大桥，左右横跨竹林塘，贯通东西和南北交通。沿湖建了园博园、莲花湖湿地公园、明月湾公园、竹林塘环湖公园，并在三环以外又修建一座富河特大桥，让狭长拥挤的城区变得宽松许多。

有规划地沿湖设计新的县城，给阳新人带来了新的面貌，休闲的时候有去处，教育医疗优先安排，运动健身有开阔场地，园林化的新城区让在外省打工几年没回来的阳新人直咋舌，因找不到方向经常迷路。这规模、这气派、这环境，带着浓浓的本土气息，却有着超越时代的特征，让这个小县城完全拥有可以媲美那些二、三线城市的美丽景色。莲花湖的文化走廊更带着浓郁的人文情怀，向游人展示着地方特色。

曾经，“小小阳新，万众一心，要粮有粮，要兵有兵”，千万儿女为打破旧世界，追求新生活，抛头颅洒热血，为新中国做出大无畏的牺牲。

如今的阳新以千湖之省、百湖之县为优势，发展以水为点、以点带面的第三产业，大力发掘自身潜力：东有网湖生态园，观天鹅迁徙；南有枫林地心大峡谷，感受梦幻之旅；西有滴水崖和阚家塘百年老屋诉说过往以及龙港革命老区诉说峥嵘岁月；北有仙岛湖天空之境，营造浪漫情怀。由一个国家级贫困县变为现在的具有特色的旅游胜地，阳新终于在二〇一九年摘掉戴了半个世纪的贫困帽子。

第三张照片是特意去拍的，为了证明今非昔比。这栋十二层楼正在翻新维修，但并不妨碍取景，路还是那个S形弯，但路边的高楼大厦鳞次栉比，用OPPO Reno4拍出来的照片清晰无比、层次分明。这十多年，国产手机突飞猛进，把那几家国际手机制造商逐步挤出历史舞台，中国通信从只能依靠进口以及代加工逐步完善自我，提高自身能力，最后壮大起来，把被世界瓜分的中国通信市场一步步、一寸寸地夺了回来。

2G属于摩托罗拉时代，3G属于三星、诺基亚时代，4G是苹果时代，现在5G属于华为时代。通信市场一度竞争非常激烈，先前我们的天线设备都依赖进口，备品、备件、维护都是国际制造商提供。由于市场竞争，从国家战略安全方面考虑，逐步用中兴、华为设备替换西门子、艾默生的设备，全面顶住国际寡头的断供和打压。现在完善了“造血”功能，全面自主生产产品，在硬件上安全脱离了挟制局面，往后将逐步自行组网，形成安全独立的自我防护。

十二年在历史长河中只不过弹指一挥间，十二年在周而复始的生命中是一个小小的循环，但这十二年是在新中国成立后改革阶段里很有意义的一段时光，也是阳新翻天覆地变化的辉煌时刻。

千言万语道不尽千辛万苦，只有这安静的照片在诉说着变化。共和国的建设者们在祖国的每一方土地上耕耘，按照中国共产党规划的蓝图，秉承着中华民族的优良传统，描绘着向往的美景，向着幸福的方向坚定地向前进。

幸而有你

◎费世利

作者简介：费世利，湖北阳新人。今古传奇阳新工作委员会副主席。曾先后在《咸宁日报》《温州文学》《黄石文学》《今古传奇》《黄石日报》等报刊发表过数篇作品。主要作品有《但凭酒茶》《美好，一直在路上》《高原的蓝宝石》《我的母亲》《莲花湖畔说莲》等。

情溢武功山

武功山，一个美不胜收、刚柔并济的地方，它是所有户外人的梦，有“云中草原、户外天堂”之称。其位于湖南江西两省边缘，属于罗霄山脉北支，主峰白鹤峰（金顶）海拔一千九百多米，为江西省境内第一高峰。

此次武功山之行我很期待、很向往，与其说是武功山的无限风光深深吸引了我，倒不如说是同游武功山的人让我分外珍惜这次旅行。此次同行的有我的亲人，有我的发小，有我的文友，有我的至交，还有我欣赏尊重的老驴友。

我们一起走过最美塔川水墨秀，一起爬过悠悠明堂山，又相聚在这武功山的高山草甸。我的表姑总在不远不近的地方关注着我，我不经意的一次回眸，总能看到表姑柔情的目光。

当我不得不离开家乡小城远走他乡，和故乡的阻隔山高水长。只要站在寒冬的路口回望，似乎总有亲人在企盼我回乡。故乡，一直是我心灵的原乡，是宿命中从未远离过的心灵憩息之地。灵魂在那里深种，每一点温暖的光亮都可以照彻黑暗的角落。

武功山之行于我是奢华的，我心心念念的人会集如斯，震撼壮美的风景也让我大饱眼福。

晨起我们在拂晓的寒风中默默地等待，苦苦地守候。慢慢地，东方露出一线微明。微明如水，缓缓地向四周扩散，洇展出一方灰蓝色的天。薄薄的白光越来越亮，将灰蓝的云层渗透成层次分明的浅蓝，太阳就在浅蓝的云河后面爬升，不断地释放着光和热，驱散着强大的黑夜。天色渐明，亮光越来越强，太阳越烧越炽，迅速蔓延，燃成了一片天火。火光映红了夜空，映红了金顶，映红了草甸，映红了每一张脸，人们的脸上都绽放着灿烂的笑容。就在这一刻，登山的艰辛，晓寒中的苦等，都得到了最好的回报。

在武功山，我听到掠过山谷的风的柔柔细语，那是一种天籁之音。我也遇见了一场完美的日落，温暖的霞光普照山峦，迷幻且有些魔性的色彩，让我欣喜若狂。

当红色的夕阳渐渐隐没在遥远的西方，我用手捕捉太阳，只想尽情体验阳光的温暖。缓缓地，最后一抹余晖在天空消失，整个世界慢慢沉静下来。但得夕阳无限好，何须惆怅近黄昏。当下便是永恒，好好享受就是！

武功山，对一名驴友来说，它是一个户外天堂，多少人想徒步征服这座山；对一名摄影师来说，它是梦幻仙境，多少风光大片出自这里；对一名旅行者来说，它是你一生不可或缺的风景，多少人慕名而来；对于此行的我来说，它是我梦想照进现实的写真，我把深情倾注，我把热情释放……

我与草原有个约定

如果自由有颜色，
那么一定是充满生机的绿；
如果自由有名字，
那么一定是锡林郭勒草原；
如果自由有动作，
那么一定是飞驰在浑善达克沙漠腹地；
无边翠绿凭羊牧，风物长宜放眼量，
倾听马头琴，啸喊呼麦，
就这样，一路向北，拓出天际……
锡林郭勒，我来了！

——题记

每个向往草原的人心中一定有种情怀，情不知所起，一往而深。人生本身就是一次孤旅，许多的路，只能一个人独行；许多的事，只能一个人独对；许多的岁月，只适合一个人独享；许多的风景，只便一个人独赏。孤独的是我，行走的是我，这是我与草原的约会，在举国高考的当天我独自踏上了草原之旅……

蓝天与之相接，白云与之呼应，行走在天路之上，就像是漫步在云端，故而得名“天路”。

天路，是一条仅可以两辆车并行的柏油路，蜿蜒起伏于丘陵的山巅沟壑。我们首先到达草原天路服务区，太阳正在冉冉升起，放眼望去，感觉黑色的路在脚下流淌、绿色的草地在脚下行走。

晨雾慢慢地散去，天高地阔，美不胜收的景观渐次清晰。环顾四周，蓝天、白云、飞鸟，绿地、大风车、黑色的柏油路，俨然天成的一幅画卷，每个角度的照片都可以做屏保。站在蓝天白云下，眺望那随风摇曳的草木、蓊郁的森林、宁静的村庄和缓缓转动的大风车，人会不自觉地欢呼雀跃。

一路走来，没有“人造”的景点，没有历史遗迹，没有商业化的氛围，只有大自然赐予人们的阳光、蓝天、白云、森林、大地这些自然景观。唯一的人造景观是风力发电装置，白色的塔身、白色的桨叶，高高挺立在天地之间，随风舞动着，如婀娜多姿的嫦娥，它已经与天地融为一体，成为天路不可或缺的风景。

出张北就进入内蒙古地界，一路碧草蓝天，一望无际，大巴疾驰在辽阔的草原高速上。我想象着当年成吉思汗率领众将士征战的场景，心里热血沸腾！

“大家注意，元上都遗址到了。”

元上都在内蒙古锡林郭勒盟正蓝旗一片被称为金莲川的草原上。元上都是世界上草原游牧民族建立的为数不多的几座都城之一，其遗址也是中国游牧民族遗存较为完好的文化遗产，在二〇一二年被列入《世界遗产名录》。在《马可·波罗游记》中，上都是一个繁华富庶、神秘美丽的地方。如今的元上都只有草色中矮矮的围墙和难以辨认的街道，曾经辉煌的宫殿和繁荣的城市已不复存在，但这片草原依旧生生不息。

脚下的土地，是成吉思汗的铁蹄纵横驰骋的起始，近千年逝去，昔日的楼宇经历历史的重重剥蚀，只余下落寞的草皮。

斗转星移，事过境迁，繁华终是一指流沙。我们一路欢歌、一路驰骋，到达了正蓝旗的五一牧场。

大巴车刚一停下，热情好客的蒙古人民用最隆重的仪式接待了我们：下马酒，献哈达。伴随着脍炙人口的《下马酒之歌》：“远方的朋友一路辛苦，请你喝一杯下马酒……”客人左手端盛酒银碗，用右手无名指蘸酒弹向天空，称为“敬天”；再用右手无名指蘸酒弹向地面，称为“敬地”；后用右手无名指蘸酒向前方平弹，称为“敬祖先”；最后双手端碗一饮而尽，表明对蒙古族主人的尊敬。我也用蒙古族传统方式喝了下马酒，接受了圣洁的哈达，接受了蒙古草原迎接远方客人最尊贵的迎宾礼节，同时也接受了蒙古人民最美好的祝福。

我是一个地道的南方姑娘，来草原最大的担心是饮食。很快，我就发现自己杞人忧天了。今天的中餐是草原特色餐——涮羊肉火锅。羊肉鲜嫩，口感极好。

品奶茶，喝美酒，献哈达，住蒙古包，吃丰富的蒙古族美食，听悠扬动听的马头琴声和九转回肠的蒙古长调。他们的热情豪迈、能歌善舞深深感染了我，我俨然已是他们之中的一分子。策马奔腾，挽弓射箭，我毫无畏惧……

白云随风舞动着、变换着身形，给人无尽的想象；蓝天湛蓝清澈、广袤深邃，让人有想飞的欲望；那多彩的草地最是摄人心魄，嫩绿、草绿、墨绿，嫩黄，淡紫，五彩斑斓。我迫不及待地张开双臂，拥抱蓝天，深吸着带着绿草清香的空气。

这里没有什么小商小贩，牲畜也极少，偶尔见到几个，却也都懒懒地卧在草地上，享受着阳光、绿地和宁静，这种情景让久居闹市的我有一种回归感。我不断地问自己：我到底需要的是什么？

沉醉在无边的草原里，当我睁开双眼从地上爬起来，眼前突现的景色令我叹为观止。

在霞光的照耀下，整个天空像是被火烧了一样，红彤彤、金灿灿的，显得格外艳丽。多彩的晚霞奇妙地变幻着，颜色越变越淡，当一切红光都消失了的时候，那突然显得高而远的天空，则呈现出一片肃穆的神色。最后彩霞变成浓墨画似的几笔，更显得神秘。慢慢地太阳退去炙热，退去些许光芒，那柔和的橘黄给无边的草原覆上一层温暖。已经吃饱的肥肥的羊儿们，时而低头吃两口，时而抬头咩咩地叫几声。

气温随着太阳的余晖慢慢降下来了，草原也显得更加空旷。

今天的晚餐——烤全羊。我边吃边欣赏蒙古族姑娘小伙为大家带来的精彩歌舞演出，呼麦、马头琴、长调以及激情的舞蹈轮番上演。伴随着欢快的音乐，热情的蒙古族姑娘小伙共跳草原安代舞。

一把篝火，照亮了草原，我们手拉着手，尽情唱啊，跳啊，开怀大笑……

伴着火光，每个人脸上都洋溢着快乐与轻松！此时此刻，没了昔日生活的烦恼、工作的压力，我们都尽情享受这美丽的草原之夜。

夜深了，万籁俱寂，我一个人悄悄走出蒙古包，躺在绵绵的草地上遥望漫天繁星，一眼望去浩瀚无垠，这是平常根本见不到的风景。我淡然地在这片辽阔的寂静里去编织遥远的不为人所知的心愿。

此时我只想好好享受这份陶醉，什么都不做，什么都不想。渐渐地，周围仿佛更静了，只有风儿的缠绵与呢喃声。慢慢地四周被雾气笼罩，弥漫开了。一切轮廓变得模糊，变得是那样不真实，如梦似幻。突然，好想让时间永远定格在这一刻，永远，永远……

凌晨三点半，我披件外套再次走出蒙古包。此刻东方已泛出一片鱼肚白，但太阳就像一个娇羞的姑娘，天已经亮了一大半，太阳却迟迟不肯出场。也许有了期待，所有等待都是值得的。草地上等日出的人越来越多。

当太阳从草原升起的那一刻，新的一天在向我们招手，阳光、雨露、草原、羊群，在恬静的清晨中，昭示着岁月静好的每一份美妙。

早餐后，整装待发，换乘四驱越野车，开启了一段终生难忘的穿越之旅，当地人将其称为“浑善达克深度穿越”。伴随着一路尖叫，一路兴奋，我们长驱直入，直奔草原腹地，沿途看到的都是牧人极少出现的无人区，还有幅员辽阔的大沙漠，原生态之美让我们感受到大自然的无穷魅力，风光旖旎，美不胜收。

一片片起伏的沙漠，一望无际，乘坐越野车从沙丘之上一跃而下，惊叫连连，这里就是浑善达克腹地。随后我们正式开启了无限次滑沙之旅，鼓足勇气，坐上滑沙板，向下面勇敢冲去。只要你有胆，就可以征服这片沙漠。

激情草原漂流是此行最惬意的项目。漂流去吧，带着我未醒的梦，带着我对草原深深的依恋。本想独自一人静静地漂浮，静听鸟鸣水流，静赏堤坝草木，和心灵来一次深邃的对话。无奈皮划艇有限，临时和一个大哥结伴来了一场溪流大战，亦动亦静，一张一弛，倒也随心随意！

草原之行，我一个人有点胆怯。向晚的暮色，带着几分迷离，一丝旧时光里的暖意，悄然爬上我的心间。

雪乡之恋

我酷爱自由，喜欢挑战，喜欢在月色中徜徉，喜欢在空旷中穿越，喜欢洁白的世界，喜欢干净的灵魂。于是遥远而纯洁的雪乡就成了我的一种执念，终于迎来了这追梦的机会。

雪乡是一个美不胜收、如梦如幻的地方！

北国风光，千里冰封，万里雪飘，银装素裹……

穿林海，跨雪谷，乘雪龙，坐爬犁，滑雪圈，赏雾凇……

雪乡雪期长，积雪期超过七个月，降雪量大，积雪厚度最深可达两米，而且雪质好，雪景奇美。由于三面环山，加之风力的作用，积雪沿着房檐、柴堆层层叠叠悬垂下来与地面的积雪连成一片，仿佛雪屋相连。居民区的积雪随物赋形，其状如硕大的奶油蛋糕、如蘑菇、如野兔、如奔马、如海龟……不一而足，千姿百态，惟妙惟肖，宛如天上的朵朵白云飘落人间，幻化成一个美丽的童话世界。正如这里的民谚所云："山高林密天最蓝，雪白雪大雪最黏。云雨云雪常相伴，狗不咬人土豆甜。"

走进雪乡，凡俗便离我而去，剩下的只是一个冰清玉洁、空灵隽永的世界。漫天雪花彻夜不停地飞舞，雪后的清晨像一首清新的诗，又似一幅雅致的画。微风过处，卷起的雪雾像一层白纱将整个雪乡罩住。而房檐上挂上去的红灯笼，虽是这银白色调中的另类，却给冬日的雪乡平添了些许暖意。大凡来过雪乡的人，都会不由自主地在这座山前驻足。不用泼墨点染，也不用刻意着色，山的原貌便是画中的经典。面对这秀美的景色，画家们却不敢落笔，觉得它美得有些失真。作家们也望而兴叹，觉得穷极所有也难以描绘它的神韵。倒是"摄影家"们，咔嚓咔嚓地把它摄入镜头，毫不掩饰地展现在人们面前。

厚厚的白雪覆盖着连绵起伏的小村落，一座座小白屋像蘑菇一般，房顶和院场草垛子上卷起一层层雪檐；房子外面的小院都是用木栅栏围起来的，形状简洁而不规范，如同被炭画笔漫不经心地勾勒出的线条一般，特别是栅栏披上银色外衣之后，酷似一根根即将融化的奶油冰棍，它和院中的“蘑菇蛋糕”相映成趣。清晨，山坡上一株株挺拔的青松树，山底边一排排小木屋，加上错落有致的蘑菇雪景，构成了一幅色韵独特的雪乡水墨画卷。特别是在日出光影的映照下，更显得韵味无穷。夜晚来临，那一串串红灯笼，一顶顶雪蘑菇，一行行木栅栏，加上五颜六色的灯光的映照，这个素雅的银色世界显得更加美丽动人！

一场场瑞雪，让巍巍雾凇岭披上了银装，树枝上挂满了洁白晶莹的霜花，山风吹拂银丝闪烁，天地白茫茫一片，犹如被尘世遗忘的仙境。满山的雾凇巧妙地点缀于山野之中，简洁中并不显得单调，素气中也蕴含着高雅。雾凇奇景，冰雪与云雾相遇，比你想象中还美，远看那山、那树、那枝条，挂满积雪，沉甸甸的，别有一番情趣。

雪是洁白的，雪是浪漫的，雪是多情的。

落雪的声音，是天使的声音，听见的人会从心底感觉幸福。你听见落雪的声音了吗?

雪乡，一个冰清玉洁的童话世界，一个似梦似幻的世外桃源。它以广袤无垠的洁白，退尽杂乱烦琐的庸俗；它以翩然落雪的宁静，疗治纸醉金迷的癫狂；它以冰冻三尺的冷酷，冻结世俗给人的灼伤。

哦，雪乡，雪的梦乡。

我的母亲

清早，母亲的电话如约而至，一阵嘘寒问暖。因疫情长时间封闭隔离，我与母亲有了更多更深的交流，于是有种声音在我耳畔回响：一定得好好写写我朴实伟大的母亲。

父亲十年前因脑出血做了开颅手术，足足在医院待了一年多。自出院至今老父亲每年仍要住几次院，虽然行动生活完全不能自理，但耳聪目明、思维清晰。我已奔天命之年，深知父母在家就在的道理，无论何时何地，家乡总有父母的牵挂，这份幸福来源于母亲对父亲数十年的不离不弃。孟子曰："君子有三乐，而王天下不与存焉。父母俱存，兄弟无故，一乐也；仰不愧于天，俯不怍于人，二乐也；得天下英才而教育之，三乐也。"很荣幸此"三乐"我皆拥有，是因母亲教导有方，更是因母亲无私的成全。

这些年我走过大江南北，看过神圣庄严的布达拉宫，去过海拔五千多米的昆仑山脉，走过将近五十摄氏度高温的火焰山，到过白云飘飘、辽阔苍茫的呼伦贝尔大草原。我之所以能一个人随心而活，丰盈自在，全是母亲给予我的力量，是她言传身教，教会了我勇敢、坚忍、自由……

母亲是二十世纪五十年代初生人，三岁丧母、九岁丧父，没上过一天学，由大她十来岁的哥嫂养育成人。年方十七嫁入夫家，十八岁生育我大姐，又先后生下我、四个妹妹及两个弟弟，共八个孩子。母亲身高不足一米六，体重从未过百，高鼻梁、大眼睛，面容清瘦。

母亲性格坚忍。二十世纪七十年代初，物质生活并不丰富，父亲在外教书，母亲成了家里的顶梁柱。为了多挣几个工分，年底能多分点粮食，母亲跟队里的男劳力一样，起早贪黑地在地里干活儿，手掌上早已磨出了厚厚的老茧，但母亲从不吭声。八十年代，土地包产到户，家里孩子也多了，嗷嗷待哺的弟弟妹妹要喂养，稍大点的要按时上学，母亲更是像陀螺一样忙得连轴转。母亲每天天不亮就起床，准备家畜家禽的饲料，扫地洗衣。接着烧饭做菜，给孩子们穿衣喂奶等。当年幸得我十岁左右的大姐能搭把手，零零碎碎的杂事和照看小孩的事，姐姐分担了不少。作为家中老二，我能一直无忧无虑地在外求学全靠大姐帮衬家里，在此，必须得好好感谢为大家庭做出牺牲、默默奉献的大姐。天稍亮，忙完家务的母亲就一头扎到地里，扶犁拉耙、喷药除草、插秧割谷……母亲硬是用她瘦小的身躯扛起了我家近十亩田地的农作。常听同龄人说起童年吃不饱饭，说真的，不管是吃红薯、白米饭还是馒头，印象中一直在地里用尽全力刨食的母亲从没让我们姐妹兄弟挨过饿。现在回想起来，我们姐弟拥有这样的母亲何其有幸。母亲每晚进家门时都已夜幕低垂，待细心地奶好孩子、喂好牲口，自己才匆匆扒拉口吃的。家务活儿忙完，安顿好孩子，母亲还要在昏暗的灯下忙碌。先是劈柴扎草把，然后备好第二天一家人的口粮。接着不是低头弯腰糊鞋面、一针一线纳鞋底，就是缝补旧衣服。赶上什么节日或开学，母亲还要连夜给我们赶制新衣新鞋。我生命的前二十年，每每半夜三更醒来都能见母亲在不停地忙碌着。“慈母手中线，游子身上衣”，是母亲夜以继日的辛劳才让我们在那个物资匮乏的年代不至于衣衫褴褛。时过境迁，苦尽甘来，如今我们姐妹都已成家立业、生儿育女，母亲从不提她昔日的艰辛困苦，但我们仍能深深体会。饶雪漫在《木吉他的夏天》中写道：“不要轻易用过去来衡量生活的幸与不幸，每个人的生命都可以绽放美丽，只要你珍惜。”

母亲为人慈悲。十年前父亲凌晨突发脑出血，这也是父亲二十五年间的第五次脑出血。当时父亲昏迷不醒，大小便失禁，情况很不乐观，医生束手无策，提议转去当时的武汉陆军总医院试试。陆军总医院的医生会诊后告诉我们唯一的治疗方案是做开颅手术，但最好的结果是成为植物人，最坏的结果是下不了手术台。当时我们姐弟八个都蒙了，我一一打电话征询长辈们的意见，除了三叔三婶建议手术外，其他人都建议放弃手术，起码让父亲体面地回到家乡。最后母亲一锤定音：“马上做手术，成为植物人我认了，我也要他。”我泪流满面地和母亲说：“按医生的说法，就算是个最好的结果，父亲也是植物人，那漫长的护理工作你能承受吗？”母亲坚定地说："我可以！"面对母亲的坚毅，我们做子女的还能说什么，毫不犹豫地在手术单上签了字。七八个小时的手术，我们站立不安、心急如焚，只有母亲一直在一旁虔诚地诵经祈祷。父亲出了手术室直接进了重症监护室，半月之后又转到普通病房。当时父亲意识模糊，已完全开不了口，但母亲每天不厌其烦地定时给他喂六次以上的流食，隔半小时就用棉签蘸水给父亲润嘴唇，每隔一两个小时就给父亲翻身、擦拭身体、换尿不湿。不管父亲能否听到她的话，她总是轻声细语地不停地给父亲讲各种家长里短。手术后父亲抵抗力极差，其间在病房几度感染重回重症监护室，但母亲任何时候都没有放弃希望。后来为了促进父亲中枢受损神经恢复，母亲每天又用轮椅推着父亲去高压氧舱做治疗。在陆军总医院治疗几个月后，父亲的意识开始慢慢恢复。当时所有主治医生都说父亲创造了医学上的奇迹，只有我们姐弟知道这奇迹是由母亲创造的。再后来，母亲从武汉到阳新整整在医院陪护父亲一年多。十年了，父亲的一日三餐都是母亲一匙一匙地喂，一年到头的洗护清洁、穿衣换衣都是母亲在做。母亲还是父亲的拐杖，父亲一步都离不开母亲的搀扶。都说久病床前无孝子，如果没有母亲十年如一日尽心尽力的照顾，我不敢想象父亲的结局。母亲如今已年过古稀，但她清楚地记得每个子女的口味，每次回家她总会做上一桌我们喜欢的饭菜，离开时她总会倾其所有给我们准备各人喜欢的土特产，给我们创造出其不意的惊喜。惊喜是平凡生活的救赎，让我们得到温暖与快乐。

母亲勤劳持家。如今母亲在乡下不仅要照顾父亲，还做了绿色生态的副业。她养的鸡、鸭、鹅、豚每年达上百只，既能自给自足，每逢过节还能送给亲戚朋友，当然我们姐弟每家一份从没缺席。母亲的菜园一年四季生机盎然，每个当季的菜品没下过五种，供我们一个大家庭吃还绰绰有余，有些稀缺品种全村都分着吃。

母亲待人善良。无论是远亲还是近邻，无论是子女还是儿孙，她都一样关爱，一样心疼。记忆中母亲从来没有对她这么多女婿说过一句重话。她总是把好吃好喝的留给别人，宁肯自己受苦受累，却从没有说过一句怨言。年龄大了，孩子们给买的东西，她总是想留给孙子孙女，常常东西放坏了，她也舍不得吃。她再忙都记得养育她的哥嫂的生日，一定在当天带上礼品回家陪我的舅舅舅妈吃饭。

母亲是懂得感恩的，母亲是具有智慧的，母亲是勤劳勇敢的……母爱如海，似乎我怎么写也写不完母亲的平凡和不平凡。“女本柔弱，为母则刚”，母亲几十年如一日含辛茹苦地操持了我们家的生活，始终乐观、坚强。她告诉我们一家人的幸福其实很简单：厨房里的烟火气，餐桌上的其乐融融，在各自的圈子里有序忙碌，然后一起慢慢变老……

“谁言寸草心，报得三春晖”，终我一生都无法报答母亲的大恩大德，只能趁当下珍惜与母亲的每一次相聚、每一次交流。

儿子二十啦

时光太窄，指缝太宽，二十年倏忽而逝。分娩的阵痛还历历在目，你已翩翩成年。

时光，是一位最负责任的刻录大师，总是不急不慢地将人生的每分每秒真实铭记。

一天天、一月月，一年三百六十五天的时光，在不知不觉中从指缝间悄悄流逝了。

二十年前的农历十一月十六，着急看世界的你迫不及待地降临。面对三斤多重、孕七个月早产的你，我虽有初为人母的喜悦，但更多的是害怕和担心。你在我的惶恐不安中一天天成长，从手指脚趾都没完全分开的小可怜到胖嘟嘟的小可爱，恍惚中，你八个月大了，身体也渐渐强壮起来。

从咿呀学语到蹒跚学步，你一直都在我关切的视线内。时钟嘀嘀嗒嗒，转过一圈又一圈，你也开始踉踉跄跄满世界奔跑。

时光，一直在；成长，一直在。我看着你一天天长大，看着你走入幼儿园。

因为当时的收入情况不乐观，你也成了留守儿童，从此我们母子开始了长达八年的聚少离多。八年的光阴，只有寒暑假属于我们。你的童年，我来不及认真地参与，没办法悉心地陪伴，多亏你外公外婆精心照料。这份恩情，我们母子应该终生典藏并及时回报。

时光若水，莞尔一梦。岁月在流转，生命在演变，你在亲情的呵护中穿越一季季寒来暑往。

四季轮回，转眼你十六岁了。我们从杏花烟雨的绍兴走到人间美好的蓬莱仙境，我们从“三千奇峰、八百秀水”的张家界走到“风萧萧兮易水寒”的燕赵之地。谢谢你！亲爱的儿子。谢谢你陪我看过人间无数风景。因为有你的陪伴，我在春花中欣喜，在夏凉中写诗，在秋月下沉醉，在冬雪中起舞。

你十七岁时，我告诉自己：你已长大成人，可以独自看世界了，我也该放手了。于是你独自去到天涯海角，独自走出国门。

十八岁的你上大学了，独立性很强，有自己的主见。走到哪里，都不再让我担心。

总有一些路，是一个人的旅程，总有一些坎坷，是一个人的坚强，最美好的未来，是不断地向着有阳光的地方行走，那些岁月风烟漫过的地方，便有最美的风景。亲爱的儿子，生活不只有眼前的苟且，还有诗和远方。大胆地往前走吧，最好的自己永远在路上。

十九岁的你有了自己的心思，话明显少了，沉默了，也不再总往人堆里凑热闹了。

天若有情情亦真，行走在红尘岁月，愿你用心感受真情，用心领悟真情，静静飞翔。

此去经年，唯愿你一直笑容暖暖。

今天你二十岁了，懂事如你，善良如你。一大早起床做好一桌饭菜，犒劳我这个不称职的母亲。儿子，妈妈谢谢你！谢谢你做我的儿子，和我一起走过美好，留下最温柔的印记，留下那么多让人心心念念的美好的事，让我在风中雨中回望，仍心怀一抹温度。

谢谢上苍让我们有缘成为母子，让阳光暖一点，再暖一点，让日子慢一些，再慢一些，余生且长，我愿陪你看一路风景。

时间，一寸寸在指尖滑落，一声声生日快乐的祝福，唤醒了我心底尘封的往事。儿子，每个梦都曾背负过枷锁，每段青春都曾蕴含过苦涩。真实的世界，没有岁月静好，只有暗潮汹涌。但用爱照亮的光阴，再长也不会晦暗。妈妈希望你一直做个善良、真挚的人。我们终将幸福，在这个世界里，请深情对待生命中有缘遇见的每个人。

但凭酒茶

我是个矛盾的结合体——出门后就动若脱兔，左手浓酒右手烟火；在家时就静若处子，左手淡茶右手诗书。酒之于我是生活的调味品，“我之于酒，兴高于量。陶然而不醉”；茶之于我是日常的滋养品，“圣贤入盏守望许你来生，圣洁入瓯静候许你今世”。酒出得红尘，热烈且多情；茶归于宁静，单纯且淡泊。无论是品酒还是品茶，皆为一种人生体验。出世入世皆修行，“人间有味是清欢”。

中国素有“酒的故乡”之称，酿酒历史悠久。在原始社会时期，人类就已学会酿酒。陶渊明说：“仪狄造酒，杜康润色之。”酒按制造方法可分酿造酒、蒸馏酒、配制酒三类；按酒精含量可分高度酒、中度酒、低度酒三类；按商业经营可分白酒、黄酒、果酒、药酒、啤酒五类。酒之盛行，文辞难表。国人十有七八喜欢喝酒，文化也就在酒里流淌绵延。

酒历来都是文人墨客表达情感的载体：邀约小聚要来一杯温暖的酒，“绿蚁新醅酒，红泥小火炉。晚来天欲雪，能饮一杯无”。久别重逢要来一杯痛快的酒，“主称会面难，一举累十觞。十觞亦不醉，感子故意长”。置酒会友要来一杯豪放的酒，“人生得意须尽欢，莫使金樽空对月”。悲辛愁苦要来一杯洒脱的酒，“莫思身外无穷事，且尽生前有限杯”。驰骋疆场要来一杯旷达的酒，“葡萄美酒夜光杯，欲饮琵琶马上催”。意气风发要来一杯豪迈的酒，“相逢意气为君饮，系马高楼垂柳边”。惺惺相惜要来一杯鼓励的酒，“今日听君歌一曲，暂凭杯酒长精神”。了悟人生要来一杯哲思的酒，“对酒当歌，人生几何”。排遣寂寞要来一杯孤独的酒，“举杯邀明月，对影成三人”。痛失吾爱要来一杯无奈的酒，“红酥手，黄縢酒，满城春色宫墙柳”。感谢酒，丰富了文人的生活，开解了文人的人生。

我辈也当“休对故人思故国，且将新火试新茶，诗酒趁年华”。

中国是茶的故乡。唐代陆羽的《茶经》是中国第一部关于茶的专门著作，被誉为茶叶百科全书。魏晋南北朝，已有饮茶之风。饮茶之风在唐朝时普及全国，至宋朝时流行斗茶。按照茶的加工方法，可分为绿茶、白茶、黄茶、青茶、红茶、黑茶六大茶类。绿茶属于不发酵茶，重在杀青，味鲜爽略甜；白茶属于微发酵茶，重在萎凋，味厚滑毫香；黄茶属于轻发酵茶，重在闷黄，味甜且醇；青茶属于半发酵茶，重在做青，味馥郁花香；红茶属于全发酵茶，重在揉捻，味厚醇浓郁；黑茶属于后发酵茶，重在渥堆，味醇厚奶香。茶文化源远流长，可以说饮茶是中国人的一种生活方式。“柴米油盐酱醋茶”是大众生活层面所需的饮茶，而“琴棋书画诗酒茶”体现的是大众精神层面追求的品茶。

饮茶历来是幽人雅士追求生活情趣的一种方式。以茶雅志，以茶立德。有独酌自饮的清幽，也有集会联谊的雅趣。一杯茶，一方天地，一刻清闲时光。茶可洗去身心疲惫，“洗尽古今人不倦，将知醉乱岂堪夸”。茶可温暖治愈心灵，“寒夜客来茶当酒，竹炉汤沸火初红”。茶是流离之后的感慨，“酒阑更喜团茶苦，梦断偏宜瑞脑香”。茶是宁静之后的启迪，“矮纸斜行闲作草，晴窗细乳戏分茶”。茶是故人是挚友，“味浓香永，醉乡路成佳境。恰如灯下，故人万里，归来对影”。茶是清逸的，是惬意的，“石碾轻飞瑟瑟尘，乳香烹出建溪春”。茶是四季记忆的集合，每一杯茶都是一段旅行，就让我们权且“无由持一碗，寄予爱茶人”。

大千世界，芸芸众生，每个人都在背负中前行。无论畅饮怡心，还是品茶论道，都应“无执执之念，无萦萦之心”，坦然拿起，淡然放下。

“十蝈千骄”之“酒境”

人到中年，上有老下有小，总有操不完的心、忙不完的事，人生参差，生活实苦，但总有可取之处。相比亲情的责任担当、爱情的纠缠炽热，友情就像此时窗外的那一抹淡绿，温馨而轻盈，更让人轻松、愉悦。除了读书时代的朋友，我后来的友人都是一茬一茬的，阶段性或地域性的，想要长久却充满障碍，也充满变数，但也有例外，譬如文友“十蝈千骄”。“十蝈千骄”十人芳华各具风骚，我们因文相识、因情相知、因缘相守，我们在烟火里欢喜，亦在俗世中天真。隔三岔五，我们围炉夜话，我们开怀畅饮，我们亦同题作文，我们身在世俗，却不同于流俗，这或许也算行走在世间最好的底色吧。

“十蝈千骄”的聚餐历来似叽叽喳喳的家宴，一席家宴是团聚，是美好，是温情，自然少不了酒这个媒介。千言万语在心头，不如举樽干一杯。三杯两盏淡酒下肚，虽不及杜甫笔下“酒中八仙人”各种栩栩如生之醉态，但各自的“酒境”也有二三分明。

我将喝酒分为十重境界，“十蝈千骄”各占一重。

袁老师是“十蝈千骄”的老大，但他老当益壮，喝酒一马当先，更难能可贵的是他是一个全能型选手。袁老师善饮且肯饮，日常三杯白酒打底，再劝再饮边劝边饮，不服者尽管放马过来，不止一次听说他一顿可饮九杯白酒。他的酒与他的诗一样，不鸣则已，一鸣惊人。花甲之年的他还能如此豪饮，佩服之余我想也许袁老师喝酒已达十重境界——已臻化境了吧，“醉后不知天在水，满船清梦压星河”。

大明哥是二十世纪六十年代生人，看似腼腆羞涩实则风风火火，酒桌上话不多酒却狠，自始至终左一圈敬过来右一圈打过去，从不主动叫停且来者不拒、从不失礼，更让我刮目相看的是从未听说他真醉过。我想大明喝酒应该已到达九重境界——震撼人心了吧，“天子呼来不上船，自称臣是酒中仙”。

贾二爷属狗，生性可爱勇敢，喝酒从不怯场，但喜欢别人劝来劝去。“生命以痛吻我，我却报之以歌”，贾二爷的酒友很多、酒局不少，无论曾经伤害几何，酒杯一端，相逢一笑泯恩仇。贾二爷姓“劝”，只要你巧舌如簧，他便酣畅淋漓，大不了躺椅一倒鼾声如雷。贾二爷喝酒大抵应该已达八重境界——如癫似狂了吧，“呼儿将出换美酒，与尔同销万古愁”。

余老师是书法高手，严谨内敛，酒桌上亦是一丝不苟，该喝的酒不该喝的酒门儿清。当举的杯他从不含糊，一口一杯亦不惧，哪怕喝至翻江倒海也绝不含糊，但他不想举的杯，纵有万千理由他亦不为所动。余老师喝酒爱憎分明，懂我者我悦者酩酊大醉又何妨。余老师喝酒大概已达七重境界——酩酊大醉了吧，“酩酊醉时日正午，一曲狂歌垆上眠”。

曾经的我也算酒场老手，自恃有几分酒量，喜欢闹酒。我要么不端杯，要么从头到尾不洒一滴酒，敬好该敬的酒，陪好该陪的人，结果往往是朋友稳如泰山我却烂醉如泥。端起杯，我气吞万里如虎，放下杯，我坐山观虎斗，无论哪一个都是真实的我。如今，我早已退出酒的江湖，怀想当初喝酒差不多应该到了六重境界——烂醉如泥了吧，“三更酒醒残灯在，卧听萧萧雨打篷”。

石老师是多面能手，曾是优秀的语文老师，而今音乐课上得有声有色，一手烹饪玩得转、一手麻将玩得活，酒桌上更是当仁不让。三五友人小聚，她从来都是当之无愧的女性喝酒代表，白的一两杯过后啤的再来一两瓶，两轮电驴照样骑回家。我常常惊叹于她旺盛的生命力。我想石老师喝酒至少在五重境界——酣醉如梦了吧，“我醉欲眠卿且去，明朝有意抱琴来”。

杨露小妹乐观爽朗，虽是“八〇后”，但深谙人情世故。酒桌上的她有理有节，怎么敬、从谁敬，她心如明镜，什么时候该敬、什么时候歇息，她一清二楚。敬酒时她大方得体、滴水不漏，坐下时她顾全大局、审时度势，这是我在她这个年龄望尘莫及的。我想这个重庆妹子阳新媳喝酒约莫在四重境界——沉醉难舍了吧，“明月几时有？把酒问青天”。

“江南”喝酒与她的作品一样低调不张扬，她近年的写作进步神速，日趋成熟完美，酒量虽不见长但酒品颇有长进。“江南”喝酒分寸感把控极好，一般的场合一般的人，她从不轻易起杯，但觉得该端酒杯她丝毫不马虎，主动起身满斟满敬，家乡的桑椹酒她能一杯又一杯往肚子里灌，杯杯有满满的故事和温度。我想“江南”喝酒应在三重境界——浅醉舒畅吧，“九环宝带光照地，不如留君双颊红”。

琼枝老师热情包容，她不善饮且身体有恙，但为活跃氛围，每每开席她都会主动斟上半杯，作为群主提议酒喝好、饭吃好。琼枝老师喝酒有自己的技巧，半杯酒对一桌人她能应付自如、宠辱不惊。在身体允许的情况下，她偶尔也会多喝一点，让自己微醺，尽可能不扫大家的兴。我想琼枝老师喝酒应在二重境界——微醺回味中吧，“拼却日高呼不起，灯半灭，酒微醺”。

一姐大气豪爽，她的酒与作品轻易不出手，出手必有反响。她请客备的是洋河梦之蓝 M6，吃的是野生鮰鱼，但她的酒量纯属友情赞助，能喝上一两瓶啤的都属不易，庆幸的是，就她这点酒量，还时常肯拿出来秀秀，吆喝大家撸起袖子甩开喝。我想一姐充其量只能算是一重境界——小酌宜情吧，“晚来天欲雪，能饮一杯无”。

十人饮酒十重境界，亲爱的你又在哪一重呢？说到底，人生都是一场旅行，旅途中有人活出了繁荣，有人参透了虚无，仅此而已。如此说来，“世事浮云何足问，不如高卧且加餐”。就让我们活在当下、活好当下吧，“莫思身外无穷事，且尽生前有限杯”。

泉井毓秀

周末，丽日暖人，出县城经黄阳穿小路，途经“牡丹世家”鎏金牌匾高悬的新屋下庄的舒家宗祠。这是我第一次看到祠堂牌匾上写这几个字，因今天探访的邻村泉井湾也是舒姓族人的聚集地，我好奇心陡增，稍作停留，就在网上搜索了一下。据传唐代文学家、政治家舒元舆作牡丹佳赋，才冠唐朝，得到皇帝嘉许。我不知这一族是不是舒元舆的后裔，但我想他们一定以有如此先祖为荣，才自诩“牡丹世家”吧。继续前行，车子稍后直抵泉井湾祠堂。

泉井湾宗祠为三层仿古建筑，檐牙高啄，雕梁画栋，庄严肃穆。一层大门顶“通经世族”的青石牌匾格外引人注目。相距不过几百米的两个舒姓湾组，其宗祠布局大同小异，牌匾却泾渭分明，这使我陷入了沉思。“通经”意“通晓儒家经典”也。经查阅，舒元舆自幼苦学，锐于进取，十五岁通经术，后中进士，官至宰相。我推测，无论是新屋下庄的“牡丹世家”，还是泉井湾的“通经世族”，都以文为傲，其渊源估计都与千年之前舒元舆这位舒姓远祖息息相关吧。

谱载，一五三〇年，舒氏的永丰太公来此定居，从龙港镇迁居至山口柳墩庄，后分支到泉井庄、新屋下庄。五百年来，他们于九顶山下世代耕读、生息繁衍，历经风雨而不衰。如今的泉井湾，明嘉靖年间的老井依旧有涓涓细流，碧水微澜，水质甘洌清甜，可直接饮用。村口上百年的老树遮天蔽日、满目青翠，供村民遮雨纳凉。村中偶见两三百年的老屋，青砖灰瓦，斑驳不堪，见证着岁月的沧桑。

现代化的高楼大厦鳞次栉比，已屡见不鲜、不值一提，但几百年的老井、老屋、老树齐聚于泉井湾，实为罕见。我想，这该是一方神奇的土地，人杰地灵，一定人才辈出。果不其然，一查惊一跳。舒少龙，泉井湾人，一九八〇年出生，二〇〇六年取得上海同济大学博士学位，二〇〇七年为美国韦恩州立大学的访问学者，现为上海同济大学博士生导师；舒英杰，泉井湾人，一九七五年出生，二〇一四年取得南京农业大学博士学位，现为安徽科技学院农学院教授；舒全峰，泉井湾人，生于一九九〇年，二〇一九年取得清华大学公共管理学院博士学位，现为清华大学公共管理学院助理教授，清华大学国家治理与全球治理研究院助理研究员。一个只有几百人口的小小村落，竟养育了好几位博士，这真是“江山代有才人出，各领风骚数百年”。

曾经的泉井湾“养在深闺人未识”，今天的泉井湾在众多乡贤能人、知识分子、党员代表的谋划推动下，掀起了一场以“和美乡村 共同缔造”为主题的大变革，推动建设宜居宜业和美乡村的集体行动，并逐渐探索出了“党建引领—乡贤牵头—群众主导—人才赋能”的新模式。

泉井湾人才济济，更难能可贵的是，有着丰富文化内涵和深厚历史底蕴的泉井湾子民都有赤子情怀，走遍天涯路，最爱家乡水，永远愿意为家乡的建设贡献自己的绵薄之力。二〇二四年短短一个月内，“泉井湾大学生乡村振兴智力服务团”和“泉井湾乡村振兴理事会”相继成立，他们以绿色生态、文化突显、环境宜居为出发点，为家乡的发展繁荣出钱出力、献计献策。三月十六日，在泉井湾大学生乡村振兴智力服务团的支持下，泉井湾第一款文创产品“泉井湾冰箱贴”正式推出，成为湾组集体经济企业“泉井湾文化产业发展有限公司”的首款品牌产品，有力推动了泉井湾文化形象和文旅品牌建设。站在山青水净的九顶山下，阳光映照，“梨花淡白柳深青”“一番桃李花开尽”，我仿佛看到了泉井湾的明天——路阔、亭美、山秀、水甜、鸟语、花香、人安，多种产业连片布局，错落有致，欣欣向荣……

这是一个最好的时代，在县委县政府的支持下，在村两委的努力下，在当地乡贤的赋能下，泉井湾迎来了前所未有的发展机遇。相信今后的泉井湾一定会借助“天时”，绘好乡村发展蓝图；依托“地利”，写好特色产业文章；推动“人和”，凝聚共建共享合力。

泉井湾的明天一定会更美好！

沉醉竹泉

五月，时光轻暖，微风徐徐，花香阵阵，清韵流淌。抬眸，满目苍翠，细密的枝叶间折射出柔和的光芒，柔光穿越时空，唤起浅夏的律动。诗意的季节，怎能没有诗意的行走？说走就走，裹挟着驿动的心，我来到了这片茂林修竹的地方——竹泉村。

竹泉村至今已有四百年的历史。这里，泉依山出，竹因泉生，村民绕泉而居，砌石为房。竹林隐茅舍，家家临清流，田园瓜果香，居者乐而寿，这里是中国北方难得一见的桃花源式的村落。

竹泉村，一个不大的村庄，因翠竹、清泉而得名，是中国十大最美乡村之一。

竹泉村虽坐落在鲁中腹地，却有着江南水村的温润与秀美。村口垂挂的三两处瀑布，既没有“飞流直下三千尺”的雄浑壮观，也不似“惊涛拍岸，卷起千堆雪”那般惊心动魄，它不疾不徐，缓缓流泻，却有一份不事张扬的安静与沉稳。

走进幽静古老的小村，竹影婆娑，流水潺潺，鸟鸣啾啾，花香四溢。村中的小路，各不相同。光滑的石板路上，涓涓细流带着四百多年的沧桑，深情地浅吟低唱；石凿磨盘铺就的小路，古朴厚重，蕴含着山东人的豪爽和真诚；裸露着碎石的小径，殷勤地按摩游人的脚底，走在上面舒舒服服，很是惬意。

竹篱小院，石板房子，一溪流水从门口缓缓流淌，满目翠绿，醉了眼，入了心，悄悄告诉你，我喜欢上了这个地方。

抬头看高耸入云的竹，低头看露出地面的笋。竹林大的大，小的小。大片的竹林拔地而起，茂密旺盛、郁郁葱葱，抬头仰望绿荫蔽日，高大而令人震撼。小一点的竹林随处可见，它们散布在村子的房前屋后，三五十棵竹子手挽手、肩并肩，簇拥在一起，秀丽且有灵气，在温暖和煦的微风里，唱着春天的歌。

明月“竹林照”，清泉石上流。我像个孩子一样欢呼着去触摸那清凉的泉水。站在这组模仿圆明园十二生肖的喷泉前，我似乎忘却了时间，忘却了归途，在我钟爱的生肖兔前尽情地嬉戏，用心地聆听。

在“竹林‘隐茅舍’，清泉石上流”的美景中，添几处简单古朴的木板桥，配几处禅茶一味的休憩处，再有一些充满生活气息的悠闲地，无疑是锦上添花。此刻，我好想一个人永远留在这里，“独坐幽篁里，弹琴复长啸”。

路边，横着一架古老的风车，还有一眼深井，一个陈年的轱辘。它们把我带回童年，带到家乡老屋旁的那口老井边，我不由得想起了奶奶，想起了奶奶颤巍着小脚打水的情景，想起了帮奶奶打水的左邻右舍……

走走停停，不失为一种风景。而我更喜欢随遇而安、随心远行的美。

世间的真善美，要用一双慧眼去发掘，一颗真心去善待，世间万物皆美，都有它存在的价值。一竹一水，一草一木，都有它的灵性与意义。竹水相依，竹有了水的相伴，才绘就一幅栩栩如生的水墨风景，人有了情的相伴，才酿造了生活的如诗如画。

若时光就此停住，就用润了绿意的笔，执墨一生的画，描摹璀璨的季节。

玉岸临风

◎袁冠烛

作者简介：袁冠烛，湖北阳新人。自署补漏斋主，爱好古典文学、现代散文、书画篆刻。始终秉持以无为态、交有益友、做开心事、做大义人的信条。出版诗集《思余韵语》、文集《烛影摇红》。现为中华诗词学会会员、中国楹联学会会员、湖北省作家协会会员、湖北省报告文学学会会员。

生命中最美的相遇

文学，是最让人倾其一生精力而追求的事业。它像一首歌，能够慰藉孤独的灵魂；它像一阵风，能够带走烦恼的思绪；它像天空，让人充满遐想；它更像阳光，向世界播撒希望。

岁月的流痕，不断穿梭于生命的轨迹，随处的风景飘零在人生的旅途之中。然而文学，犹如一世的情人，总是伴着你一路前行。

小时候，文学是雨露。它洁净、柔和，用“润物细无声”的柔情，沁漉你儿时的梦想，使它在你的心灵里生根、发芽，绽放思想的蓓蕾。从此，你就有了培植情感的温床，充满了对未来的憧憬。

青春期，文学是小路。它牵引你一路观赏最原始、最悦目的风景。在蜿蜒的伸展中，让你能拓开多情的视野——时而漫步田间，饱览无尽的秀色；时而踏歌河畔，拾掇勃郁的青春；时而穿越崎岖不平的山峦，让你的心头涌起律动的激情；时而面对遥远的蓝天，让你的脚步逐渐沉稳而坚定。

成人后，文学是生活。人生的酸甜苦辣和多彩多姿，你都能从中体味抑或欣赏。它让你感受柴米油盐，品评琐小与伟大的存在；它让你看尽人情冷暖，明辨黑白与是非的演绎。它让你知道，假恶丑哪怕有再完美的外衣，也掩饰不了肮脏的本质，真善美才是人们永远崇尚的目标和人生的主题。

耄耋之年，文学是生命。你能由此聆听到那一弦清音，此刻，相信触动你的不再是哀怨的音符，而是滚动着的爱的流响；你因此如啜饮一盏香茗，借此湔洗愁肠，涤除尘虑，坦荡的胸襟此刻已是包容万物的海洋。你可神交李白、杜甫，一侃庙堂与市井的雅俗，畅倾胸中块垒，讴歌世道的清平；你可与屈子共诵《离骚》，也可与陶潜赏菊南山之下，可让千里之外的长城震撼你颤动的心灵。

文学是一种象征，它是内心的呐喊，又是社会生活的反映。它如引航的坐标，让你永远不迷失前进的方向。一个人没有文学的滋养，可以成长；一个民族若是没有文学的滋养，则是一种悲哀。

文学，是你生命中最美的相遇。

倾听一种声音
——校园文学《新火》创刊号序

我一直喜欢倾听一种声音，那就是大风掠过田野的声音。在大自然的曼妙背景下，风赋予了青山绿水生命——它使原野弥漫着诗情，使森林飘荡着清韵，让大海掀起惊天滔浪，让小草勃发无限生机。它飘逸、多情、啸傲、雄健，永远有一种力量向前涌动，绝不止息。我无数次倾听它的声音，莫名地有一种感动。

今天，我再一次惊喜地听到了它的声音。那是一股飓风，文学的飓风，它犹如相约的情人，向我扑面而来。我惊喜地发现，一群少年才俊高举着青春的火炬，踏着它一路领先，向着未来跑去。

期待已久的画面在这一瞬间铭刻在我们心底：富川校园文苑已然在这股飓风的影响下，悄然绽开了充满生机的蓓蕾，那青春、跃动的生命，犹如熊熊的火焰，在风景灿然的世界里，燃放着生命的激情。

从此我们坚信，在春花烂漫的日子里，它将如春风般温柔，优雅地鼓荡着青春的羽翼，让我们倾听到矫翮的驰响。姹紫嫣红的花圃，因它轻风般抚慰，我们便能在赏心悦目的景致中倾听到青春的萌动。

清阴澄夏之际，我们可以倾听到风掠过麦浪而拂起的蛙鸣。伴着梅子逐雨、荷风摇曳的韵律，我们还可以清晰地听到雏凤在蔷薇架上脆脆的啼叫。

秋天收获的季节，惊飙拂野，摧枯存实。红的、黄的、绿的丰饶的世界，到处弥漫着迷人的歌咏。切时为事的诗思，沉浸浓郁的心声，随着万里长风溥畅而至。

在风摇雨润的寒夜里，我们不难在梧桐窗下听到久违的与古哲先贤相晤对语的声音！李白的叮咛、苏轼的嘱托、韩昌黎的期冀，早已成为一缕缕温煦的和风，汇入新时代的风潮，袂联白雪，笑逐阳春。

我们在这股激情洋溢的风涌中，欣喜地听到薪火传承的脚步声，少年们正带着梦想，迎着希望、向着太阳，如风似火般稳健地向前迈进！

门前那块地

寓止江城，向日逗弄龙凤二孙，掷果含饴，洵为乐耳，竟不知今夕何夕。近日，抱孙游园，我却忽然想起昔时门前的那块菜地来。

二十年前，我的住所在县城北郊，位于单位大院内。因俶迁新址，单位宿舍楼未建成，便删繁就简，将一溜儿布瓦平房隔成几个单元，我租了一套。居室小而有院，面积在六七十平方米。因喜其恬适而幽静，虽窄陋却怡然。曾于书房撰一联有云：“书香惠我省辟谷，斋窄无余思补天。”地在舍院外，芜旷微坡，视界荒残。公谓此处置闲，暂可便私。于是，几家约好，门前留路四米，之外皆作菜畦花圃之用。为图方便，以各家一屋之宽延展，划为属地，每家幸得两三分矣。众窃喜，遂置农具，斫茅垦荒。不一日，门前土地翻新，各得田地十二三块。

我突兀拥有了这一方领土，从此辟疆斥境，治为菜园。工余饭后，这里便是我的根据地，抑或称作第二战场。栽苗播种，锄草施肥，成了我日常生活的一部分。

从小我随父母徙居城镇，从未牵涉农事。犁耕耙耘，仅知其然。虽学制缩短，教育革命使我不至于“四体不勤，五谷不分”，却经“文革”十年，想见其时有人因“自留地”而被“割尾巴”之情景，每自悚然。如今，凭空拥着三分私有之地，竟勾起我十分恭敬之心。由始兢兢业业，未敢一丝疏忽。所幸盛世春风，拂及神州。经营私产之谬，侍弄“毒草”之说，早若云烟消散了，再无划归“资本主义”之忧虑。

我自譬园丁，每日得闲，便“躬耕陇亩”，遇上雨日也不忘巡视三番，可谓矢志不辍。最堪回首处，更在我对“脑”与“体”观念之改变：脑者亦使力，体者亦用智，打破了我过去“脑用心、体用力”的狭隘认识。笃定劳心与劳力，虽各有擅长，却互可皆用，没有治人治于人的贵贱之分。几年间，农家手艺我日益纯熟，耕锄种作之际，每每能使地面方平，垄沟匀直，土块精细，畦厢排列匀整。友邻称我为“绣地匠”，尽日绣花绣朵般，将地打扮得干净整齐。即便春秋往复，我亦知农事更替，不使迟缓或误。二十四节气“春雨惊春清谷天，夏满芒夏暑相连。秋处露秋寒霜降，冬雪雪冬小大寒”，彼时早已熟记于心。

谷雨前后，种瓜点豆。豇豆、扁豆、四季豆、茄子、辣椒、西红柿，我每种必选。其余如冬瓜、黄瓜、丝瓜、南瓜、苦瓜，也少种不缺。一旦种下，便始勤心，早间午后，总会踯躅地头，看看这看看那，好像总也看不够。随手处，时不时拔掉两三根小草苗，也不枉地头走一遭。吃饭时候，更多的是端上碗，跑去地头蹲点，吃着，看着，饭入口，喷喷香。

入市购籽选苗，是种菜的必修课。小白菜、苋菜每每为必购首选，因为它最先获益。而对种子的识别，一般的办法则是看其颗粒饱满与否。再就是对品种的甄选，小白菜籽有高脚白、上海青之分，苋菜籽也有白苋、红苋之别。购好了种子，回家撒在翻整好的地里，或打浅沟，沿沟撒落，再轻掩土，浇上水，几日间便会冒芽泛绿。稍长，则可食用。抑或间大留小，移植他处，不数周，陆续长出菜薹，更能吃上许多时。种植这些别无诀窍，每日不忘浇水、一周分次施肥即可。而对辣椒、茄子等幼苗的选购，主要看其形色，个大、色鲜者成活率则高许多。买回来，放在菜地挖好的小坑中扶正，培土，摁实。坑的深浅不一而论，要看苗的大小，能埋下苗的三分之一即可。有时，一地腾空也会点上一把黄豆、绿豆、花生或玉米，这些植物反正不用多管，可尽享其成。

记得有一年，我种了两棵冬瓜，除了事先埋了一桶打底肥外，就再没浇过水、施过肥。未承想，是年冬瓜竟大丰收。我净摘成瓜五六十个，大的二三十斤，小的也有七八斤。一下子吃不了，我除了送人，还是送人，让邻居羡慕不已。

每年，我都要买一捆把竹，有时也会砍下一些树枝，用来为豇豆、四季豆以及一些瓜果打撑搭架，西红柿也不例外要扎杆支撑。架子要搭牢关键在竹子，入土要深，交叉处还要用小绳扎紧。待到植物藤蔓往上爬的时候，你将看着它们疯长，一下子便绿荫密匝，果实累累。我特意将丝瓜和扁豆种在地的尽头，让它们靠着大院围墙，这样我也就不必为它们的藤蔓操心。

三月下旬四月交初，附近农友大多会送我一两把红薯苗，趁阴天或下雨之日我会挖一方地插上，除了开始浇上一两回粪便，以后也不用打理，到时只需享用红薯杪的青嫩香味。秋后，还可收获来自地下的惊喜。

夏秋之际，或是立秋前后，我总会用一两天时间将下禾的菜地一次性翻挖平整，再选购白萝卜籽、大蒜籽播种，叶子菜也多选大白菜、空心菜、包菜、芹菜、红根菠、茼蒿栽植，有时也栽几十株红菜薹，以待春头青黄不接时食用。若是街市遇上有卖藠头苗的，也会买回一把分种一方地。而香菜、大葱、胡萝卜、芥菜及芋头，我却从来没种过，其实这几样是我平时之至爱。至于小葱、韭菜，则是一劳永逸的地间极品，只要你将它们移植一次，在地头留下那么一小块，兼及施肥浇水，日常便足以够用。

如此侍地数载，种有所乐，收有所欢，摘菜送人亦平添了不少善缘。门前那块地，带给我生活的乐趣实在是太多太多。亦如今日之弄孙，总能使我沉醉于心。我感恩上苍让我在劳动中强健体魄，在实践中获得真知，于平凡处品尝知足。那块地，是我生命中的风水宝地，是我感知中的禅悟圣地，是在且行且珍惜中用来抒发情怀、涤除尘嚣的理想高地。它濡润了我的精神，丰富了我的生活，拓宽了我人生的视野，让我至今都回味着它的恬淡与温馨。

人生四友

人生不过百年，得意处莫如呼朋唤友，沽酒携游。历名山大川，赏风花雪月，醉心于山水，放浪于林泉。搜尽奇峰，而蕴琅玕之才；饱览风物，则颂汉唐之世。兴起时，联袂赋诗，评茶逗趣。或于静室之中，坐听窗梧之雨；或于繁忙之余，对局纹枰之上。神思妙运，相谐于心，岂不是人生一大快事！

古语云，物以类聚，人以群分，是很有道理的。人与人的交往，一般能够引起感情呼应，气息互通。有投分交亲者，有反目成仇者，有易敌为友者，有弃情不义者。两两神契，可相交以忘年，事事违心，则分道而扬镳。世态炎凉，人情冷暖，黑与白，爱与仇，尽在之列。

世上人除血缘亲情，多半由往来而成交，交往的结果大概可分为两大类。一类是交往之际成为朋友。他们心心相印，情深意长，哪怕是淡水之交，亦可双双交好。灵犀一点，千里万里尽可气脉相连、同声相应。轩冕可弃，故交不忘。另一类是交往过后互生仇隙，两厢交恶。志不同不相为谋，交在面上，恨生心头。所闻之是非其所愿闻，所见之事亦非其所愿见，而表面文章做足，外以欺于人，内以欺于心。

通常而言，人际交往的朋友有四个层面，我们将它归纳为四种称谓，即花友、秤友、山友、地友。这四友与我们的日常生活和人类交往有着密切的关系。

花友，是指一切与你有过交往，而交情浅浅、互无利害的朋友。这种朋友大多是一面之缘，或点头称交，面识为友。交不为利，往不谋禄，正所谓杜老夫子说的“人生交契无老少，论交何必先同调”。这种朋友无论是哪个圈子、哪一阶层，士夫走卒，均可概论。

秤友，是指有一种朋友如秤杆一般，他与你交际先要称量你的价值。

利则通好，甜言蜜语可直贯你的双耳，更极尽谄媚之能事，让你胸襟为之鼓荡，气息停滞不畅。如果你不能方便其利益，他则与你形同陌路，两眼尽可长在脑角之上，势利之态，令人作呕。

山友，则是指友谊厚积如山，情重愈过手足的那些朋友。危难之时，他们让你背有靠山，脊梁自挺；为难之处，你行他能相扶，你止他可安慰，渴有清泉，热有绿荫。新雨初逢，倾盖如故；老友相遇，推心置腹。其上交不谄，下交不渎。切切偲偲，嘤嘤其鸣。

地友，是指一种境界很高的交友关系。他今日不新，明日不旧。眼无仇人，心无敌意。恩不言报，爱不张扬。节操如凌云之竹，缥缈淡定；胸怀若临谷之兰，幽香飘然。他唯诚，唯实；可靠，可信。一生一死，乃知交情；一贫一富，便知交态。仰可揖清芬，别能长相忆。

为此，我专赋一绝，以辨四友之异，诗云：

（花友）三教九流如蚁密，（秤友）墙头立草顺风栖。

（山友）同舟共济遂君意，（地友）博大胸襟来去归。

有人说，相逢是天意，交往是缘分。

无论文友、诤友，还是赌友、酒友，其实都是四海兄弟。孔子有云：“益者三友，损者三友。友直，友谅，友多闻，益矣。友便辟，友善柔，友便佞，损矣。”我们不妨放下姿态，持平常心，就益避损，同明相照，同类相求，结朋邀友，作一回天地之神游——

每逢春日，三三两两，踏青郊外，与花儿对语。晨曦夕照之下，烧烤野炊，看柳舞春色，塔撼云天。水中樯影炫目，树上鸟鸣悦耳，生机勃勃，尽可教心胸爽朗，思驰千里。炎炎夏季，朋友遣兴纵情，可携风儿同行。水榭楼台，河岸树荫，正是绝好去处。十里湖光，荷香扑面；一亭风月，景色可观。划着小船，摇着小橹，哼一曲采莲段，可消一身暑气。秋收之时，三五成群，可与丹枫相约。踏遍那稻香鸡鸣的田野，玩遍那橙红橘绿的垄丘，让一袭彩霞披挂肩头，一同醉倒在山水农家。隆冬腊月，朋友相逢，可动踏雪之思。岭南泽畔，悬崖峭壁，尽可观那红梅枝头，浮香吐艳。待到夜幕降临，大家围炉而坐，话桑麻稔岁，序大块文章，当是何等的惬意。

噫！相交朋友情尚在，朵颐人生味自知。

一个人行走

古来隐士大多喜欢独居，好像牵萝补屋，醉卧白云是很可心的事。读及他们的一些逸闻，也自觉林泉之乐，诗意盎然。三径不为客扫，五柳偏留舟住，无拘无束的心态，当为世人艳羡。然则，我却更仰慕行走江湖的侠客。一个人，一柄剑，抑或一支箫，一布囊，山水之间，行踪飘忽，啸傲从容。所得之惬意，恐怕在梦中都要溢出来。

一个人行走，思想最是信马由缰。孤旅之中，作无为之思也好，作有益之想也罢，那是一个人的事。兴起时，你可思驰千古，游魏晋，历汉唐，神晤张颠、李白、苏东坡。闲适处，亦不妨想想黑白之道、云来何往。无聊之际，动念一下问柳、摘花之心也无不可。或者，你突然豪情万丈，激起了忧国忧民之慨，发出一声可歌可泣之喟叹，则倒真令人肃然起敬了。

一个人行走，视野得以骋骛天下。外面的世界，总是精彩纷呈。你可看到浮世绘，也可漠视炼狱。但五岳之雄奇，四海之广阔，无疑能拓宽你狭隘的神经。雨中，你正踽踽独行于旷野，说不定你会像杜甫一样悲歌伤秋；乡里，你为民情所获，欣以击缶而颂盛世。纵然览胜，你也会触景生情，独抱范公仲淹之胸襟，指陈庙堂。你哭而读《离骚》，笑而舞“椽笔”，人间风景，哪怕一枝一叶，你莫不关情。

一个人行走，羽翼自会日趋丰满。正如人的一生从少到老一样，一个人行走，也会有一个从幼稚到成熟的过程。初涉旅途，你可能惧暑畏寒，偶遇暴风骤雨，抱恙而踌躇在所难免。然而，久历江湖之后，一个人则可以直面飙尘。蜂针蝶粉，能历练你的精神意志；雪剑霜刀，便造就了你的品性人格。阴霾密布之时，你可擦拭新添加的羽毛；晴空万里之日，你就振翮翱翔于青云之上。

一个人行走，生死却亦无关紧要。其实生与死，同名与利一样，是人们心头之最痛。而对于孜孜独行者，它们却更容易在行进过程中被远远抛掷。想想一个人行走，远离尘嚣，无忧无虑，何患得失？那么，谁还愿意背负着这身皮囊累赘，去行走天涯？由然，你的心性澄明，胸怀爽朗，是很自然的事。你左不瞻而右不顾，一心只在旅途，只要行走就好。

说来也是，作客行旅，天地任由你丈量，风景任凭你游目，是很得意的。何必斤斤计较于荆棘刮花你的衣衫，路石绊住你的脚掌？一个人行走，没有晦明之别，没有荣辱之分，没有争斗之险，没有矛盾之惑。在你一个人的世界里，尽可以疯，可以傻，可以痴，可以狂。

如果你正在彷徨，那么请不要犹豫。要想考量自己，认识自我，无妨选择一个人行走。

坡山掠影

阳春三月，天气清新，蜗居县城日久，未免不作郊游之想。徘徊间，恰值老友南城先生来电，嘱邀圈友径赴枫林镇坡山作一日之游，并称此议为枫林镇政府所倡，谓之文人雅集，以继兰亭盛事。我欣然允诺，如约前往。

这是一个大晴天。天空蔚蓝，高旷而深远，云淡，风和，日丽。四野空青撩人，秀色可采。微风拂过，轻柔任爽。山色青苍，层峦积翠，鸟鸣悦耳，溪水潺湲，春意遍布于园田村舍。垄上畈间，更有清香扑鼻，油菜如潮，黄花若浪，灿灿然目为之荡，而心为之怡，确是寻芳胜日。

一行十数人，在镇中稍作盘桓，便携带干粮饮水，直往坡山进发。不一刻钟，抵坡山塘村，车道渐止，只得弃车而行，折上一条山道。芳草萋萋，屐痕新染。道旁多腊米（即吴茱萸）、香椿，嫩芽初长，姿色可人。一方水塘横卧村后，犹如一面镜子清澈澄莹。涓涓细流自坡山而下，淌注此间。虽非雨季，却闻落涧之声。塘中有土屯鸟，类鹅似鸭，双双对对，在清波中游弋，自由自在。

有张姓村民荐作向导，无须觅径，直入坡山。上行，路渐宽，似可通行货车，一问始知乃新辟车道，以利竹木贩运。行三四里，大道弯行别处，我们只好续走小道，随向导钻进丛林，以求直达。虽是荆榛蒙密，灌木森沉，路却有形，堪堪可过。时有凉风吹至，令人舒畅。一路停停歇歇，并不寂寞，短松离离，奇石诡诡，目及固隘，却也有灵奥可观。因触所感，俄顷成《坡山行吟》一诗，云：

林间风朗朗，岭上影重重。
路曲引蛇迹，崖悬突蚪峰。

一行访鹤客，半壑落云松。

邈与嚣尘绝，遐幽荡在胸。

诗思间，听得友人大呼：“已至高峰，不复有径。”遂急前行，果见嶙峋数石，或兽蹲，或人立，张势竞形。旁多丛竹，弥衍相衬，独显坡山造境之殊。友人攀立岩石，狭而仅容三五人。临风啸傲，大有“一览众山小”之慨。

四顾坡山，势如海浪，山洼如波痕，一道一道；山峦若浪峰，一幅一幅。层层叠叠，连连绵绵。村人称，坡山素有“九十九个洼”之说，传为秦始皇赶西塞山时，认定坡山为龙头，以为龙头一动，群山必随，竟连鞭九十九下欲以降之，未想坡山岿然不动，只落下九十九条洼。我们睃巡一望，果见由山脚向上，一条条山筋挑起，引无数条山槽，好似一把伞骨，四围之山峦，又恰似一帧帧伞面，宛如一把巨伞匍匐撑展。向导说，此即俗语“岚界一面旗，坡山一把伞”之起源。

坡山，原名碧云山，是我久已心仪之地。它东望九江庐山，西衔本邑大德山，北峙富池镇鸡笼山。海拔四百九十一米，山势突兀巍峨，夷险居半。群峰拱卫，环亘数里。主峰北侧，悬崖峭壁，凭临远眺，长江如练，浩浩然气象万千。峰顶坦缓，犹如楼台，登临纵览，烟村市井，如蚁如芥，尽收眼底。

碧云山改名坡山，与苏东坡有直接关系。史载，北宋元丰年间，东坡谪贬黄州后再调汝州做团练副使。苏东坡在赴任汝州的途中，近道往江西筠州探望其弟苏辙，夜宿枫林石田驿，因闻碧云山之瑰丽，故登临一游，从而留下千古佳话。

坡山胜迹弥多，碧云洞可称一奇。因罕有人至，路径早已没于荆棘之中。村人介绍，碧云洞地处峰下三十丈，高五丈、宽二丈，深行则五十丈有余。洞有石室，宽敞明亮。石桌、石椅、石床、石盆等物，悉布其间。古来多有隐士居此。

一方山水一代精英，名山名水多与名人并驱。坡山之仙人盆，实为明证。仙人盆，位于坡山学堂之侧，是一个天然的凹池，一丈见方，形如石盆，有泉汩出。一年四季，池内之水不涸。相传苏轼当年游山时曾题一诗，曰：

山高石广金银少，世上人稠君子稀。
相交不必尽言语，恐落人间惹是非。

可惜坡山学堂今焉不存，迹无可考。传说苏轼诗毕即在仙人盆中洗笔，墨落池中，洇洇晕晕，一池清水变成墨色，从此仙人盆便唤作洗墨池。

其实若要游览坡山胜境，净室寺、木鱼庵两处古刹以及观音洞不可不往。但坡山北侧之净室寺，坡山东麓之观音洞、木鱼庵，却因年代遥远，今人难窥其曩昔繁盛之况，只好置此不赘。

坡山物产丰饶，当推犀牛角、响铃石、仙人韭和贡茶“四宝”为最。犀牛角乃传说中之稀物，恐怕常人难得一见。而响铃石，老辈人确曾亲手把玩。其大如鸡卵，外圆中空，摇则叮当作响。

仙人韭为坡山野生，因独采坡山之灵气，朝露日浴，粗根长茎，香味充盈，既不同于别处，又有异于家植，冠以仙名，足见弥珍。坡山云雾茶，驰名千载。史载，坡山所产之“碧云凤髓”茶，被列为宋室之贡品。

与坡山茶海相称的是坡山谷仓，彼在坡山西腰。名其谷仓，是因此处有一屏悬崖峭壁，其呈金黄之色，像正晒稻谷的稻场一片金黄，人们相传这峭壁后隐有一座大谷仓，里面贮存的金谷取之不尽，出晒不完。

虽是戏谑之言，但其悬岩平削、黄灿夺目的风景，犹如一轴大幅水墨山水，炳绚焕彩，当为坡山一绝。

坡山历史璀璨，非独地理奇特，更在人文蔚起。其南麓漆坊村，是清朝翰林院编修陈光亨的故里；其西麓大畈村，为明朝中叶太仆卿刘守绪之出生地；其北麓大坡村，更是人杰地灵，仅清代嘉庆至光绪百余年间出仕和高中者多达四十人。如今在此还可搜寻太守第、太史第、广文第之故迹。刘珂一家公孙四代五进士，其中有官至兵部武库司郎中刘方回等。刘凤玉，官至知府，待他辞官返乡相继为乡亲建起枫林、大坡、黄桥等多座石桥。

坡山一瞥，概而不全，然抚今忆昔，则多感慨。昔日苏轼至此地何其有幸山因其名，水沾其泽，千百年间竟引得佳话不断，人文焕灿。至如今，坡山更是成为枫林镇旅游开发之重地，盛世嘉举，千载风貌，一展新颜。今日畅游，心之骋骛，能不飘飘然也？！正是：

千载碧云悠未闲，风流斯韵在坡山。
烟村若染荆关意，霞岭犹开尧舜颜。
谁上晴空振翩舞，我凭沧海踏歌还。
昔年苏轼如相问，必赋瑶笺一醉间。

鄂西驿记

早些时候听法师们说，会有一次远行，是到令人神往的神农架去。当时，我不觉得这与我有关，虽然那是我神往的地方。二〇一三年六月二十二日，省佛教协会副秘书长演觉法师打来电话，说神农架之行在即，问我有兴趣同行否。我未假思索就一口答应，既为此次机会的难得，又为曾经拥有的梦想。

二十四日上午，我坐上演觉法师自驾的越野车，应省佛教协会会长正慈方丈之约，来到坐落在黄石磁湖畔的慈湖禅院，与方丈他们会合。然后，大家配备必需品，于十一时吃过午饭后启程，正式开始了鄂西之行。

第一站：宜昌古佛寺——绿荷添禅韵，雅茗溢清香

与正慈方丈出行已不止一次了，每次都有所获。俗话说："读万卷书，不如行万里路。"而与方丈在一起，不仅仅是"行万里路"这么简单，更多的是被这位佛学硕士的人格魅力所感染，在心灵上得到一次次的净化。

这次西行，是正慈方丈作为省佛教协会会长的又一次佛事调研行动。我们一行有正慈方丈、演觉法师、司机兼摄影师显峰先生、《佛教在线》记者小晨居士和我，在武汉会齐汉川圆通寺住持净觉法师后，六人一车，直上汉宜高速，往我们首个目的地宜昌进发。

越野车穿行于江汉平原腹地，举目四顾，一马平川。原野秀色，随车变换，或晴或雨，青翠抢眼。公路两边的远处，时常可以看到耸立云天的楼宇和安详静逸的村庄，我们不时地赞叹祖国万里河山的壮观美丽、浩瀚无涯。

一路欣赏，一路欢愉，有时听着车中播放的音乐，听听方丈的随缘开示，就这样五六个小时的行程眨眼的工夫就结束了。下午六时，我们在宜

昌古佛寺住持根定法师和小高居士的引领下，来到了宜昌市儿童公园门口。在这里，我们远远看见一两百名居士已经排成了夹道，他们手捧鲜花，声声唱诵，早已做好了迎请正慈方丈和诸位法师的准备。那两排队伍就像是两条蛰伏的长龙，首尾呼应，欲欲振飞。

古佛寺，一座从元代就建立的古老寺庙，坐落在儿童公园内。古色古香，小巧玲珑，我尊称其为袖珍佛国，因为它除了小，具备了佛教道场所有的规格。在不到二亩地的院落内，它古朴典雅，坐落有致。大殿森森，庄严肃穆，佛祖神像、罗汉法身，无不威武凛然。暮鼓与晨钟被巧妙地安放在二楼的楼道两端。法堂、经阁，各序其实，相得益彰。就是那燃香放爆之所，在殿外依然故我，教人遐思。更有特色的盘香，与别处的燃烧方式迥然不同，它悬挂在屋椽之上，青青袅袅，缕缕如丝，香萦佛天，恰与庙外公园的荷香遥遥相济，沁人心田。根定法师说，那池绿荷在以前原本是庙产，只是几经兴衰，不复所归。现在它隶属儿童公园，让人们于繁忙之余，漫步于斯，得以小憩，却也是归得其所了。

根定法师是一位有心人，晚餐过后他请方丈和法师们到他的“三宝茶庄”品茶。寺院办茶庄是根定法师的主意，根定法师说：“经营茶庄，禅茶一味，固然是一大特色，更重要的是以茶道为载体弘扬佛教文化。”大家就这个话题，你一言、我一语地做了更深刻的讨论。正慈方丈最后总结说：“佛教之所以能够做大，其根本原因在于它与时俱进。我们弘法，首先就要有与时俱进的胆略，思路决定出路，只有懂得借势、借力，做到坚持、稳步，才能将佛法发扬光大。意识要超越时代，脚步要跟随时代。”

茶后，绕着公园散了一圈步，便于园内宾馆休息。是晚，在正慈方丈下榻的房间，根定法师就宜昌地区佛教发展、寺庙建设、弘法动态等方面情况向方丈做了更详细的汇报。方丈肯定了古佛寺所做的工作，对根定法师想做事、干实事的思路和精神给予了鼓励。

第二站：兴山昭君故里——紫竹千般怨，香溪万里情

翌晨，我是在睡梦中被叫醒的。因为今天要赶往神农架，行程太紧。而上午方丈还要为宜昌信众讲经开示。

不到七点，古佛寺已经有许多信众来了，趁着空隙，有不少居士向方丈请讨墨宝。方丈来者不拒，一一予以满足。方丈的书法是出了名的，不只是外行人看着好，就是行家里手也一样竖起大拇指。不仅是因为他的书法作品文气十足，秀丽典雅，更多的是赞叹他的字颇具大家之风，极有韵味。再加上诸如“惟善为宝”“心无挂碍”等格言警句似的题字，就更受广大信众的喜爱了，大家都想收藏一张。

宜昌的信众人情味十足，崇尚“礼尚往来”的古训。姚栎真居士是宜昌市侨联书画联谊会会员，她率先赠送了一幅《香荷图》给方丈，并请方丈为她的《梅花图》题款。无论是《香荷图》还是《梅花图》，构思皆精巧，用墨老练，运笔有神，显示了她不俗的绘画功底。左昭贵先生昨天因得知方丈到来，专门连夜绘了一幅《南无观世音菩萨图》赠给方丈，此图书画相柔，造意和美。只见观音足踩莲花，手持净瓶，虹悬天际，鹤舞云端。上书“般若波罗蜜多心经”，隶法工写，规整大方。他的另外一幅未完成的《老子出关图》也特意从家里带来，恳请方丈为其题了款识。我因在侧，沾了方丈之福彩，获赠他们二人作品各一幅。姚女士画的桃，殷殷灿然，因未题款，我请方丈为其题名“灼灼其华”。左先生绘的《西山放鹤图》，风格洒脱飘逸，正是我之所爱。

午饭后，根定法师送我们出城，一直送到晓溪塔。此时演觉法师已经联系上荆门千佛寺的心觉法师，说是他已在这里等我们了。心觉法师这次来会，主要是他主动请缨，要给方丈在神农架当向导，因为前些年他在那里住了很久。

因修路，我们的车堵在路上一两个小时，心觉法师一行在路的那一端，肚子饿得不行，只好告知我们他们在前面找个餐馆边吃饭边等我们。

当我们赶到那家餐馆时，心觉法师、他的师弟心启法师，以及从荆州来的天觉法师和一名居士，四人正在用餐。

这里的山已经很有特色了，我们知道这还是在宜昌地界。当我们一行十人两辆车到达神农架的地界时，窗外的秀色早已落入眼底。虽然只有一条不是很宽的路，但其用黑色柏油铺垫，绝对称得上是一条平坦如镜的好路。

一路紧赶，除了山还有一条小溪随路曲折，蜿蜒向前。心觉法师有意绕道带我们来到兴山新建的县城逛了一圈，说是难得一游。据说兴山的老县城即将被三峡升涨的水淹没，新县城是为了老县城的撤迁才建成的。看后感觉尚具现代城市的韵味。随后，我们在心觉法师的带领下来到了昭君故里——宝坪村王家湾。购得门票，我们进得园内，一座呈梯式上升的三进古建筑群立即跃入眼帘，这就是王昭君的故居。

这里绿树成荫，芳草绵软。现存有昭君宅、望月楼、楠木井、梳妆台、玉字崖、明妃墩、琵琶桥等旧址遗迹，新建亭馆也有昭君陈列室、昭君亭、故里长廊、昭君像等。园中有紫竹和观音莲，紫竹是昭君的化身，说是她魂归故里，时刻不忘昭示她的赤子情怀；听说观音莲在别处是养不活的，心觉法师偏偏于丛莲之中抠得一棵，说要回到庙里一定栽活它，因为它的名字与佛有缘。说到佛，我们果然在另一个小院落内，看到十几二十尊石雕佛像，法师们眼睛一亮，方丈问："过去莫不是有人在这里供佛？"讲解员答曰："过去在附近有寺庙，现已无存，这些石佛是有关部门运到这里保存起来的。"

听讲解员讲，这条沿路流淌的小溪名叫香溪，它一直牵绕着身处塞外的昭君，从古到今，梦萦乡关。她说，其实香溪从古至今孕育了三位名人，在香溪下游秭归县，出了一位名满天下的爱国诗人、楚国大夫屈原；在这里，也就是香溪中游的兴山县，于汉元帝时出了一位被千古歌咏、出塞和亲的王嫱，即王昭君。史载她"丰容靓饰，光明汉宫，顾影徘徊，竦动左右"。既有落雁之貌，又有慧颖之质，以至于和亲匈奴，而使"三世无犬吠之警，黎庶无干戈之役"。当年王昭君不为君所识，也许是因命运的不巧与无奈，正如苏东坡曾题诗云：

昭君本楚人，艳色照江水。
楚人不敢娶，谓是汉妃子。
谁知去乡国，万里为胡魂。
……

在诗中，这位宋朝大才子流露出了无限的感慨，对王昭君寄予了深深的同情。可惜的是昭君之怨，岂止是远嫁异邦那么简单，恐怕更大的缘故是与封建制度有关吧。唐代大诗人杜甫在《咏怀古迹》中所写，堪为咏叹王昭君的力作：

群山万壑赴荆门，生长明妃尚有村。
一去紫台连朔漠，独留青冢向黄昏。
画图省识春风面，环佩空归月夜魂。
千载琵琶作胡语，分明怨恨曲中论。

当问及第三位名人是谁，讲解员一笑，指着大山说：“香溪的上游，还出了一位名播中外的人物，那就是神农架的野人。”我们也应声诙谐地说：“我们就是去会野人的。”

第三站：神农祭坛——古杉摇碧落，华表傲苍穹

离开昭君故里，驱车急驰。虽然游目匆匆，却也不忘一路抢拍风光景色。香溪之水，淙淙潺潺，跃石跳涧，迎着我们不离不弃；两边的山，郁郁葱葱，缥缈于云海之中，却也教人遐想联翩。我们就这样欣赏着大自然的恩赐，呼吸着洁净清新的空气，心情格外舒畅。由此，我作诗一首，题为《之神农架途中》：

满目葱茏百里天，层峦叠嶂九回旋。
悬崖造势惊飞鸟，幽境浮云隐谪仙。
野寨两三千岭隔，碧流七八一溪连。
步移景换游人醉，争与神农结胜缘。

正慈方丈说：“青山绿水，可以陶冶人的情操。”子曰：“智者乐水，仁者乐山；智者动，仁者静；智者乐，仁者寿。”这话是很有道理的。智者喜欢水，仁者喜欢山；智者好动，仁者好静；智者快乐，仁者长寿。如果不是孔子这样的对智和仁有深刻了解的大圣者，恐怕作不出这样的形容。

确实，聪明的人反应敏捷而又思想活跃，性情如水一样灵动，永不停息，所以智者能作多向思维；仁厚的人，仁慈宽容而不易冲动，性情像山一样安静，稳重不迁，所以仁者则偏重理性思维。方丈一席话，说得我频频颔首称是。

从昭君故里到神农祭坛六十公里的路程，虽然环曲崎岖，却平稳如轿，下午五时二十分，我们终于到达神农祭坛。天觉法师抢购门票，我们鱼贯而入。首先进入视野的是苍翠坚挺、树盖如篷、虬枝茂叶、葱茏郁秀的一棵几人难围的大古树。只见它一柱擎天，气势十分磅礴。导游说："这是一棵古杉，名为铁坚杉。高达三十六米，胸径两米五，胸围七米五，材积有近百立方米。经专家测定年轮，它已经有一千五百岁了，这在神农架也是不多见的。"它的树身长满翠苔，斑驳醒目，树干崔嵬，枝丫曲折，伤痕弥新，可想见其久历风霜雪雨、雷电刀光、岁月蹉跎。怪不得它傲视群山，巍然屹立于天地呢。

据说，这棵杉王树身中空，内裹神农塑像。原来在古代，人们为了纪念神农、祈福禳灾，在树的底部雷击之处，供奉神农的塑像，后来年经日久树伤愈合，竟将神农塑像裹于腹中。故事虽神奇，但树伤自愈却是实情。否则，它怎么能够"霜皮溜雨四十围，黛色参天二千尺"！

在古杉的下方，立有一石，上刻有当代书法家钱绍武先生撰书的《杉王颂》，撰文读来荡气回肠。他是这样写的：

万木凋落、惟尔独盛，巍然屹立、郁郁菁菁，
千年风雪、与尔无侵，乡民膜拜、响应若神，
今我来游、如见朋亲，巨干四展、如邀似请，
明交默契、开我心魂，封尔为王、百姓之诚，
谁曰不可、虽我非秦，立此一石、祝尔长青，
雷电勿击、天下太平。

欣赏了杉王的雄姿，我们来到了一片开阔地，抬首之处正是此景点的核心景观——神农塑像。途经开阔地，见地上镶嵌着五颜六色的鹅卵石。

导游说，这就是祭坛外区，地面上的五个方阵代表金、木、水、火、土五行，整个方阵组成外圆内方图案，当取天圆地方之寓意。祭坛四周有八组壁画，分别演绎降牛以耕、焦尾五弦、积麻衣葛、陶石木具、原始农耕、日中为市、穿井灌溉、原始医药等故实，记录着远古时期神农氏这位人文始祖的功德。

又前行，先为墀阶，这是祭坛中心之所在。横排两行，置有九鼎、八簋和香炉，每个华夏子孙均可在此祭拜先祖，祈求庇佑。顺着祭坛两侧向上再登数百级石阶，就到了祭坛内区，其主体建筑神农塑像为牛面人身形状，可说是古代农耕部落图腾的再创。塑像姿态雄伟，神情肃穆，目光深邃，傲然屹立。导游介绍说，它以大地为身躯，根基稳实，象征国泰民安，江山永固。头像部分高为二十一米，标志中华民族在二十一世纪蒸蒸日上；宽度三十五米，是因为高宽相加为五十六米，昭示着中华五十六个民族和睦相处。

站在塑像前，我们举目四顾，眼界极为宽广。青龙之护，白虎之威，左右逢源；明堂紫气，暗山福祉，各得千秋，冥冥之中似有八卦之象。此时，再留意整个祭坛的布局，发现设计果然很有讲究：草坪的彩石方阵，自为五行之数，意取融通；方圆之设，采自阴阳之说，当含因果循环、乾坤再造之义。两旁的墀阶，依据我国古代皇家建筑风格构建，自现王者之风。其两边石阶各有二百四十三步，若从下往上按墀阶分解，分别为九步、七十二步、六十三步、五十四步、四十五步，全是九的倍数。“九”乃阳数之首，与“久”同音，有天长地久之意。所有这些，让我这个外行人都觉得其设计理念不俗。

游览出园，暮色悄然而至。凉风习习，爽朗而惬意。我们继续前行。

第四站：木鱼镇——彩虹初出岫，宝石渐盈光

木鱼镇，原名木鱼坪，是一个被赋予了古典风格和现代气息的旅游小镇。它地处神农架南部，海拔一千二百米，是神农架林区的南大门。其东临碧水，西傍青山，钟灵毓秀，气象万千。我们到达小镇时，已经下午六点半了。

经心觉法师提议，我们开着车沿着木鱼镇街道转了一个大圈。然后找宾馆住宿，这一找让我们对木鱼镇的印象更深了，因为我们又在这个小镇

转了一个多小时。既为了找合适的住宿地，又为了找一家合适的馆子，安慰大家的辘辘饥肠。由此，我们也算是粗略浏览了一下小镇的风貌，木鱼镇的风情风貌十之七八已然映入脑海。

木鱼镇风景优美，规划大气，建筑大方，风格、色彩和造型均有江南民居特色，朴素简约，韵味十足，充满仿古意蕴，发展极具潜质。不仅有绵延的群山将它环抱，更有香溪河、木鱼河自南向北绕镇而出，山水遥相呼应，色彩层次分明，恰如一颗耀眼夺目的红宝石镶嵌于翡翠之中，又有两条白金链子将它牢牢串接。我用一首诗，题为《木鱼镇》，将它大略描述一下：

水是灵魂山是魄，千秋孕育态多娇。
两条白练隐天际，一颗明珠嵌地腰。
碎玉散金铺锦绣，珍禽异兽戏烟霄。
晴川更有真情在，处处风流逐浪潮。

对于木鱼镇因何名木鱼，我是在吃晚饭的时候询问得知的。传说很久很久以前，在长江南岸的秭归有一对青年男女，因为情投意合，便私订了终身。为了脱离封建禁锢，小伙子打造了一条形似鲤鱼的木船，用以远走他乡。八月十五日，月满峡江头，人约黄昏后，两人按计划登上木鱼船，但不久便被家人追赶而至，正当他们无计可施的时候，可能是他们的真情感动了上天，须臾间鱼形之船变成了一条活生生的飞鱼，带着二人展翅飞游、溯江而上，穿急流、越险滩，最后沿着香溪河把他们送到了长江北岸一个风景秀丽、古木参天的小山沟。从此他们在这里辟地垦荒、繁衍生息，把小山沟变成了一个美丽的家园。于是，人们为了纪念木鱼的成人之美，就把这个地方称为木鱼了。

本来我们都认定木鱼镇的来历是与佛教有关联的，现在听了这个神奇的传说，不由得喟叹造物之神是如此诡妙博雅。它总能让世上的万事万物有根有本，承辅皈依。物理之玄奥，竟至如斯，怪不得有人穷一生之精力去探微究妙呢。

饭后散步恐怕是很多人的习惯，但于木鱼镇的夜晚在香溪街上走一走，多数人是没能体验过的。一是这里的空气清新滋润，说是天然氧吧绝不为过，在城里抑或是一些乡村，我们很难体会到这样爽快而舒畅的感觉；二是这里的夜市霓虹闪烁如同白昼，一路下来门市鳞次栉比，各种旅游商品比比皆是，让你目不暇接。我们有时也进去逛逛，时而对一些有兴趣的东西刨根问底。在那些药材店铺和工艺品商场，因为许多物品形态稀罕，制造精奇，又加上品繁物茂，琳琅满目，驻足者自然较多。

木鱼镇的街道狭长平整，蛇曲递伸，头尾路干贯连。偶有缓坡斜起，亦是依势而就形，折绕循往。因而走起来不是很累。夜晚时分，游人三五成群，交易购物，流连赏玩，耳畔和鸣的溪水，如你相约的情人援弦而歌，不时地能为你增添情趣。若不是偶尔瞥见四周有山相拥，谁能想象得到这里原来就是一个小山村啊！

我们夜宿的国源宾馆离闹市不是很远，但就地势而言，要高出一个梯次。其建筑风格和装潢设施堪称一流，尤其是建在这里，比在山外平旷之地建造更为不易，而它的档次却不比任何城市的星级宾馆逊色。

我们不由得感慨，一九八四年正式建镇的木鱼镇，经过二十多年的发展，时至今日，它的旅游业格局已经初步形成，商业规模正在逐渐扩大，寄生产业蓬勃兴起。可以毫不夸张地说，这颗二十一世纪的璀璨明珠，已然向世界映射出了它娇艳炫目的光辉。

夜色深沉，凉风轻拂。小镇的万家灯火，如若银河繁星点点，灿烂辉煌。其四射的光芒将两边的大山点缀得金光闪闪、若真若幻，让人疑似蓬莱，却又胜似蓬莱。方丈说，先祖神农倘若灵魂不昧，恐怕也要惊叹他的子孙改天换地创造的人间奇迹吧！我们答道，像木鱼镇这样的旅游度假区，古代人想都未曾想得到呢！

洗漱毕，我们享受着这静谧而安详的夜晚，酣然入梦。

第五站：神农顶——群峰凝浩气，清景涤尘心

一帘清影于鸟声入耳之际，已经从窗外映入客房。不知是清影骚扰了我，还是鸟鸣惊醒了我，我知道起床的时间到了。打开手机一瞧，五点二十分

不到，正是我每天第一次睁眼的时候。

六点，我们相继下楼，来到停车场。在这里，正慈方丈将一帧自己书写的行书横幅作品“行者无疆”赠予心觉法师，心觉法师欣喜收藏。然后，我们驱车到街市找了一家名为“轩辕餐馆”的小店吃早餐。餐毕，心觉法师主动率车先行，我们的车紧随其后，一路缓驰急驶，直向神农顶进发。

在我们的视线之中，神农架的原始风貌已经初露端倪。那葱葱植被，棱棱山脊，缥缈云峰，嶙峋石笋，或左或右，若隐若现，不时地进入眼帘。我们为大自然的造化惊呼：若不是两亿多年前处于青春发育期的地球发生了一次剧烈的造山运动，也就是印支运动，使秦岭拱出了地壳、神农架跃出了水面，恐怕这里仍然是一片壮阔而澎湃的古海。千百万年的斗移星转，沧海桑田，造就了一个巨大的、古老的神农架生态系统，在物种进化的漫长过程中，植物得以茂盛生长，动物能够繁衍栖息，生态逐渐趋于平衡。同时，它也孕育了山水的灵秀和峰峦的壮观，让千秋人类赖此得以生存，又借此一饱眼福。

神农架的得名，缘于神农氏。据传，五千多年前混沌初开、天地洪荒之时，民众疾苦。神农氏于千山万水间，尝百草、采良药，救百姓于水火，解人民于倒悬。他“架木为梯，以助攀缘；架木为屋，以避风寒；架木为坛，跨鹤升天”，终于成就了一番功业。后人为了纪念他，便将这里称为神农架。

神农氏在农耕、医药、贸易、音乐、狩猎等各个方面为民众改善生活，解除疾苦，最后因尝百草中毒身亡。他一生为中华民族所做的贡献是不朽的，因而历朝历代都在祭奠他。有一段祭文说得较为详尽，下面转摘至此，以作共享：

伟哉炎帝，功盖乾坤。始作耒耜，导民耕耘。亲尝百草，医药发明。治麻为布，制作衣裙。日中为市，贸易初形。结丝为弦，削桐为琴。制弧剡矢，以御侵凌。为农业生产之先导，创华夏远古之文明。

正慈方丈说，历史是公正的裁判，我们应该以先贤为榜样，慈悲为怀，为善为仁，为社会多造福祉。要知道，这也是佛教的宗旨。

汽车盘山而上，明显感到耳膜在响，我知道这是因为山的高度在不断上升。我想，要是没有这种生理上的反应，神农架怎能称得上“华中屋脊”呢？

好像不到一个小时，我们的车就到了景区大门，大家趁着购票的当口，争着留影。心觉法师说：“这才刚开始呢！”我们说：“这个牌楼有‘神农架’的标志，照个相有意义。”法师笑笑道：“我担心你们的相机内存等会儿不够用呀！”

进入神农架景区不久，心觉法师在前面打了个手势，车子在便道停了下来，他对我们说：“我带大家去参观一下‘神农山庄’，那可是我第一次来神农架看中的一块风水宝地！”于是车向右拐，行不到一刻钟，经过一个电动门闸，便隐约看见几栋别墅藏于山岙之中。心觉法师介绍，当初是打算在这儿建一座寺庙的，后来林区为了建设配套设施，在这儿建了宾馆。宾馆一共有四栋楼，极具档次。我们在一栋楼前，照相合了影。心觉法师说：“下面我带你们去我看中的第二块地。”

我们依原路返回，到刚才的拐弯处往左行不到一百米，在几间简易平房前的空场中，我们泊车下来。只见心觉法师指着一堵墙上面的一个镜框，激动地说：“你们看，你们看，我的规划设计图，挂了几年了还在呀！”我们应道：“这不还等着你建成呢？”法师道：“心愿未了，是缘分未到呀！”方丈说：“但愿你有生之年能够如愿以偿。”

稍待片刻，我们继续前行。来到一处左高右低的路段，心觉法师示意我们都下车，乍看没见奇处，但转瞬就发现在左侧坡地上，有一块中英双语的指示牌，上书“神农谷”三字。我们拾级而上，到得高处，纵目俯瞰，啊！好深的一条山谷！云雾朦胧之中，只见谷底怪石丛生，如林耸立。张扬的物象，奇妙的造型，犹似神工鬼斧。在深达千米的峡谷中，云儿随风游荡，不时穿梭于石林之中，一如嬉戏的孩童，缥缈深远，变幻莫测。正慈方丈看得兴起，一直走至崖边，对着山谷浩然发声，竟作长啸。哈哈，昔人的江湖恣肆，我不曾得见，这今人的林泉之啸我竟是从方丈的口中得闻，这是我始料未及的。原来出家人同我们一样，也是坦荡狂狷、神态飘逸的呀。

山路时有塌方处，多见工人在堆砌石料，加固路基。我们于会车时，偶有小滞。就这样走走停停，沿路游览了凉风垭、迷人垱，最后来到板壁岩。

这里海拔两千五百多米，西邻猴子石，东邻巨锯岩。满山遍布箭竹，林丛丛而石诡诡。传说此处野人多出没，曾多次发现不类于人和其他动物的毛发、粪便、脚印以及行踪。北坡一堵巨石，正是板壁所在。远远望去，若骆驼之畅饮于绿洲，近前观之则犹如一群猴子嬉游于琼林。

板壁岩文化遗存很多，有天观庙遗址，有川鄂古盐道，有残存的木雕、石刻……正如史学家所言："神农架不仅是东西南北野生动植物种类的交会地，而且是华夏民族四大文化种类的交会地。以神农架为原点，西有秦汉文化，东有楚文化，北有商文化，南有巴蜀文化。神农架是一处文化洼地，各种文化溪流在这里交融。神农架的自然条件和人文背景共同构成了绚丽多彩的画卷。隽秀如屏的群峰，茫茫苍苍的林海，完好的原始生态系统，丰富的生物多样性，宜人的气候，独特的内陆高山文化使神农架成为当今世界人与自然和谐共存的净土和乐园。"

神农顶的风，如水一般温柔，触摸可及。因为还要返程，我们只好就此依依惜别，挥一挥袖，喊一声嗓，在风的抚摸下，在山的回应中，我们向着人生的下一个驿站疾行而去。

劲牌毛铺酒赋

酒乃仁义之媒，饮而身心皆悦。香飘一缕，总留巷尾街头；味寄三餐，哪管忙时闲月。蓄之品之，如握至宝；狂也醉也，犹逢美色。逗趣寻欢，人人最是精神；聚朋会友，次次争夸热烈。玉液琼浆，岂止天下佳酿；骏波虎浪，可谓人间传说。

今有草本毛铺，酒中绝品。城乡遍颂，中外驰名。其质清纯兮，声傲九州，宜宾笑邀作友；其品精妙兮，誉扬四海，茅台直认为亲。况复晶亮之色，醂醂酥酥，疑若瑶池之水；芬芳之味，馥馥郁郁，恰如幽谷之兰。一斟一酌，舒徐嫣润；一品一咂，滋漫香魂。

遂慨席间上品，待客酬宾特备；坊里阿娇，居家行旅珍藏。金装典雅，雍容尽呈大气；黑饰端庄，婉约复又堂皇。紫涵瑞霭，似沐朝阳之彩；玉透澄莹，或疑琥珀之光。四款艳惊四座，春风每每拂面；六时濡泽六方，煦景奕奕呈祥。

是以国宴率循其迹，民圩常见其情。商者介以笃信，农者借以提神，工者聊以助兴，伍者凭以壮行。适哀兮荐以叙礼，遇喜兮引以娱情。染恙时闻之祛疾，茹苦中逐之忘形。夕照斜晖，携壶频唤旧雨；空楼闲昼，对影共度良辰。豪者畅饮，千金一诺；士子倾樽，九讴十咏。细数其功耶，莫不称大成。

噫嘻！幸哉！中华盛世，毛铺缘酒而荣；大好前程，劲牌逐梦而飞。快意人生，欢声同祝福；黄金时代，踏歌共举杯。

另类人生

◎贾道北

作者简介：贾道北，湖北阳新人。湖北省作家协会会员。著有诗集《忘记，或记起》《左半球》。

另类近况

我是一个狂想患者，时刻面临着非现实的深渊。泥土、天空和我的身体，都像白色的羽毛体，在阳光下飘扬。我渴望有一个季节，一片土地，让我在那里扎根生长。我不想以一种惨败的姿态，站在世人面前。

当我回答一些奇怪的问题后，你说："抑郁症，中度。"我笑了。就像黑夜带走了风，我始终沉默不语。夜晚是美妙的，到处都有光的痕迹，那是白天遗留下来的。我也是白天遗留下来的痕迹，与黑夜完美地结合在一起。

我做了一个梦，梦见自己只有一个多月的生命。我是见过无数白天和黑夜的人。当黑暗永世来临，我想尽量保持平静，关好窗子。内心的波澜自己一人承受。恍惚间，我好像看到了墓场和石碑上的字迹："××年深秋，卒。"

其实，我只不过是常常犯痛风而已。那份疼痛，确实刻骨铭心。我成了一个不肯放松生命的人，像一株稻子，在田间拔节、分蘖、抽穗、开花。这个世界容纳了我，也容纳了痛苦与不安，幸福与快乐。

对一个人的思念，比痛风更甚。在虚构的光影里，我已认不出自己的脸。"明岁秋风知再会，暂时分手莫相思。"其实，早已物是人非了，没有再会，只有相思。但我想一切并不遥远。我感觉到你的气息在我周围，使我在黑夜来临之前，幸免于难。

母亲，秋天

今晚想写点什么，然而心情有些沉重，一时无法动笔，好像窗外浓浓的夜色压在心头。这时，我有些口渴，就下楼去了。母亲听到动静，问。

“拿开水。”

母亲双目失明有十余年了，她头发花白，微胖，双手不停地哆嗦。

“房间有橘子罐头，好吃，止渴。”

“不吃。”

母亲咳了一下，似乎有些失望。这橘子罐头，母亲今天说了三次了，我有些不忍。

“我马上来拿。”

当我把开水拿到楼上书房，返回母亲房间的路途中，透过走廊微弱的灯光，我看到母亲倒在地上，急忙搀扶她起来，坐在床边。

“怎么了，妈？伤到没有？”

“没事，没事。”母亲像做错了什么，急促地回答。我知道她摸索橘子罐头时图快，才摔倒的。我吃她的橘子罐头，倒成了对她的一种恩赐。这时我发现地上好像有一小摊血，打开电灯，真的是。

“妈，您伤了？地上有血。”我急忙在母亲身上查看，母亲轻轻躲闪了一下。但我还是发现她一个手指甲根部的皮肉裂开了，裤子上也有血，我给她简单地包扎了一下，找一条裤子给她换上。我问她伤到别处没有，她始终不肯承认。

母亲真的老了。我们都在忙自己的事业，父亲又去世多年，母亲在孤独中慢慢老去。

现在是秋收时节，白天收割机在田野里匆匆忙忙，河边的树那么安静，它们都是幸福的，可我母亲无法看到，她眼里装满黑夜。我突然懊恼起来，去年秋天我在日记里写道：

此刻，我听到了果实坠落的声音
击穿所有的屋顶，包括天空
包括即将瘦小的田野

当时，我因秋收的声音激动着，还说笑容大于天空。但母亲的失明、老去，和我多年未干的农事，都让我无法释怀。如同石头压住了喉咙，我再也发不出喜悦的声音。而母亲始终是微笑的，她似乎嗅到了秋的味道，人间的苦难她都可视而不见，只要我愿吃她床头的橘子罐头，她就觉得幸福。

愿母亲，在秋天后的冬天不会冷！

布贴情

说起布贴，我有点羞惭，虽然小时候用过虎形童枕、馋托之类，但真正意义上的认识，还是在二〇一一年文联主办的那场以阳新布贴为主题的征文赛事上。那时我刚学习写作，为了参赛我翻阅了很多资料，这才知道布贴一直在我们身边，它像天上的星星，照耀着阳新的天空。也是那时，我偶得一本尹关山先生的著作《阳新布贴》，书里比较全面地介绍了布贴。

以前的日子是美好的，美好的事物总容易让人熟视无睹，就像阳光、空气和水，还有布贴。

小时候，兄弟姐妹众多，我排行老五，平时穿的都是哥哥的旧衣服，补丁一层叠一层。我想，最初的布贴应该是这个样子吧。窘迫的生活充满了爱，也是非常幸福的。那时，母亲还年轻，每天以朝霞洗面，笑容可掬。我常常看到她把破衣服剪成布角，用糯米粘贴在门板上，再把晾干后的布帮裁剪缝制成肚兜、馋托、风帽、披肩之类的家用什物。母亲的手艺一般，做工很粗糙，但粗糙的布贴缝补起了贫寒破碎的日子。有天晚上，我一觉醒来，看到母亲还在煤油灯下缝补。我喊了一下，母亲说："给你做书包呢。"原来，我快到入学的年龄了。母亲白天要在生产队里干活儿，只有晚上才有时间。开学那天，我背着母亲做的书包去上学。书包上绣着八个大字："好好学习，天天向上。"后来这个书包陪伴我读完小学。

指尖飘落，楚天的云朵
少女的心
如野花一样燃烧

今晚的灯火是一缸清水
洗净你疲惫的身子
秋天，裁剪着春夏的风儿
幸福，不可预期

夜幕断裂处，把日子的碎片
用月光和金色的阳光缝补
生活的每一个细节
散发着你身体的香味

彩色蝴蝶
望着麒麟笨拙的笑容
头巾被风吹下
落水成荷

你把月光推出窗外
在梦的拐角处
燃起篝火
——《布贴娘》

这首以母亲为原型的小诗在那次诗赛中获了小奖，这倒是一件意外且让人高兴的事情。虽然母亲并不知道这些粗糙的家用什物叫布贴，但这并不影响母亲完成每一件时的喜悦。

近些年，温饱不再是我思考的问题。家里的衣服，莫说破的就是旧一点的，都当垃圾扔了。母亲也老了，又失明了，再也做不了布贴，布贴似乎渐行渐远。渐行渐远的还有我的童年和青春。我强烈地感觉到布贴与生活发生了微妙的关系。

就在去年，我在县城买了一套新房，搬新家那天，朋友送给我两幅画，一幅名为《春之晨》的山水水墨画，其山色空蒙、湖水澄明，惹人喜爱。

另一幅是绣有“君子不器”四个字的布贴画，其严格的选材、精细的做工、考究的装裱，都体现出生活的精致。君子不器？君子不器？我喃喃自问，君子者心怀天下，不像器具那样，作用仅仅限于某一方面。对，布贴是民间工艺美术中的君子。它虽然不再实用，却以另一种艺术的样子展现在我们面前，它不再局限于以前，它成为一种文化记忆和传承。一想到这儿，我就感觉自己文字的无力。我把这幅布贴视为珍品，挂在书房里，得意或失意时，都会看看、摸摸，好像与君子在交心、嬉游，以至于内心敞亮、清远。

一晃一年过去了，我的生活又趋于平静。

前几天，儿媳回了一趟老家，带回了一件布贴披肩，刚进门就问：“爸，这是什么？好像没用过，挂在二楼房间的墙上。”我仔细一看，真的是一件没用过的布贴披肩。我说：“这是你奶奶为你爷爷做的披肩，挑担子或扛树木时披在肩上，不伤肩。”这个粗糙的披肩仿佛让我又回到了那个艰苦的年代，可我的父亲已去世二十多年。有些东西失去就永远不会回来，只是我们往往意识不到或不愿承认而已。我把它收藏起来，像收留一个离家已久的亲人。

踏雪记

岁末，一场大雪覆盖了窗外的世界。天刚蒙蒙亮，我赶紧起床，匆匆去了超市，儿子早就把蔬菜采购回来了，我帮忙打理。

蔬菜全都上架后，我踱着方步，时而跺跺脚，客人稀疏，我把衣服裹得紧紧的。外面，朔风凛冽，雪花纷纷扬扬。我想这个时候，莲花湖畔的梅林应有另一番情趣吧。

我喜欢下雪天。雪似乎有一种力量，粗犷而神秘。今早，我仿佛在等待。街道安静而又漫长。终于，手机"善解人意"地响了，观利兄打来的……

真没想到电话由他打来，还叫我约上几个人。

于是我就约上王能明、贾昆文，最后打电话给徐为节兄，他在单位。

徐兄的单位靠近莲花湖畔，莲花湖东面有亭，曰沧浪亭。此亭有些来历，"沧浪烟雨"为阳新古八景之首，历朝历代留下大量诗文。

我们商议，各自从家里出发，去徐兄单位集合，再徒步去沧浪亭。徐兄再三叮嘱我带一些花生或其他零食，他带酒和杯子。我依言而为。

雪还在不停地下着，路上的雪已经很厚了，有水的地方有点滑，这好像是玉砌的天地间的败笔。我撑着伞，走得小心翼翼，但满心欢喜，仿佛忽略了季节显示出的威严。

去沧浪亭的路平时很好走，在春天绕湖而行，沿途有鲜花，水鸟翔集。而现在，白雪覆盖了一切，人迹稀少，偶尔有人迎面咔嚓咔嚓踏雪而来，一脸幸福，好像均与诗酒有关。路过木桥，流水潺潺，一颗诗心似乎又活了过来。这些年，我负债创业，很少有好心情。细看我们这一行人，皆华发早生，也许为商为官都并不轻松，但每个人的心里都有一条通往春天的路。

再往前行，湖边有一排垂柳迎风摇曳，且绿叶满枝，这样的严冬我真不懂那些绿叶的坚强。树上有许多不知名的鸟，安安静静地紧抓树枝，像挂在枝头的果。我用雪球一掷，惊起，能明兄急忙拿相机拍下了这美丽的瞬间。

梅林就在眼前了，瘦瘦的枝上有暗红色的小米粒般的花蕾，微香袭人，像极了古代文人遗留的风骨。湖面上，天空低垂，混沌空蒙，一种久远的感觉被现实撕裂着，痛苦又令人着迷。“最后的雪，从来就不纯洁……”我想起了这句诗。可惜，今天没有美人作陪，真是憾事。

沧浪亭到了，飞檐画栋在雪中更显妩媚，我们缓缓而行，侃侃而谈，最终在一处走廊的木凳上撕开零食，斟满酒杯。“人亦有言，日月于征。安得促席，说彼平生……”此情此景，此生难得，我的眼眶有点湿润。

雪更大了。

富河印象

梦想你是一条河，而且睡得像一条河。

——洛尔迦

每个人心中，都盘桓着一条河流。滩涂，芦苇，白鹭，流淌的河水，悠悠的小舟……风牵动它们的影子，像牵动着记忆的翅膀。我的梦想是一条河流，而河流也承载着我的梦想。我心中的河，就是我们阳新的母亲河——富河。

我没有亲临它的源头，只是从书籍上了解到，其发源于湖北省通山、崇阳和江西省修水三县交界处的幕阜山三界尖北麓，来自苔痕久积的密林。我能追溯的源头，也许只能到此为止。但从尧帝的荆扬之域，越过魏晋之土，它给我们带来了无边的土地，其过程我又能知道多少呢？

有一年深秋的傍晚，我路过富池口（富河从这里注入长江），这里的河水被夕阳染成锈色，浑浊、浩大。富河沿岸青山隐隐，甘宁的墓地就在那里，我专诚拜谒。看夕阳在林间缓行，我似乎听到了细碎的脚步声。在狼烟四起的年代，隐于安静的山谷，需要很大的福分。我屏住呼吸，也许浪花并未淘尽英雄，英雄只不过换了一种生活方式。

如果说甘宁是客居富河岸边，而吴国伦则是落叶归根。“五里亭”边，翠柳负雪，清风吹来了乡愁。“一夜东风人万里，可怜飞絮已纷纷。”多年后他站在小函谷关外，遥听富河的水声，怅然吟咏。我没看过富河全貌，是因为他为我带来了另一条富河，让我不再有一无所获的沮丧。一朵荷花，在“北园”的水池开放，南面繁华的街道，灯影绰然。这是一条流动的河流，如同历史的车辙，蜿蜒向前。万历二十一年（一五九三年），彗星的尾巴拖过富河上空，吴国伦病逝家中。一切归于平静，但一切苦难又刚刚开始。

我曾在一条紫色鞭痕中醒来
肩上压着沉重的土地
我默默地寻找食物和文字
阳光，在沙土里流失
我穿越母亲的黑夜
……

——《岁末书·富河两岸》

当我在寻找食物和文字的时候，却看到了一段最黑暗的富河。“绿水青山枉自多，华佗无奈小虫何！千村薜荔人遗矢，万户萧疏鬼唱歌。”这段时期，血吸虫让富河沿岸哀鸿遍野，满目凄凉。然而两岸欲倾的青山，宋山上千年的樟树，千百年遗留下来的文字，都无法拯救富河的苍生。幸而，所有的幸存者都像幕阜山一样伟岸、宽厚，时间的浪潮覆盖了记忆和伤痛。“天连五岭银锄落，地动三河铁臂摇。”他们重建家园，好好活着，如此而已。

河水淙淙地流着，泛起层层涟漪。渔樵互答，此乐何极。自清代以来，阳新各地就流传唱采茶戏的习俗。从山野吟唱到央视舞台，采茶戏，是一条声色富河，一直在人们心头盘踞着。灯歌、山歌、田歌、乡土气息浓厚的民间小曲，以及各种充满风情的情歌，如一枝枝怒放的山茶花。我端详着，聆听着，富河呀！故乡！

我一直在质问：“富河的灵魂在哪里？所有的苦难又给了谁？”一只白鹳和一只黑鹳朝我飞来，如同白天和黑夜，组成了生活的全部。它们是富河的孩子，它们在富河岸边的网湖湿地繁衍生息。几万公顷湿地，让富河有了新的想法。金雕、中华秋沙鸭、白颈长尾雉、天鹅、绢丝丽蚌、银杏、水杉等，这些动植物在商业氛围异常浓郁的今天，带给我们更多的惊喜和思考。文字赋予我们记忆，关于富河的一切永远不会在黑暗中泯灭，只不过随着河水，经过长江，重归于海。

玉树琼枝

“师父！”一抬头，琼枝牵着她的女儿站在我面前，还带着一提酒，这礼品，典型的贾氏风格。大概室外有点冷，母女俩双颊绯红，看她们的模样，真有“方离柳坞，乍出花房”之感。她在办公室的中式茶桌前款款而坐，不知咋的，这时我想起了《镜中》，想起了坐在镜前回答着皇帝问话的羞涩美人，“危险的事固然美丽，不如看她骑马归来”。她女儿很安静、乖巧，安心地在一旁做一个静静的聆听者。我们边喝边聊。

我和琼枝哪年相识我倒忘了，我只记得我们因文字而结缘。这些年我写了一些诗歌，但诗歌的美与我粗犷的外形形成反差，这种美的错觉磨灭了生活上的某些羁绊。我们就像反义词，仅隔一个顿号的距离。我们因此走得更近了。她总是甜甜地喊我“师父”，开始我挺反对。其实，我比琼枝大不了多少，她是一所中心小学的语文老师，文采也并不比我差，受职业和环境的影响，她的文字格外清新脱俗，有浓浓的校园气息。

“诗歌是先锋性的文体，它对传统具有颠覆性的破坏。语言更要求有弹性、张力和象征力。”我仿大师的口吻对她说道。她女儿还是那么安静，眼神清澈，我突然觉得自己错了，她的诗歌更应该写给她的女儿和学生们看。而我在社会上闯荡多年，情绪化的暴力的语言风格对他们何尝不是一种伤害！我不应该把他们带入这浑浊不堪的江湖，几年前我写过一首诗《老地方》：

这儿是三月尾。春风微寒
你从几十公里之外的乡镇赶来
请我喝酒。五十岁身体与春光相遇

目光变得浑浊
我们用可乐替酒，放点生姜，加热
生活就变得有滋有味
我们压着嗓子，像在谈论一个难以启齿的话题
“诗歌，是身上的隐疾……”
我们的声音一低再低，生怕邻桌听到

在这首诗里，我看到了自己粗犷下的羞涩，我的诗歌像春天里的狗尾巴草，平凡、底层，但这不足以影响它的生长。琼枝还是喜欢我的诗歌的，也许是出于好奇吧，因为她在我的字里行间看到了不一样的世界，看到了在岁月静好之外，还有一个火急火燎、泥石俱下的人间。

她一如既往地要请我喝拜师酒，看她那没心没肺单纯的样子，我也慢慢习惯她喊我“师父”了，似乎一句“师父”还可以治愈灵魂上的伤痕。有美女才子做证，酒后我就得意忘形起来，写一首诗打趣她，题为《李琼枝请客》：

隐去岁月的痕迹。火锅。酒
啃骨侠不分男女
歌声。牛排。富川八大钵
无形的诱惑。不
是无形的使命迫使我们完成

高山，清溪，香香公主
和陈氏美女
还有在路上奔驰而来的大明

黄鹤楼酒呢？二瓶已见底
二位仙气少女，在一侧
安静如我们三十年前的样子

“我们不想长大！”

“一群酒疯子。”

我们喝着，闹着，眼角有了泪光

也许是酒喝多了

也许是回想起了什么

这首诗虽说是打趣，但我并没有冒犯之意，我只是不想让她看到我落魄不堪、平板苍白的生活和诗歌。仅此而已。

与我不同，琼枝的生活很幸福、温馨。她有一个很爱她的老公和两个天使般的女儿。她脸上从未有一丝阴云。她的诗歌进步很快。

小路迂回，山高水寒

满岭的茶花可不管这些

它们只管盛开，只管凋谢

将一场盛大的花事演绎极致

风过，繁花欲醉

欲语

花瓣儿在飞，飞往尘世的旷野

我伫立其间

与其中一朵对视

用心倾听花的不舍

我该是哪一朵呢

——李琼枝《看茶花》

在这首诗里，她把自己写成一朵美到极致的茶花。“小路迂回”“山高水寒”，这是甜蜜中的强说愁而已。我一直羡慕她的生活，也欣赏她对生活的态度，她对身边的一切都温柔以待，我谓之“美人心态”。美人与花，有心的相近与默契。

细嗅中
一朵小花是小一点的宁静
连鸟鸣也省略了
风屏住了呼吸
雨，还在默默无言

——李琼枝《格桑花》

不管是茶花，还是格桑花，其实都是她自己。有时我在想：我和她到底谁是谁的老师。应答唱和，感怀岁月，情谊无限，这一切似乎都变得无所谓了。

金柯露营

“我们去金柯看日出吧！”经几个文友提议，经过一个星期的相约，一日下午，我们终于成行了。

一开始，或因俗事的羁绊，或因心情的低落，我并未打算去。

“明早就回，晚上也没空？”尹美女追问。我哑然了，这时我想起徐志摩的《泰山日出》，其绚丽多彩、变化无穷的景象，使我不再犹豫，便答应下来。下午四点，天气依然炎热，我一路晕沉沉的，像一个身处牢狱已久的囚徒，奔向自由。

金柯的山峰，属黄石第二高峰，海拔七百二十米。山路盘旋，没有几年驾龄或技术不娴熟的，根本不敢开车上去。经过一个多小时，终于到了目的地。我们把车子泊在停车场，沿着登山步道拾级而上，很快就到了一片大草坪，这就是露营地了。四周是一些规模不大的石林，大大小小的石头，像一个个守卫者，守着这块净土。还有十几个小型木质平台，今晚我们打算把帐篷搭在上面。

夕阳西下，凉风习习，草坪上空呈现一片洁净的天空。我们激动起来，像一群忘了过去的人。

基地周围的石板路很多，纵横交错。其间隐藏着几栋小型木屋，于修竹茂林之间。我们兜兜转转，竟然迷路了。

基地下方有十几户人家，房屋大都陈旧。村口一户平房门口，一个老哥坐在小凳上吃饭。一盘青菜，一碗面条，一杯自制的药酒，一个人悠闲自得地坐在小饭桌前吃喝。“老哥，到基地往哪儿走？”“那儿。”他随手一指，我们深信不疑。走到前面一幢比较气派的楼房面前，却没路可行了。于是，我开始怀疑老哥的善意了，他的笑容里也许充满嘲弄。是我们这些山外来客打扰到了他，还是人性的恶传播到了这里？遐想间，屋的主人出来了。“你们是作协的吧？饭熟了。”原来，才女伍燕群的老公安排好了一切。我们赶紧打电话去基地求证。果真，我们误打误撞来到了就餐的地方。

这大概是这些年我吃到的最美味的佳肴了，红烧熏肉、鲜美土鸡汤、金柯特有的青椒、本地烈酒……现在回想起来，我还是忍不住咽一下口水。

天色暗了下来，因有人带路我们不再担心走错路了。回头路过老哥门口，他早就回屋了，我也没在意，继续踉踉跄跄地往基地走去。待到基地，已有人在为我们准备帐篷了，先支好帐篷，再把被子放进去。

山风更大了。今天是阴历十四，月亮就在头顶，感觉比十五的还要圆。山风、山月、文字，这三样才是世上最美的存在。

我们在草坪上铺上垫子，把所有零食、卤菜、啤酒都拿了出来，仿佛只有吃完喝完，才能完成这次的使命。

黄兄唱着欢快的歌曲，李妹唱起黄梅戏，声音像山峰绵绵远去。几颗星星眨着眼睛，山谷更显空灵。当音乐再度响起，小猫妹妹踏着舞步，舞动起来。她身着连衣长裙，赤足，长发飘飘，白嫩的手臂像波浪起伏，妩媚动人，在浓浓夜色中散发着狐仙的气息。

夜更深了，我们回到各自的帐篷。临睡前，我想起指路的老哥和家里的一些事情，辗转反侧很久才浅浅睡去。醒来时，天已大白，彩霞满天。同伴们早去了最高点。徐志摩观日出，是从天边泛着微光开始的。也许，我的心境和他们不同吧。我看到的太阳，在石林间一跃而起，像我的一生那么匆忙。

阚家塘

阚家塘隶属排市镇下容村，那里有一排徽派风格的传统巨型建筑，是我的朋友李名胜家的老宅。

某年十月中旬，李名胜邀我和王能明去阚家塘后山上的果园参观。我们将车停在老宅门口，沿砂石路蜿蜒而上。路是新修的，挖机师傅将路面整得还算平坦，只是有些松软。

李名胜一路介绍他的果园，他的三合普惠合作社。话题像四月的蝴蝶，飞来飞去。“人有三观，物有天地人，当下有三农，这是三合普惠的含义……”近年，我和王能明两家都发生了一些变故，所以我俩耷拉着头，没什么心情。但出于礼貌，我们还是有心无心地听着。

“沿路山地种的是桃树——黄桃；上面是李树，桃形李（村庄湾子的一个俗称，阳新很多这样的地名俗称），取投桃报李的寓意。当然，生活不能只有诗意，所以这里种植更多的是油茶，还有一些腊米。”桃李虽已挂果，但离丰产期还要几年，而李名胜似乎看到了希望。通过这几年的交往，知道他大部分时间客居武汉，是见过世面的人。当然没人愿意过“摘得桃花换酒钱”的窘迫生活。

来到山顶，风呼啸着，天阴沉沉的。极目远眺，四周没有高大山脉，都是一些小土山，有的独座，有的相拥着连绵远去，与世上芸芸众生一样活着。

“打算在这里盖几间房子，到时候给你们留两间。”他指向山顶一处平地。像一个将军，指点完江山之后，回到自己的官邸。这是和平盛世的心境。我不清楚他此刻的心是否澄明，但他把沉重的土地与新的文化结合起来，确实让人神往，充满希望。我想起墨西哥诗人帕斯的《街》：“我在黑暗中走着，跌倒 / 又爬起来，向前摸索，脚 / 踩着沉默的石头与枯叶。”嗨！该死的坏心情。

三月二十四日，李名胜以阳新县传统村落文化研究会的名义，组织了一次采风活动，宣传排市、宣传阚家塘。一行二十来人，包括军旅诗人周承强老师。排市镇把农业、文化、旅游完美地结合起来，真不愧是阳新第一镇。阳新的春天，从排市开始。这一天，万亩油菜在阳光下妩媚，天空也格外干净，万里无云。

李名胜的心，还是在阚家塘，还是在他的老宅、他的出生地。他的心随着阳光爬上老宅的窗台。成立阳新县传统村落文化研究会也是祖屋带给他的创意，还有三个博士生导师也愿意加盟。

老宅分上、中、下三层，有三个大门、三十六口天井、一百零八间厢房，占地三千五百平方米。这一串串数字背后，隐藏了多少故事。

“大屋聚居，四合天井，上下厅堂，混合承重，门额题匾，青砖黑瓦，马头山墙，层檐彩绘，内退槽门，雕花隔扇。”这是老宅简介里归纳出的特点。我想应该不止这些，所谓“横看成岭侧成峰”，这样的钟鼎鸣食之家，不是三言两语能概括的。

“这间是我儿时的卧室，这间是厨房。”李名胜有些自豪，“等老了，我会离开武汉回到这里。”

我们一间间游览，甚至踏着木梯爬上阁楼，但我们的话语渐渐地少了，似乎触摸到了历史，又怕惊醒它。

此刻，日影西移。老宅孤标傲世的样子，让我感到失落，我跨过一道道门槛，低着头，像在寻找着什么。

友聚之桑葚酒

我爱酒，众人皆知。何况桑葚酒，何况“十蝈千骄”群友家自酿的桑葚酒，我更爱之。“于嗟鸠兮，无食桑葚。”仿佛两千多年前就有我的知己，仿佛两千多年前的那只鹘鸠也算一个。

“……于浮世中获心安，于深渊里望星河，于人海中觅知己，于痛苦中寻沉醉。”

这些年，由于家庭出现重大变故，我成了悲观厌世的思考者。酒之于我，是生活中的麻药。桑葚，如鲁迅先生所言：“痛定之后，徐徐食之。”二者兼之，人生再多苦难，也就不至于沉沦了。

进“十蝈千骄”群，似乎是偶然中的必然。放荡不羁的青春已逝，义无反顾的真情已逝。而那些已逝的，我能否赋予它全新的生命呢？我们十个人虽以文结缘，但每个人都有自己的特质，十人十面。有时我把这群看成一个社会，有时看成一个家庭。但不知从何时开始，我不再高歌情谊了，因为我想：不论何群，一旦进入，都会有厌恶或者喜欢。我只能用安静的心点燃流动的火。

小才女杨露告诉我：“桑葚酒，‘江南’家酿的。”“江南”，一个让人闻之沉醉的名字。其名其文其酒皆携仙气，似无半点人间烟火味。何况消息出自杨露之口，真乃“金风玉露一相逢，便胜却人间无数”。

四皓添新宠，桑葚酿金樽。在这个匪夷所思的群里，难免有一些让我不开心的人与事。但一端酒杯，相逢一笑，便是非皆忘了。我举杯疾呼：“大明哥，干之。”大明哥军人出身，乃户外干将。他大口大口地喝酒，有豪爽的英雄气概，着实让人羡慕。唉，不像我长得猥琐，酒也喝得猥琐，只能小口小口地喝。但我酒量并不比他差。也许他的前世来自梁山，我的前世来自扬州。“十年一觉扬州梦，赢得青楼薄幸名。”嘻嘻，我笑了。

论酒量，我服费总和袁冠烛老师，他们不光酒量好，连续作战的能力也比较强，实属少见。“诗万首，酒千觞”，这说的是诗文与酒。但我想到的是，“见买若耶溪水剑，明朝归去事猿公。”可见文也好武也罢，当遵从自己的内心。天下万物当臣服于文字，文字臣服于心。我自四十岁开始写诗，一直秉持这种想法：用伟大的诗歌来泄自己的私愤。快哉！如同便秘者突然通畅。狂者救己，纵欲成仙。

清溪最是此处好，载酒时作凌云游。这句诗送给清溪老师最恰当不过。她爽朗的笑语、精湛的麻将技艺，都让我赞叹不已。但有谁知道，我之所以感慨万千却只在那个“游”字上，爽朗的笑声中隐含着游戏人间、洞察万物之后的笃定，可为吾师矣。

酒呢？桑葚酒呢？酒量最次的尹海霞，却也能让我想起酒，想起金柯，想起她一瓶啤酒之后的踉跄。晚霞洗面，步若踩棉。她呀，让我有犯罪的欲望，往轻些说，是耕者忘其犁了。十多年的相识，她的悲悯之心能压制住我心中的恶。在我的诗集《忘记，或记起》出版后，她拿了几十本在同事与朋友间大力推荐。我永远无法做到的事她却能做到，何况她是那么高傲的人。

“李琼枝最为乖巧。”她称我为师，这样评之妥妥的。她是“十蝈千骄”群的群主，因为善良，她“德很配位”，表面上我们都听她的，实则她在免费为我们服务。有时，我叫她“《黄石日报》专业户”，我们几个人加在一起，也没有她在《黄石日报》上发表的作品多，当然我一篇也未发过。唉，愧为师矣！

秋桦老表放在最后压阵，是最好的安排。他诗、书、画俱佳，是一个完美主义者，每天着装整洁大方，头发一丝不苟，而且他还有情感上的洁癖。他时常批评我缺一颗敬畏之心，所以我成了他黑名单上的第一人。一个浪子似的人物与一个儒雅之人，确实无法完全相融。但我深得阿Q的精髓，其精神放之四海而皆准：“苏格拉底这样的道德典范都被赐死了，何况我呢？黑名单而已。”这样想想，我暗自笑了。也许过不了多久，法院会送我一个“老赖”的头衔，上一个更大的黑名单，如此在他那儿的黑名单就是小巫见大巫了。有生之年，我尽量做到不以物喜，不以己悲。也尽量宽容自己，宽容别人，与这个浑浊不堪的世界握手言和。

写了这么多，口水又流了。突然想起东北的一句流行语：“翠花，上酸菜！”我们南方有什么流行语呢，我们“十蝈千骄”群又有什么流行语呢？是不是也该来一句：“‘江南’，上桑葚酒！”

心迹

心有点沉重。当我看到曾经满头乌黑秀发化疗后变成灰白寸头的朋友，心情便糟糕起来。那些生死看淡的话语，也未敢说出半句。我在旁边坐了一会儿，便逃也似的离开了医院。

我的悲伤，并不完全出于我们之间的情谊和她的身体状况。在世俗人眼里我所做的，是重情重义之举。但究其实，我是在寻找与自己有相同特质的人。当然我去看望，她会在病中得到关怀，这有助于康复。

前天，她在我微信朋友圈留言："生又无法，死又无法，才是人生中最大的痛苦。"我似乎一下子懂她了。我们都是薄命司里不会记载的人物，卑微得不及一粒尘埃。生与死，与天地无关。但我和她还是有所不同的，她病在肉体，我病在灵魂。在这个人间，我活得一样难受。所有回顾与愿景，所有文字记下的人生轨迹，都让我越来越孤独，甚至有"嫁与东风春不管"的神伤。

我的一生，毁誉参半。我这辈子不缺朋友，不缺过命的兄弟，包括知冷知热的红颜。但也有敌人，挨我揍的，欠他钱的。似乎没有人能像有相同特质的人那样，给我带来内心的撕裂。可是这种人在世上并不存在，他只是深藏在一段文字里，藏在生活的一个片段中，可却总能让我热泪盈眶。

"十步杀一人，千里不留行。"诗歌，便成了我心里残存的良知，它引诱出微茫的飞翔。我在《饿着肚子的狼》中写道：

狼，露出了嗜血本性，
莽原的规则，
多么振奋人心。

也许这是我的劣根性，一下子很难消于无形。

窗外明月残缺，却光耀山河。山河是永存的，我能否像庄子笔下的北冥之鱼，找到翅下的风，扶摇直上九万里！唉，愿山河无恙！

海棠依旧

◎舒卫华

作者简介：舒卫华，常用笔名挽弓射月，湖北阳新人。摄影师，黄石市作家协会会员。作品发表于《躬耕》《格言》《八小时以外》《黄石日报》等刊物。主要作品有散文《细姑的幸福时光》，诗歌《写给一场小雪》等。

辞年

在家乡，每年到了腊月底女儿和女婿要回娘家辞年，如果外甥们已经成年，这个礼数自然落到他们身上，代替爹娘去完成。我们家和其他家庭有所不同，别人家辞年只需提着礼品去外婆家，看望嫡亲的外公外婆，问候舅舅舅妈，而我们家一直以来父母还要额外准备三份礼品，向另外三家的堂舅舅和堂舅妈辞年，表达尊敬之情。之所以这样办，是因为母亲心怀感恩，常忆起在艰难困苦的年月里，她的叔叔和婶娘们将她视作亲生女儿一样体恤帮衬，让她感受到家人的力量和温暖。

辞年的礼品几乎是约定俗成的：一刀肉，外加一包酥糖。自然，礼多人不怪，新女婿辞年时会额外添加大量的好烟好酒，表达对妻子娘家人的尊敬和感谢。糕点是成品，包装是现成的袋子或者盒子，传统品牌的美食佳酿尤受欢迎。肉自然需要新鲜肉，现看现剁，只需向剁肉的师傅说一声：“剁礼吊，去辞年。”师傅“哦”的一声，心领意会，举刀剁向皮下肥得发亮、相连瘦肉分布匀称的地方。一刀落下，要几斤剁几斤，几乎是一刀准，绝不会把肉剁碎，提起来是形状耐看的长条形，有些像一个“月”字。

今年（二〇二三年）辞年的事务受母亲嘱托由我操办。我请教母亲：“买些什么去辞年呢？”我知道仿照往年大体也不会出差错，但似乎总需她本人吩咐才会周全。

母亲微笑着说：“你每年看你父亲、哥哥怎么做的都记得吧？每家剁四斤肉，加一包酥糖。起早去剁新鲜肉，酥糖要买武穴酥糖。”我刚要答应，见母亲神情怅然若失，她继续说道：“你剁三个礼吊，辞三家的年就够了。”我愣了一愣总算明白过来，以前一次辞年四家。前年，那位辛苦了一辈子的堂舅舅去世了，去年堂舅妈卧床不起也离开人世，他们的子女们都离开家乡外出发展，唯留家中一栋老屋大门紧闭，冷冷清清并无他人。母亲的话让我意识到时光流逝，亲人的远去并不能让彼此割断情义，虽然最终只能深藏在心头。

我们村距离外婆的村庄十几里路，分属两个相邻的小镇。我们镇盛产豆腐，外婆的镇盛产高粱和毛芋头。通常情况下，把辞年的礼品送到舅妈家后，我们会一边喝茶一边和舅舅闲聊生活琐事。舅妈并不闲着，赶紧系上围裙，拿起刀来切肉，炸香肥油，“嗞”的一声倒冷水入锅，大火烧沸，一股香气瞬间弥漫厨房，她准备做一碗肉丝下线粉来款待客人。辞完年回来的时候，有时会带回几斤毛芋头，这正是母亲喜欢的食材，可以做芋头圆子，有时会带回几把高粱扫帚，绛红的高粱带有芬芳好看极了。今年的腊月二十五下着冷雨，我把礼品交给舅妈后，没有太多时间逗留，匆匆和舅妈舅舅聊了几句就准备上车。舅妈提了一袋子鸡蛋追到车窗边，说道：“你啥都没吃就要走，这些鸡蛋你带回去吃吧。”看着舅妈在小雨中提着鸡蛋，步履蹒跚，我心头一热，他们还是把我当作小孩子一样疼爱。我挥手说：“你们自己留着吃吧，等年后我再来拜年。”

辞年习俗源远流长，提着礼品到外婆家去告别旧年、迎接新年，传递着温暖的祝福和希望，让人难以忘怀。

写春联

我们很多年没写春联了。

以前父亲健在，年三十吃过团圆饭，他就会把四方的大木桌摆到堂屋中间，铺上红纸，摆上砚台，把笔墨反复蘸了又蘸，在报纸上预写一番，待到胸有成竹，抬手一气呵成。稍微正式的场合，父亲会穿藏青色中山装，头戴一顶黄军帽，围着青灰棉质围巾，提一个黑色皮革包，隐隐透着一股乡村老先生和农村老干部结合起来的气质。可实际上，从农民转变成体制内公家人，晚年退休再回归到农民这个身份，他内心渴慕的还是当一个知识分子。假若他看到谁的毛笔字写得好，便会将手指化作毛笔比画着那个人的写法，念念不忘直到烂熟于心。另一方面，他总说自己文化水平不高，字写得太丑，拿不出手。这绝非谦虚，那个时代的人以能写一笔好字为荣，喜丧事时写上一副对联，贴在大门和室内两侧，接受众人的挑剔和对比，夸赞和贬斥是必然的。

腊月二十六，三哥问要不要买对联，虽然家里已经收到多副商家赠送的免费对联。他嫌弃上面赫然印着商家的名字和商标，他认为这些标识贴在门庭上显不出应有的庄重美好，而我嫌弃的是机器生产出来的印刷体，像没有血肉灵魂的线条冷冰冰，单薄的一个个字壳索然无味。街上有卖春联的先生，写好的展示品红彤彤挂了一墙壁，现写现卖，价格也不贵。我和三嫂不约而同鼓动起三哥来："自己写吧。"三哥说自己的字拿不出手，贴路边屋有碍观瞻。我绝非揭他人之短，而是力陈事实——现在真正能拿毛笔的人越来越少，走遍千家万户见过很多对联写得像鸡爪，既无人看也无人品，无辱且无荣，只图有个应时应景的形式。对写字尚有敬畏之心的人不敢写，很多愿意写的年轻人没经过童子功的训练不会写，提笔也不过是赶鸭子上架勉为其难。再者，毛笔字非常讲究方块字的起承转合，现在的年轻人多习惯用键盘打字，而非真正写字。如此笔墨之事，自然一代不如一代。想当年，父亲每到春节是如何重视，提前准备联文，自己不会作联文就四处搜罗对联书籍，向在世的老先生请教平仄对仗和规则，而后自己摸索撰写联文。

在再三的肯定之下，三哥终于把墨汁倒入便携塑料杯中。没有砚台，饱蘸墨汁的笔尖就着塑料杯的边缘磨润，在没有生火的铁炉上写起来。写完后再看，不很满意，废弃，又命侄儿到街上去买红纸重写。写完放在院子里晾着，三哥兴奋地观看，依然惴惴不安，还是问："真的要贴在大门上吗？"我十分肯定，无论三哥写的春联贴不贴在他自家的大门上，我的这副一定是要贴的。

三哥为自家撰写的春联是："红梅含苞傲冬雪，绿柳吐絮迎新春。"横批是"欢度春节"。联文通俗易懂，一幅清新盎然的农家景致跃然而出。为我挥毫的则是："年年顺景财源广，岁岁平安福寿多。"三哥说："此联带着新年的祈愿，一边是愿老四的事业蒸蒸日上，一边是愿老母亲康健无病灾。"横批写什么妥呢？记得父亲当年写过"迎春接福""春色满园""宏图大展"等。平凡人的生活，离不开个人的努力，也离不开社会的大气候。古人说："宁做太平狗，莫做乱世人。"按照我的要求，三哥将两尺红纸横铺炉面，欣然提笔，流畅地写出四个字："国泰民安。"

小地名

太子镇原叫太子庙，在鄂东南算是一个弹丸小镇，四周丘陵延绵，看起来状如小盆底。三国时是吴国属地，据说王太子随吴王孙权赈灾路经此地染病，殁在此处，建庙名为太子庙，镇叫太子庙镇，以作纪念。经过千百年的发展，庙里香火延续不断，此地成为现在的太子镇。

太子镇以东不远处建有太子中学，中学旁边有一座山，山下常年翠竹环绕，山上乱石丛生。学生时代，我经常会和同学一起结伴攀爬。在竹林里看到不少用小刀镌刻的字迹："××我爱你"或者"×和×永远在一起"。这座山有个好听的名字叫戏子山，说是很久以前有一位美丽的戏子死后葬在此地，因此得名。

太子镇以南有一座山，海拔八百余米，其高度和名川大山自不能相比，但在丘陵地带算得上是鹤立鸡群，方圆几十公里内家家户户开门就能看到它。山上有庙，晨钟暮鼓，年代久远。此处有多个水库，水波荡漾翠绿如玉。山中更是林木茂密，鸟鸣花俏。站在山巅之上放眼俯瞰，阡陌交错，村舍俨然，长江如练，一派欣欣向荣的景象。据说很久以前，也不知何朝何代，有父子二人到山上采药，先后不幸跌落山谷，葬身林海，从此唤作父子山。

太子镇终究是个小地方，流传下来的地名自然也是小地名。人们姓李，村庄就叫李姓村。住在山下，乡名便叫山下明。所处地势低，就干脆叫坳上。屋后有一片毛竹，家乡就唤毛竹林。先前街不大，两旁非常荒凉，时有野兽出没其间，小街就叫麻狗岭。街的北面叫北门，南面自然就叫南门。

不像现在的地名，地方小但势必先声夺人，名盛而实不至：再狭窄的街道，竖立个路牌堂而皇之叫建设大道；门前几平方米的地盘，也要悬挂霓虹灯叫时代广场；经营场所稍微装潢时尚一些就取名皇宫；居民小区不种一棵植物，大言不惭叫天苑。高大时尚，但几乎千篇一律，冰冷如铁。

以前的人们，即便在小地方生活一辈子，也更看重人间情义。有情有义的王太子死在此，就叫太子庙，百姓们念的是王太子体恤平民的恩德。无名无姓的戏子死在此，就叫戏子山，过客们不能忘怀的是咿呀一声的悠扬。相扶相持的父子死在此，就叫父子山——天下熙熙皆为利来，天下攘攘皆为利往，出门抬头就能看到八百余米的山峰巍峨，低头就能想起父子情深。

经太子镇往西南二十多公里到达大冶市，四面湖光山色，市面繁华兴盛。大冶市有一寡妇堤，相传乾隆年间有祖孙两人过湖罹难，两代寡妇不忍见到人间再现同样悲剧，于是变卖家产、发誓修堤。无奈风急浪高，一番努力仍是徒劳。两代寡妇仰天长叹，在堤边郁郁而终，于是人们叫它寡妇堤。在公交车上，初次听乘客闲聊起这个地名，如雷贯耳，于是上网搜索，提示查无此地。在车水马龙的街道上，人潮如织的湖边公园里，人们不会想起它。这是一个逐渐被淹没在时代里的小地名，却是流传在贩夫走卒间的大慈悲。

海棠依旧

几番风雨，先是父子山麓的梅花开了，一树树衬着农家的青瓦白墙；接着是油菜花，成片成片的黄色铺满了田畈，明媚的金光摄人心魄；过不了多久，樱花园的樱花在和风细雨里摇曳，远远看去像白云堆满了小山包，有时被风带下来，细碎的花瓣纷纷扬扬，如一场细雪，让人怦然心动。

偏巧深夜划开手机，向我推送了一丛鲜润的含羞带雨的海棠花。胭脂色，红里带白，小小的花瓣围成的小窝沾着雨水，像极小的喷泉，充满朝气又非常可爱。花苞一小簇聚在一起，和丁香花有几分相似，秀中带劲。多少年来，总是听人说起海棠花，在图片里看过，还没有亲临现场见过它们的真实样貌。

最先有印象的依旧是文字。那时父亲刚从单位退职不久，农闲时节常读《千家诗》，读到苏轼写海棠花的七言绝句赞叹不已，尤其是最后两句："只恐夜深花睡去，故烧高烛照红妆。"父亲说这海棠花的美丽激发了诗人惊人的想象力。先是唐明皇借海棠花夸杨贵妃，苏轼借这个典故又将海棠花的美好抒发到让人念念不忘的地步。那时我十多岁，从此便记住了海棠花，但我周围偏偏没有这种植物。又过了十余年，远在武汉的同学说家乡老屋翻新，宅基地门前有一个大院子，她的母亲是个爱美的老太太，多次要求在空院里种植几棵海棠花以了夙愿。

从手机上无意刷到海棠花后，那些清新脱俗的花枝、含苞犹放的花蕾就一次次浮现在眼前，闭上眼睛都清晰可辨。同事小方听我一直念叨，告诉我视频里的海棠花盛开的地方柯尔山就在市区一个依山而建的公园里，坐车过去也只有十多公里，不算太远。于是在一个天气不错的下午，小店提前打烊，我跟随小方出发了。到了市区，从一个大商场的拐弯处往里走，

居然是上坡的小山，原是一片荒山野岭，不知道何时开发成了一个公园。再往里走，夜晚渐近，路灯亮起，山林滑入幽暗和静谧。

大约走了一公里，进入一个山谷的中间，往上看到古塔亮着灯，微光里可以看到自上而下满山谷的树开着花，蜿蜒至谷底。散步经过的老人告诉我们，这里开着的就是海棠花。可惜来得太晚，层层叠叠的花树在柔弱的光线中影影绰绰，被夜幕包围，有缘相见却无法细看。唯一让人欣慰的是带着高品质的照相机，近路灯的地方可以拍到花的娇容水灵，近空谷的边缘借着手机有限的光亮，可以捕捉到斑驳里的花影。

照相机有时横拍，手腕缓慢平行移动，看到那些花在侧光里是白色的，渐渐推近，有些花残缺不全却依然楚楚动人。再一路靠近花朵，看到有些花连花瓣都掉光了，只有花须。这三月中旬的几场风雨，早就摧残了海棠的容颜。我十多岁时无忧无虑，听到父亲所赞叹过的海棠花，是“东风袅袅泛崇光”里正得时令的花中妃子，是“一树梨花压海棠”的幽默和浮想联翩。待我如今已到中年，父亲早已埋入黄尘，得遇海棠花的真容，自然想起李清照年轻时的“知否，知否，应是绿肥红瘦”。

可终究回望无数次，我还是十几岁时仰望父亲拿着《千家诗》，听到海棠时双眼亮光的小孩。

在这黑夜衬托的山谷里，一线侧光勾勒了花朵和枝叶，方寸之间的事物更为立体、真实、从容。它们毫无颓丧气息，隐隐可见亭亭风骨。在这随着夜色缓缓上升的山谷里，千树万树有着自己的生命和呼吸，我靠近着，我仰望着，光亮映眼，海棠依旧。

陌生男人的来电

一个月前的晚上九点多钟，我从市区一家超市走出来，准备过马路。按照约定，有一辆回本地的顺风车将在转盘处等我。手机响了，以为是约好的司机，划开显示所在地来自孝感，不是我熟悉的本地号码。我停下脚步站定，内心顿时不悦，生起一阵厌恶。自从办了一张信用卡，便有无数家推销金融业务的陌生电话蜂拥而来，他们不分昼夜地点，像苍蝇一样嗡嗡不休。如此不算，还有商铺出租、游戏推广等无数电话从各地万箭齐发。

强按不悦接进电话，是一个男人的声音，普通话中带有严重的异地口音。我单刀直入，硬挺挺地问道："你是谁，有什么事情吗？"对方嘟嘟囔囔两分钟，我总算弄懂了一点，对方从网上看到我上传的视频，按图索骥找到了我的电话号码。是哪一个视频，让他在夜晚忍不住拨通了遥远的电话？我的内心缓和下来，带着几分诧异，这种事情此前从未遇到过。

对方说道："我经常搜索七约山煤矿，就看到你拍的视频。"他的声音里带着一种含糊不清的语气，或许是因为激动。

我想起来，去年和前年连续两年，我为一群重阳节集会的老人拍照，也顺手制作了几分钟的小视频发到网上。三位自发组织的老人找到我时，我才了解到，他们是七约山煤矿的职工，自二十世纪九十年代煤矿垮台后，几万人四散而去，很多人从此再无相见。此时，老人年龄在七十至八十多岁之间，均已白发苍苍，相互之间寒暄的笑脸，堆满了树皮一样的皱褶。一般人不知道曾经辉煌一时的七约山煤矿，知道的人也年事已高，散落在各处，逐渐凋敝。他们中的大多数人平时用老人机，连微信都不使用，视频发到网上后门可罗雀，少有问津，点击量少得可怜。

我一边小心翼翼过斑马线，一边跟他解释道："我是本地照相馆的摄影师，组织活动的老人认识我，我只是为他们拍摄活动的照片，你是哪里人？”

“我是孝感人，”电话里男人的声音总算清晰起来，“我十几岁之前一直生活在七约山那个地方，在那里的学校上的初中。煤矿垮台以后，爸爸没有了工作，带着我们全家人回到老家讨生活。回去的时候，没有办法解决户口，很多年我都是黑户……”男人说到此处有些卡壳，也许是信号不好。我面前那些小车疲惫不堪，蜗牛般碾动，约过了两分钟我总算过到铁栅栏这边来。

铁栅栏边上是一排梧桐树，它们的树干粗壮得一个人可以抱住，但树冠生生被锯掉了。对面的一排也是这样，橘黄的灯光照射在上面，枝叶黄晕一片。我用眼睛扫了一圈，顺风车还未到，我问道：“你现在怎么样呢，做什么工作的呢？”

男人的声音其实一直没有停，只是有时也许是口音或信号问题，我听得不十分清晰。声音慢慢好些之后，我又重复了上面的询问。男人没有半丝嫌麻烦，重复说道：“我做过很多工作，在上海和温州打过工，做的东西都是电脑汽车上的那些配件，现在年纪大了，回了老家。”

说到这里，我忽然想到，现在网络诈骗这么多，如果他是一个通过网络上的电话找过来进行诈骗的骗子呢？现在骗子花样百出，防不胜防。我问他：“你还会说我们本地的方言吗？”男人连声应道：“我会，我当然会，我在你们那里生活了十多年呢。”随即，他说了一连串的方言，虽然带了一些其他口音，但基本能确定是在本地生活过的人。那些土得掉渣的言语，没在本地生活过十几年的人是不可能顺溜到随口道出的。男人继续说道：“我有一个女同学是你们镇的人，她叫徐宝，你认识吗？”

我们镇徐姓是大姓，住在相连一片有好几个湾子，他所说的应该是真的，但他所说的同学我不认识，毕竟相差着年纪和翻天覆地的岁月的变化。我听说过七约山煤矿那个地方，却从没见过，也没去过。

我听到了出租车的喇叭声，车尾的灯一闪一闪，在向我招呼示意。加快脚步，我问他：“你是认识那些视频里的老人，需要我向他们传达什么事情吗？你爸爸也想回来参加这个活动吗？”

“里面的老人我一个也不认识，当时矿区很大也很多，相隔十多年了，都变了样，”他在电话那头继续说道，“我爸爸早已离世十多年了，我只是很想念那个地方，有时我就会忍不住在手机上面搜索七约山煤矿那几个字。”

就要到小车跟前了，我加快语速：“好的，好的，我会把你所说的情况向老人们表达，过几天他们又要第三次集会了。”

男人连说谢谢，对我说道：“我父亲叫杨明华，原来在炭山湾煤机电队，不知道他们谁认识，谁还能记得。”

顺风车内早已坐了几个人，他们等得有些不耐烦了，司机主动打开车门让我快些上车。我略带歉意关了电话，坐进副驾。车内几人互不相识，谁也没有说话。车窗玻璃徐徐上升，随之闭合，车速越来越快。路灯、绿色植物带、建筑物群、车辆、人行天桥，带着光连片撞来又快速远离，带着一条条尾线向两侧张开，一闪一闪消失而去。

我想起那个陌生人的电话，特意用手机去搜索，找寻关于七约山煤矿的词条，查寻没有结果。然后把一些零散的只言片语组合在一起，算是基本说明大概情况：二十世纪六十年代，为了响应毛主席“扭转北煤南运”的伟大号召，许多有志青年投入煤炭建设事业。湖北省七约山煤炭矿务局位于阳新县，于一九六九年开始建矿井，于一九七八年正式更名，在二十世纪九十年代时探明储量三千多万吨，是湖北省大型煤炭基地之一。一九九三年由于老井衰竭，新井水患难处理，九月关停。关停之后，单位撤除，工友们为了生存各谋出路。

车轮辘辘，一切隐入烟尘。所有概括性的文字都是冰冷的，像一块四四方方的石头。

关于那个陌生人的电话，前后有十多分钟之久，零零碎碎，断断续续。我能告诉那些耄耋老人什么呢？一个五十多岁异乡男人的思念、快乐、惆怅、梦想还是失落？欢乐的聚会中，老人们推杯换盏，最后能确定说出来的还只是那句话：“之前有个小孩在矿务局子弟学校上学，他父亲原来在炭山湾煤机电队任职，叫杨明华，已经逝世十多年了，叔叔伯伯们你们有谁认识吗？”

式微式微，胡不归

一个人到了一定的岁月，方察觉时间的无情，习以为常的人来人往，徒然发觉沉重。看着双亲渐老，亲朋老去，有时一个鲜活的人今朝还笑容满面，明朝却撒手人寰，难免有怅惘的情愫。此时愈能体会何以古人说“树欲静而风不止”，何以“近乡情更怯”，何以“父母在，不远游，游必有方”。人生是单行车道，有些遗憾可以弥补，但大多则是长久的遗憾。

我知道这些年他一直害怕“老”这个字。他们都避免不提，似乎不提便真的可以让时间停顿。他每天按时看新闻联播，不错过体育频道上任何他喜欢的篮球赛。他有充分的理由说他没有落伍，他依然了解世界的风云变幻，依然像年轻时一样关心政治，一直热衷和村委会的人讨论选举工作——选谁还是不选谁。一直期待着像前几年一样，经常有村干部来跟他商讨对策，但明显少多了。他也许有察觉，把他人说话的语气神色看得比任何时候要重，把尊重二字提高到无以复加的程度。

我是残忍的。有时看到他依然高高在上的姿态，用统治者一般的语气暴躁地叱喝时，我便感到难过。比方他心烦时就打那条无辜的狗，用脚踢它，或者对小孩采取怒喝恐吓，他认为这是管理小孩最有效的方法，我便更难过。我以为，一个老人须担当得起慈厚二字。于是难得在看电视的时候我说：“你知道吗，现在有时只要稍有人大声一点，我内心便惊恐一跳。我以为只是我个人这样而已，大姐和三哥说起来均有如此情况，你知道吗？你还需要将这样的阴影传给更小的一代吗，以此来保持你的威严？你老了。”

他暴跳如雷，说他养了条没良心的狗。他多疼爱我，但我现在说这样不仁不义的话来打老子的树杪。他说：“你真没教养，说我老了，来来来，说说国内的事，再说说国际的事，看我哪样不晓得！老子在你这个年纪的时候，没有一个领导不喜欢我，单位里没有半个职工不服我。你看看你现在有什么跟老子摆得出的呢？！”我再没吭声。这个高傲的老头，永远站在自己的高巅之上。我继续残忍地想，没有谁在时间面前不低头的。

有时回到家里，看到他永远在地里劳作。挑粪、拔草、打农药、插竹竿，挖地沟……还有结识个花农，从他家买来三千棵桂花苗，夸下海口说要发一笔财。我经常为他不安，不知他真的老了吗？为什么越老越要黏在地里呢？这样忘我地劳作，让我觉得劳动不是一种美，而是对他人的一种虐心。比他老的老头、比他小的老头都去得差不多了，在烈日下他戴着草帽躬着身体，豆大的汗从赤膊上流下来，有一种倔强的不愿老去的孤独。

同样是六月，妈妈去县城走一趟亲戚，回家时我去车站接她。车已停在那里，我上车牵她的手，她下车小心翼翼，像柔弱的水草，没有骨头。小小一段路，她走得那样艰难，几乎是我全程撑着她走完。在大街上，我突然想哭。为什么会这样，从什么时候开始，我亲爱的妈妈就这样苍老垂垂。

年初，村里祠堂落成之际，父亲上台讲话了。在镇电视台里，他颤巍巍地走到主席台前，连拿讲稿的手都是抖动的。播放回放时，他逼近电视，问我：“你老子看起来真显得老啊，真是这样吗？”又说：“若是我先走，你妈就没有工资可领，还是她先走好。”当他离开放电视机的那间房的时候，妈妈说：“总是以为自己了不起，这个家没有我，你们兄弟姐妹哪个想理他。我先走了，谁来做饭给他吃，难道儿媳妇能来给他洗个澡？我住在谁那里，都好照顾的。”

“你们两个万岁万岁万万岁。”我看看妈妈慈善的面容说。忽然，我的余光扫过她边上父亲搁在桌上的香烟，冒着烟，长长的烟灰在燃烧中还没有掉落。

细姑的幸福时光

连续一个月高温，今天达到四十一摄氏度，创下新高。热浪一波接一波侵袭大地，镇周围的小河和水库遽速断流干涸。路面释放出的热能灼人脸面，令人窒息。绿化带上的植物骤然转黄，貌似烤焦。即使在室内，地板、桌子、椅子、床，摸起来都是热的。

终于，细姑没有挨过这个漫长的苦夏，下午两点闭上了眼睛。

一个星期前，大表兄打电话告知我们，细姑病入膏肓，已从县城二表姐处接回老屋，静候最后的时光。这幢老屋我非常熟悉，是细姑爷在世时用土窑烧制的青砖青瓦，请我们村的水泥匠去建造的。在三十年前自然是一幢好房子，宽敞的堂屋可以摆得下十桌酒席，外带两间长房和一间厨房。每逢时节我跟着大人去做客，跨进大门总能看见细姑慈祥的笑容。她惯常梳一个拖尾的发髻，围着一条灰围裙，无论家里如何拮据，她总能想方设法给我们做一点好吃的东西。而今踏进堂屋，地面凸凹不平，没有房门的厨房堆塞着破烂杂物，因长久无人居住，加之采光不足，阴森森的气息充斥着整个空间。妈妈先我一步到达，坐在床边止不住哭诉从前的困苦岁月，姑嫂二人如何和睦相处、互帮互助。

细姑直挺挺躺在床上，手枯如柴，脸颊和眼窝深陷，几乎可以看出一层青乌的皱皮黏附于一架萎缩的骷髅上。不知道她是否能感知娘家老嫂子的哀恸，也不知道是否能看到在侧侄子的不安。

她无力进食，口腔里残留着食物，估计喉咙里也有。担心堵塞呼吸，二表嫂先是用一个塑料勺子从嘴里往外掏，没有效果，又用手托住她的后背，企图让她以坐势立起，这样更方便残食的处理。但她突然痛苦地呜呜起来，看起来十分难受，只有再次将她放平。

我从房间出来，大表兄招呼我和三哥在堂屋坐下。堂屋中间放着一张竹床，是用来轮流守夜的临时床铺，上面躺着一个玩手机的小青年。他面目英俊，面容和二表兄极为相似，瘦高个，皮肤漆黑。不用问自然是二表兄家的孩子。可实际上，我至今没有看见二表哥的身影。

大表兄说，二表兄混得一塌糊涂，兄弟二人相见总没有坐下来好言好语说话的余地，老娘要死，也不知道他人"飘"在何处。至于三表兄，一直在外面混，这次从电话中得知老娘可能时日无多，才风尘仆仆从上海赶回老家，回来之后假模假式给老娘喂食，你看都卡在嘴里了。大表兄提起兄弟几个，有些不痛快的牢骚。

提起三表兄，自然想起他的女儿，尽管我已忘记她的名字。十年前的一天中午，大哥带着细姑来镇上的照相馆看我。她穿着一件深色条纹衫，干净利索，梳着记忆中一直保持的发型。身后还跟着一个六七岁的小女孩，身穿鲜红的吊带服，她好奇而怯生生地打量着店里的陈设。我想起来，每到春节细姑也会带着这个小孙女来娘家走亲戚拜年。她永远有一双怯生生的眼睛和与年纪不相符的沉默。她从小没有娘，由细姑抚养。

细姑爷走得早，三表兄初中毕业后一直混迹于社会，也未寻得一件正经事来做，大体上是挣得一分钱花一分钱。其他兄弟姐妹相继成家立业，他排行老末，一直单身，平日和细姑相依为命。近三十岁时，在街上认识了一个二十岁出头的姑娘，恋爱后将姑娘接回老屋，也未举行婚礼就生下女儿。哪知姑娘家人怒气冲冲找来，架起女儿上车，从此再没有相见。那时小女孩才满月不久，细姑否决了大家将其送养的建议，年近七旬承担起孩子的养育任务。

在照相馆里，细姑亲切而笑眯眯地询问我一些生活近况。临走前，大哥提议让我给她和小孙女拍一张合影，说她们从来没有在一起拍过照片。细姑很开心，她挑中了一块翠竹的背景布，坐在凳子上，让心爱的小孙女挨站在近旁。我说："细姑，你们笑一个。"细姑微微一笑，很和蔼，依稀带着年轻时的美人风采。她的小孙女拿着一瓶水，呆立着没有笑，也许并不能确切知道我们在做什么。拍完，细姑有些兴奋，询问我什么时候可以拿到照片，是否可以再为她的小孙女单独拍张照片，说自小孙女出生以来，还没有正经拍过照片呢。于是，我又让小女孩拿起一个道具西瓜，单拍了一张。想起细姑拍照时开心的情景，在那张合影照片上我配上了四个渐变的红字——“幸福时光”。

待拍完照片估计是一周以后，我将一张七寸合影和两张五寸单照让大哥带给她。尔后，我离开照相馆，去了北京。春节期间回老家过年，细姑见到我便问：“你给我拍的照片为什么不洗出来啊，是没有了吗？”我听她问起此事，一头雾水：“我已经让大哥带给你了呀。”我问大哥，大哥说：“不记得此事了，按理是给过她了。”但我看她的表情，估计是照片终究没有到她手里，在哪个环节出了岔子。她很失望，但也没有责怪我半句。

三年后，我从北京回到家乡，得知细姑已经中风，半身不遂，长卧病床，说话打舌头，几乎失去了正常的表达能力。三位表兄均在外讨生活，只好托付在老家务农的大表姐料理她的生活。在这五六年中，我再也没有见过她，直至父亲去世的第二天，她得到了报信。

那天中午，昏沉间听到门外老远有浑浊的哭声。大表姐吃力地推轮椅进屋，细姑哭着想努力表达什么，张着嘴，发出来的却是呜呜声。她满头白发，眼神呆滞，浮胖，哭喊时严重歪斜着嘴，流着口水。她坐在轮椅上，手扶冰棺很痛苦，又苦于无法表达，最后能让人听清的只有两个字：“大哥啊……大哥啊……”大家担心她有病在身，悲伤过度影响身体，于是在混沌悲切的号啕声中，她又被大表姐推回家去了。

去年翻QQ空间，无意发现了十年前那张合影，我喜出望外，毫不迟疑下载，重新洗成七寸照片，仔细过好胶。照片中的她还是笑眯眯的，小孙女还是懵懵懂懂站在近旁。相片上“幸福时光”四个字，依然十分清晰。大表兄有一次来店，我郑重拿出照片，充满歉意而开心地叮嘱他带给细姑。

我理所当然认为，细姑和她的孙女看到照片一定很开心。

我问大表兄：“三表兄那个女儿呢？”

大表兄竟然闪烁其词，不太耐烦，但又碍于我的直接。他说道：“不晓得在哪儿呢？”他竟然有些生气：“除了你细姑和表姐不打她，我们都气得打过她。她和你细姑一起睡觉，嫌你细姑睡觉的声音太吵、乱动，把你细姑的腿掐得乌青。我问你细姑，她就是不肯说，担心我们打她孙女……自狠狠打了她一顿后，她再也没回来，也不知混到哪儿去了……”

我的心被扎了一下，又被扎了一下。如果一切属实，那个照片中沉默寡言的小女孩，细姑眼中的心头肉，推算也不过才十七八岁的年纪，如何对曾经相依为命、年老力衰之时瘫痪在床的奶奶下得了手？她人生的苦，我自然无法感同身受，但也无法理解她残忍的行为。

那么，有可能我上次托给大表兄的照片，也没传到她们手上。有可能，他认为这张照片不值得他们一家人如此看重。或许真的是这样吧，我想起来让他带照片时，他没有感谢，也没有半丝喜悦。但至少，细姑是渴望看到那张照片的，我无法忘记细姑问我要照片时的希望和失落。

见过细姑最后一面，我们都心照不宣，以为她行将就木，很快就会撒手人寰，况且天气一天比一天热，有很多家禽都没熬过这高温天。可是，一天，两天，直至第六天，她滴水未进，还是没有断气。大表兄和家人认为，细姑一定是没看见二表兄一面不肯合眼。除此之外，谁还能让她不合眼呢？长卧病床近十年，她早就祈祷老天将她带走，她所信任的神却一再拖延。

打开电脑，再次看到那张合影照片，想到细姑曾经失望的眼神，我知道她一定还舍不下那个她带大的小孙女。她见不到小孙女，合不了眼，就一直不愿离去。

到第七天，高温升至四十一摄氏度，像黑白无常带着绳索悬在头顶，她终于无以抵挡，在无限不如意中闭上了眼睛。

当我在岁月的海水中浸泡过，慢慢感受了人情冷暖，当我被告知细姑终于远去，而那张她曾经渴慕的合影照片兜兜转转十余年还没送到她手中，也没看过一眼，我心如刀绞。这世间有太多纷杂，有太多岔口，作为她疼爱过的娘家侄子，应该直接将照片交到她手中，让她看看那张“幸福时光”，让她的宝贝小孙女和她一同看看那张“幸福时光”。

姨爹的最后一面

一

临近二〇二〇年过年的某一天，街上湿答答的，到处透着阴冷。往大门外一看，玻璃门前一辆破旧的三轮车停稳熄火。车后厢敞露，木凳上坐着的姨娘松开握住的横杠，由姨爹一手扶着，躬背下车。我赶快小跑过去，拉开门。

姨娘裹了一件暗红色的绸面棉袄，脖子上系着一条五彩缤纷的纱巾，肥胖的脸红通通地带着笑盈盈的神采。姨爹则消瘦得很，两边脸颊凹陷下去，颧骨愈显突出，冻红的鼻翼沟处隐约有一丝丝白鼻涕。他取下皮帽，用手擤了一下鼻涕，说明来意，他今天特意拉姨娘一起过来，是想给俩人都拍张老人像，以备百年之后。

姨爹说："我一生也是爱体面的人，你要帮我俩整理好、照好。"

姨爹见我频频点头，又问："有没有西装穿？还要打上领带。"

我不禁笑了，对俩人说道："姨爹以前没穿过西装，现在穿上，配上白衬衣，再打上领带，一定很帅。"

"一个老头子，帅什么呀。"姨娘也笑了起来，说道，"他年轻的时候还是蛮漂亮的一个人。"

姨爹瘦高个，将近一米七五的身高，以前在村里是生产积极分子，还做过村干部。将近七十岁的人了，依稀可见当年的俊相。照相馆里衣服款式多样，男西装挂满了衣架。他挑了一件黑色的西装，配上一条蓝灰色的领带，自己照着镜子都难掩笑意。

在电脑上看过底片后，姨爹相当满意，也提了一些要求："尽量把我们修年轻一些，胡子拉碴的，能修的地方全修掉。”出门上车后，他说：“我有张旧相，是我老娘的一张遗像，从前请人画的，你看能不能重新处理好？”

二

外婆与外公感情长期不合，离婚之后，转嫁到邻村。在第二任丈夫那里，她没有再生育，抱养了一个女婴。非常不幸的是，只过了几个月的时间，外婆就染患重疾撒手人寰了。临终前，外婆又将女婴郑重托付给与自己平时相处融洽的邻居抚养。彼时妈妈也只有七八岁的年纪，不知道冥冥之中人间还有一个姐妹。六十年后，外婆的坟墓所在之处已是一片荒山野岭，墓前也已无碑，只有隆起的一丛荆棘。清明节的时候，大哥和姨爹因共同来此祭拜而不期而遇，道出各自的身份来处。二〇一五年的某一天，寒风凛冽，姨爹用三轮车拉着姨娘，按着大哥提供的地址，沿路寻问到家门口。从前襁褓中的女婴已是白发苍苍的老人，她见到妈妈后亲热地挨坐一起，说起自己的成长，和外婆的缘分，不禁老泪纵横。生恩不如养恩，哪怕吃过外婆一点米粥也是亲娘。两个老姐妹说着没完没了的话，爸爸和姨爹也一见如故，相谈甚欢，于是一家人又张罗酒菜，情义就此定了下来。

秤不离砣，印象中每次看到姨爹，三轮车后边必定坐着姨娘。走在路上，也是一前一后紧跟的两个人，在乡下的老年人中，算是很突出的一对了。自从老姐妹相认，姨爹就知道我开了照相馆，他两个孙子有对象了，特意带到小店，让我来拍婚纱照。家里做寿，又特意嘱咐要我来拍全家福。过年过节，等其他亲戚都走动散尽了，妈妈年迈出门不便，他又总用三轮车拉着姨娘到家里来，让老姐妹俩尽情尽兴拉些家常、说些体己话。

二〇一八年爸爸去世，第三天圆坟时兄弟姐妹几个议好一起出行，哪知大清早开门，姨爹的三轮车已停在门口的桂花树下，姨娘坐在车上，提下来一摞厚实的黄纸钱，一把香，一挂大鞭炮，还有三个白胖的小麦粑，他们居然知道这是爸爸喜爱的食物。姨爹说，他们也要和我们一起再去看望爸爸一次。

三

自二〇二〇年前那次拍照后，大家各自忙碌着各自的生活。但我也听到妈妈说过，姨爹在新年之后，特意和姨娘提着从湖里捞起的新鲜鱼过来叙旧。到了二〇二二年的十一月份，照样是冷冰冰的阴暗天气，我看见熟悉的身影一前一后走近了。这次看到他们让我大吃一惊，姨娘脸上掉了一些肉，面显疲惫，而姨爹瘦得变了形，脸没有肉，尖削，两只挺立的耳朵显得特别大，眼神里有一种无法言喻的焦虑。一件带毛领的长袄穿在身上，脖子和衣领之间空洞洞的。

“姨爹，你瘦了好多。”我关切地望着他。

“没事的，就只做了一个胃手术，食量不好。”姨爹以一副若无其事的样子回应我的担心，焦虑里带出了笑容。

他喝了一杯热茶以后，从姨娘手里拿过来一张带框的旧照片。一个面容模糊的老妇人，梳着老式的拖尾发髻，穿着斜扣的对襟粗布褂，由于时间久远，加之从前的画像画在纸上，没有装框以作防护措施，画像已经漫漶不清，有很多被虫子咬过的小窟窿。

“这是我娘，”姨爹指着照片说，“我从前和你说过的就是这张，你耐点心，能处理成什么样就什么样，尽力就好。”言下之意，就是要为他的妈妈重新裱一张照片。

姨爹说：“这样的照片，我们不操心别人也不会来操心了，做出来后人惦记就看一眼，知道他们太（曾祖母）的样子。我娘也没有别的照片了。”

我送俩人出门，看着圆胖的姨娘笨拙地爬上车厢，坐好，用手紧紧抓住冰冷的铁横杠。姨爹铁骨人一样，利索地上车，拧了一下钥匙打开油门，那车子就颤抖着响起来。他需要小心打个转弯掉个头。

“姨爹，不要急，开慢一些啊。”

姨爹回过头来，见我还站在店门口，说道：“知道，过了年我就带你姨娘去看你妈。”

年底街上各式各样的车很多，很快，姨爹载着姨娘消失在嘈杂的人群里。

四

年后，我再也没有见到姨爹和姨娘了，哥哥特意打电话去询问表哥，得来的结果让人绝望，姨爹胃癌晚期。最近几年来，妈妈身体欠佳，腿脚患风湿寸步艰难，几乎不走亲戚了，却执意要前往邻镇看望姨爹。我们谁都知道，这是回首无数次后的诀别。

四月份，报丧的人终于到家门了。出丧的日子是三天以后，下着瓢泼大雨，我和哥哥前去送别。在宗祠的门口，搭了一个很大的雨棚，跪着一大片人。熟悉的容貌，西装白衬衣，经我手拍、经我手装裱的照片，摆在四方形的香案上，诚恳微笑地看着我，如在目前。

我和哥哥又特意去老屋看望姨娘。大家都去现场了，只有姨娘一个人坐在昏暗的房间里，她悲戚地向我们诉说姨爹多年之前就割了胃，两年前就开始复发，半年前被协和医院劝回，建议无须再用药。说到此时，姨娘的眼睛发红，也许伤心过久的人是哭不出来的："你姨爹是真的不想死。"

我看到那张经我手重新装裱的老妇人照片，安稳地挂在堂屋里，她瘦削的脸很安静，到这一刻我才发现，他们母子的容貌接近百分之六十的相像。

姨娘跟我们把情况说得差不多之后，用手背揩了揩眼睛，起身，拿起剪刀走向一大卷白布，剪开口子，两手用力一撕，嗞的一声长响，又嗞的一声长响，给我和哥哥每人扯了一块白布，这是一种只有嫡亲才有的待遇。

在短暂而又漫长的送行路途里，棺材在前，我们在后，打着伞，头披白布，大雨没有停歇。

想起来，从二〇二〇年姨爹找我拍照开始，就在铺陈离去。当他知道时日不多，最后给他妈妈做了一张照片。两位表兄及家人长居武汉，本来是半路相认的亲戚，平素没有打交道，估计以后也不会往来。姨娘独居乡下，再也没有人用三轮车带着她到十多里外，来看望我的妈妈了。人间的情义，如那粗布的裂声，是赠予，也是舍弃，唯有那如丝如缕的记忆，只言片语的话语，长留在心田。

命中注定的相遇

年底忙碌，夜晚萧瑟天寒，我原本没打算回家。临过八点打烊，突然想起妈妈前天说，有一件棉袄的衣袖沾满油腻，需要我带回店里丢进洗衣机清洗。十分钟后，我骑着电动车，迎着寒流转了两个弯，车子戛然停靠在门前的桂花树下。屋里黑乎乎的，妈妈像平常一样已经上床就寝。我对着窗户叫唤数声，房间和堂屋的灯逐一按亮。

吱呀一声门被拉开，妈妈披衣站中间，凛冽的风随我一起撞进屋内。我赶紧关门，周围瞬间暖和起来。

她不停地数落着：“你为什么这么晚还回家呀？”

“最近越接近年底，回来的时间越少。”我盯着她身上的棉袄说道，“明天我就把这件衣服带回店里洗。”

“莫走夜路啊，带不带去洗没关系的啊。”她叮嘱着，反复讲述一个人走夜路如何不利，提起有一年我爸爸半夜从外地徒步回家，走至一个岔路口，兜兜转转像驴子拉磨一样足足走了两个小时，直到天亮才发现是在原地兜圈。妈妈说：“那是碰上了夜路神。”

世间真的有神吗？若按妈妈的老姐妹同村一个伯娘的说法，这世间的神无处不在：过沟有沟神，过河有河神，走路有路神，树荫下站着树神。一个人安身立命，走路喝水，自然要受到各方神灵的庇佑。尽管以前我将这些当作笑话看待，而现在面对她们深信不疑的事物，我会心生景仰。现在人们貌似无所不知，可我们对什么能做到深信不疑呢？

妈妈一直坚信爸爸的灵魂与我们同在，即使爸爸已经去世五年，她仍然铭记着他的生辰。看着墙上爸爸的照片，她说道：“这张照片照得好，真像。”

那时爸爸刚被查出重病，我们心照不宣地都明白，就算华佗再世也无济于事。当时正是五月，县城的天气异常燥热，爸爸穿着一件淡蓝色旧衬衣从医院出来，我们兄弟姐妹几人陪着他四处走动，我给大家拍合影。我们谁都没有勇气戳破这个事实，而他似乎云淡风轻，也从未透露自己是否了解病情。在照片里，我们笑得沉重，他却笑得从容。洗出后的几十张照片里，他居然最精神、最自然，穿着一件平日皱巴巴的旧衣服，但神态自若。临终，我们选择了那次照片里的他，独自放大成一张装进相框，以作纪念。

“你爸爸初二生日，你有时间去上坟吗？”妈妈问我。

我犹豫了一下，有事情正好撞期，我从未记得他的生日。不过，万事可推延，我答应了：“我明天会准备些爸爸平日爱吃的食物。”

正在说话间，大门扑通响了一声。妈妈问：“什么东西在门外？”

“是风吧。”我不假思索地告诉妈妈。

随后又有沉闷的撞门声，我伏耳贴门，听到门外有一种细弱的气息，以及不时哼哼的低叫声。我心生疑窦，对妈妈说：“听起来像一只狗。”

“哦，就是一只狗，半大的黑狗，”妈妈说，“不知是哪家的狗，白天我扔了一些骨头给它，它就认定这是家了。”

妈妈回房上床，我在堂屋里打开电脑开始工作。门外的狗时不时用头撞门，有时听到小脚抓门的声音。它知道灯还亮着，在请求我开门吧。白天妈妈施舍了一些食物给它，流浪的它就将此处当成要安顿的家吗？将近一个小时过后，我关上电脑，准备休息，听到它在门外哼哧哼哧拱门的声音。一切不早不晚，巧合之际恍惚间我有一种错觉：是不是爸爸就在门外推门呢？或者，是爸爸化身为一只小狗在门外推门呢？对面的相框里，爸爸的目光炯炯有神，仿佛在凝视着我。我童年时养过的第一只狗，正是爸爸从父子山林场带回的小黑狗，长大后变成黄黑相间的毛色，在柴垛里偷偷生下一窝小狗。到如今它也去世很多年了。

犹豫了半晌，最终我没有开门。若是开了门，势必让它混得热络，它将不再寻回原始家庭，年迈的妈妈和忙碌的我，谁也无法好好照顾它，陪伴它成长至成年。

第二天清晨，醒来时以为它已经离开。推车出门，嗖的一声毛发凌乱的小黑狗不知从哪儿冲出来，或许躲在走廊的干柴下守了一夜。它凶巴巴跟着我的脚后跟亦步亦趋，不停地狂吠，仿佛在责怪我昨晚的举动。仿佛在这个家里，我是个意外闯入的陌生人，而它才是真正的守护者。

妈妈听到叫声从屋里走出来，冲着小狗斥责道：“剁头的狗，不要乱叫，我们是一家人！”

我上车回头，看到妈妈仍在训斥那只小狗，而小狗奶凶奶凶地不甘示弱，对着我的背影不停地叫。

或许它并不是对我凶，而是内心万分焦急。为什么近在咫尺，我却不认识它。我们今朝命中注定能相遇，却遥遥相对隔天涯，拼命挥手看不见面容，声嘶力竭却听不见声音，不能相拥，无法相认。

后记

——余秋桦

在《雉域印象》一书付梓之际，文友们再三嘱咐我写一篇通情达理的后记，一是说道说道出书的曲折来路，二是要真诚感谢高朋挚友的鼎力扶持。这两者本来属于闲话边絮，或者说是“背后的故事”，但从“真情实感”的角度考虑，可能说出来比憋在心里要舒服些。

《雉域印象》是一本由十个人合著的散文专辑，简称“‘十蝈千骄’散文集”。对“十蝈千骄”的来历不再赘述，我只说“十蝈”聚散离合，诸多不易。十个文友聚在一起，即便是普通交往，肯定也是有故事的。起初，我们只是常聚常聊，诗词歌赋夹杂着油盐酱醋，日子倒也过得像朵花似的，快乐如草丛里吹拉弹唱的“蝈蝈”。二〇二四年的某个春日，群主阿美约“1般般”、道北与我去湖边野游，她突发奇想地说：“我们玩山玩水玩文字，玩久了也没多大意思，何不也学学高雅之士，出本书来玩玩？”一石激起千层浪，一石击破水中天……同意者激情澎湃，不同意者沉默不语。来来回回几个波折（此处大约省略五十个字），三月初，出书最终提上了议事日程。每个人从选文开始入手，改稿定稿，再改稿再定稿，其间不知重复了多少遍的分工劳作，没有人不认真对待自己的“处女集”。

“水激石则鸣，人激志则宏。”诗人秋瑾的这句名言从某种意义上讲，是可以激扬普通人的情感的。一生二，二生三，接下来我们的故事开始有了更远的生发。小小的阳新文坛开始议论纷纷——“‘十蝈千骄’要出书了？”，是真的；“‘十蝈千骄’开始走乡村了？”，也是真的……他们还会干什么呢？一时间，羡慕者、支持者、厌烦者、莫名其妙者，各执己见，各怀心事，聚讼不已。

作为普通人，最怕成为别人茶余饭后的消遣。好在我们绝对是认真的。记得《荀子·劝学》里有“驽马十驾，功在不舍”之说，正好应了此时“十蝈”的处境。阿费经常说：“不怕不怕，我们就认认真真地去做吧！做就做它个‘百闻不如一见’，做它个‘锲而不舍，金石可镂’。”

“远上寒山石径斜，白云生处有人家。”好喜欢唐诗里那份古淡之气，更喜欢杜牧先生的那份清傲之风。天下虽大，熙熙攘攘，却总会有那么几个我们的知己和好友，杨如风先生是，吕永超先生亦然……说句实话，“十蝈”何其渺小，“千骄”只是我们的一份希冀和倔强罢了，我们小心翼翼地踏上文学斜径，跌跌撞撞，但前路漫漫有人家，或许还会有仙人指路哩。

请祝福我们走得更好更远吧。

社团简介：

“十蝈千骄”始创于二〇二一年春，是一个立足阳新本土、热爱家乡、喜爱写作的文艺社团，成员来自各行各业，因文学而同频，为艺术而共鸣，“十只优秀的‘蝈蝈’，展现千姿百态的时代风采”。近四年来，社团利用业余时间“走乡村、看人文、唱我心”，抒发经世情怀，讴歌时代精神，受到了阳新各界普遍关注和青睐，也得到了文化界包括省市县文联、作协的支持和肯定。

社团成员（按姓氏笔画排序）：

尹海霞　石显润　李琼枝　杨　露　余秋桦

明瑞华　费世利　袁冠烛　贾道北　舒卫华